W0414355

DROEMER

Über den Autor:
Matt Haig, Jahrgang 1975, ist ein britischer Autor. Seine eigenen Erfahrungen mit Depressionen und Angststörungen sind auch stets ein zentrales Thema in seinen Büchern. Zuletzt sind von ihm das Sachbuch »The Comfort Book« sowie die Romane »Ich und die Menschen« und der Bestseller »Die Mitternachtsbibliothek« erschienen. Im August 2024 erscheint sein neuer Roman »Die Unmöglichkeit des Lebens«. Matt Haig lebt mit seiner Familie in Brighton.

MATT HAIG

DER FÜRSORGLICHE MR. CAVE

Roman

Aus dem Englischen
von Sabine Hübner

DROEMER

Die englische Originalausgabe erschien 2008 unter dem Titel
»The Possession of Mr Cave« bei Jonathan Cape, London.

Besuchen Sie uns im Internet:
www.droemer.de

MIX
Papier | Fördert gute Waldnutzung
FSC® C014496

Eigenlizenz September 2024
Deutsche Erstausgabe Februar 2022
© Matt Haig, 2008
© 2022 der deutschsprachigen Ausgabe Droemer Verlag
Ein Imprint der Verlagsgruppe
Droemer Knaur GmbH & Co. KG, München
Alle Rechte vorbehalten. Das Werk darf – auch teilweise – nur
mit Genehmigung des Verlags wiedergegeben werden.
Die Nutzung unserer Werke für Text- und Data-Mining
im Sinne von § 44b UrhG behalten wir uns explizit vor.
Published by arrangement with Canongate Books Ltd,
14 High Street, Edinburgh EH1 1TE
Das Zitat auf S. 5 ist ein Textauszug aus: C. G. Jung,
»Gesammelte Werke. Über die Entwicklung der Persönlichkeit«, Band 17
© Patmos Verlag. Verlagsgruppe Patmos in der Schwabenverlag AG,
Ostfildern 2019, 5. Auflage. www.verlagsgruppe-patmos.de
Das Zitat auf S. 5 ist ein Textauszug aus: Thomas de Quincey, »Bekenntnisse
eines englischen Opiumessers«. Aus dem Englischen von Walter Schmiele.
© der deutschen Übersetzung Insel Verlag Frankfurt am Main und
Leipzig 2009. Alle Rechte bei und vorbehalten durch Insel Verlag Berlin.
Das Zitat von John Keats auf S. 18/19 entstammt
seinem Gedicht »An den Schlaf«.
Covergestaltung: Verlagsgruppe Droemer Knaur
nach einem Design von Peter Adlington
Coverabbildung: Peter Adlington
Satz: Adobe InDesign im Verlag
Druck und Bindung: GGP Media GmbH, Pößneck
ISBN 978-3-426-30830-1

2 4 5 3 1

Alles, was wir an den Kindern ändern wollen, sollten wir zunächst wohl aufmerksam prüfen, ob es nicht etwas sei, was besser an uns zu ändern wäre [...].

Carl Gustav Jung
Über die Entwicklung der Persönlichkeit

Aber wenn sich die Hand des Kindes für immer vom Hals der Mutter löst, wenn es die schwesterlichen Küsse nicht mehr auf seinen Lippen fühlt – diese tiefen, tiefen Tragödien dauern unter allen Überlagerungen an und bleiben lebendig bis zuletzt.

Thomas de Quincey
Bekenntnisse eines englischen Opiumessers

Natürlich weißt du, wo es beginnt.

Es beginnt so, wie das Leben beginnt, mit einem Schrei.

Ich saß oben am Schreibtisch und erledigte die Buchhaltung. Ich weiß noch, ich war in recht beschwingter Stimmung, denn ich hatte am Nachmittag einen viktorianischen Klapptisch verkauft, zu einem hocherfreulichen Preis. Es muss gegen halb acht gewesen sein. Ich entsinne mich noch, dass ich den Abendhimmel besonders schön fand. Es war einer dieser herrlichen Sonnenuntergänge im Mai, wenn sich die Schönheit des Tages in seinen letzten Augenblicken noch einmal zusammenballt.

Und wo warst du? Ach ja: in deinem Zimmer. Du hattest Cello geübt, schon seit Reuben gegangen war, um sich mit seinen Freunden bei den Tennisplätzen zu treffen.

Als ich ihn hörte, den Schrei, ruhte mein Blick bereits auf dem Park. Vermutlich blickte ich nicht auf das leere Klettergerüst, sondern zu den Kastanienbäumen hinüber, denn ich hatte niemanden auf der East Mount Road bemerkt. Es gab irgendeine Unstimmigkeit in der Abrechnung, und ich versuchte den Fehler zu finden, kann mich aber nicht mehr genau erinnern.

Ach, hier könnte ich diese Szene jetzt anhalten. Ich könnte zehntausend Wörter über diesen Sonnenuntergang schreiben, über den Park, die belanglosen Fragen zu meiner Gewinn-und-Verlust-Rechnung. Während ich dies schreibe, fühle ich mich wieder ganz in diesen Augenblick zurückversetzt, in jenes Zimmer, warm eingehüllt in ahnungslose Zufriedenheit. Es fühlt sich fast wie ein Verbrechen an, diesen Abend weiter zu schildern, bis zu dem Moment, wo der Schrei eine konkrete Bedeutung gewann. Und doch muss ich dir erzählen, wie das damals war, genau so, wie ich es gesehen habe, denn hier endete und begann alles, nicht wahr? Also, Terence, schreib weiter, du hast nicht den ganzen Tag Zeit.

Zuerst empfand ich den Schrei als Störung, denn aus deinem Zimmer schwebten die betörenden Klänge einer Brahmssonate zu mir herüber. Aber dann, noch bevor ich wusste, warum, spürte ich eine Art Schmerz, mein Magen krampfte sich zusammen, als ob mein Körper noch vor dem Verstand begriffen hätte.

Zeitgleich mit diesem Schrei hörte ich andere Laute aus derselben Richtung. Stimmen, die ein zweisilbiges Wort oder einen Namen skandierten, den ich nicht ganz verstand. Ich blickte hinüber, und in diesem Moment ging flackernd die erste Straßenlampe an. Irgendetwas hing von der Querstrebe des Laternenpfahls. Ein dunkelblaues Objekt, das ich nicht gleich erkannte, hoch über dem Boden.

Unten standen Leute – eine Gruppe von Jungs –, und jetzt erkannte ich, was da hing, und verstand im selben Moment, was der Chor skandierte.

»Reuben! Reuben! Reuben!«

Ich erstarrte. Vielleicht war ich in Gedanken immer noch zu sehr bei meinen Geschäftsbüchern, denn ich starrte einfach nur auf diese Szene.

Mein Sohn hing an der Querstrebe eines Laternenpfahls und riskierte unter Aufbietung aller Kräfte sein Leben, um diesen Jungs, die er für seine Freunde hielt, etwas zu bieten.

Plötzlich gewann alles an Schärfe, und ich sprang auf und rannte in den Flur.

Dein Cellospiel verstummte.

»Dad?«, hörte ich dich fragen.

Ich eilte die Treppen hinunter, hetzte durch den Laden. Ich stieß mit der Hüfte gegen eine Kommode, sodass eine der Figuren herunterfiel und zerbrach.

Ich rannte über die Straße und durch das Tor. Ich flog durch den Park wie in jüngeren Jahren, über Laub und Gras und den verlassenen Spielplatz. Die ganze Zeit behielt ich Reuben im Blick, als würde sich sein Griff lockern, wenn ich ihn auch nur eine Sekunde aus den Augen ließ. Ich rannte, und die wahnsinnige Angst hämmerte in meiner Brust, hinter meinen Augen, in meinen Ohren.

Er schob die Hände näher zum senkrechten Teil des Laternenpfahls.

Jetzt sah ich sein Gesicht, im Licht der Lampe fahlgelb. Er bleckte vor Anstrengung die Zähne, die Augen quollen ihm aus den Höhlen, und sein Blick verriet, dass er schon wusste, welch fatalen Fehler er begangen hatte.

Bitte, Bryony, versteh doch: Der Schmerz eines Kindes ist der Schmerz der Eltern. Als ich auf deinen Bruder zurannte, war mir klar, dass ich auf mich selbst zurannte.

Ich stieg auf die Parkmauer und sprang hinab, landete hart auf dem Beton. Trotz des verstauchten Knöchels rannte ich weiter, rief seinen Namen.

Dein Bruder konnte sich nicht bewegen. Sein Gesicht war qualvoll verzerrt. Im grellen Licht wirkte es fahl, von dem Muttermal befreit, das er so gehasst hatte.

Ich kam näher.

»Reuben!«, schrie ich. »Reuben!«

Er erblickte mich, als ich mich zwischen seinen Freunden hindurchdrängte. Ich sehe immer noch sein Gesicht vor mir, und die Verwirrung, Angst und Ohnmacht darin. In jenem Moment des Erkennens, der Ablenkung, ließ die Konzentration, die es ihn kostete, genau dort auszuharren, wo er war, auf einmal nach. Ich spürte es im Voraus, wie ein hämisches Verhängnis, das ringsum aus den Reihenhäusern sickerte. Ein unsichtbares, aber allumfassendes Unheil, das noch die letzte Hoffnung raubte.

»Reuben! Nein!«

Er fiel wie ein Stein herab.

Binnen einer Sekunde verstummte sein Schreien, und er lag vor mir auf dem Betonpflaster.

Alles an ihm wirkte grauenhaft unnatürlich, er lag da wie eine weggeworfene Puppe. Die verrenkten Beine. Der Brustkorb, der sich rasch hob und senkte. Das leuchtend rote Blut, das aus seinem Mund quoll.

»Ruft einen Krankenwagen!«, schrie ich die Jungs an, die schweigend dastanden, wie betäubt. »Schnell!«

In der Ferne rasten auf der Blossom Street Autos vorbei, nach York oder hinaus, Richtung Supermarkt, gleichgültig, ahnungslos.

Ich kauerte mich neben ihn, berührte sein Gesicht und flehte ihn an, bei mir zu bleiben.

Ich bettelte.

Sein Sterben kam mir wie eine ganz bewusste Bestrafung vor. Ich sah die Entschlossenheit in seinem Blick, während das Leben immer mehr aus seinem Körper wich.

Einer der Jungs, der kleinste, erbrach sich auf das Pflaster.

Ein anderer – kahl rasierter Kopf, stechender Blick – wich zurück, taumelte auf die leere Straße.

Der größte und muskulöseste Bursche in der Gruppe stand einfach nur da und sah mich an, das Gesicht von einer Kapuze verschattet. Ich hasste diesen Jungen und seine unmenschlich gleichgültige Miene. Ich verfluchte den Gott, der dafür verantwortlich war, dass dieser Junge hier vor mir stand und atmete, während Reuben sterbend auf dem Pflaster lag. In der Verzweiflung jenes Moments spürte ich, dass mit diesem Jungen irgendetwas nicht stimmte, als sei er aus einer anderen Realität an diesen Schauplatz versetzt worden.

Ich nahm Reubens schwere Hand, die linke, und sah, dass die Handfläche vom Umklammern der Querstrebe immer noch gerötet und eingekerbt war. Ich rieb seine Hand und redete ihm unablässig zu, spürte aber, dass er sich immer mehr zurückzog, seinen Körper verließ. Und dann sagte er noch etwas.

»Geh nicht weg.« Als sei ich es, der ging, und nicht er. Das waren seine letzten Worte.

Die Hand wurde kalt, die Nacht umfing mich dichter, und die eintreffenden Sanitäter konnten nur noch feststellen, dass es nichts mehr zu tun gab.

Ich erinnere mich, dass ich dich durch den Park kommen sah.

Ich erinnere mich, dass ich mich von Reubens Leichnam, der auf dem Pflaster lag, entfernte.

Ich erinnere mich, dass du fragtest: »Dad, was ist los?«

Ich erinnere mich, dass ich sagte: »Kehr um, Herzblatt, geh nach Hause. Bitte!«

Ich erinnere mich, dass du mich nach dem Krankenwagen fragtest.

Ich erinnere mich, dass ich deine Frage ignorierte und meine Bitte wiederholte.

Ich erinnere mich, dass der Junge mit der Kapuze dich direkt anstarrte.

Ich erinnere mich, dass ich insistierte, ich erinnere mich, dass ich dich am Arm packte und anschrie, ich erinnere mich, dass ich strenger zu dir war als je zuvor.

Ich erinnere mich an deine Miene, und ich erinnere mich daran, dass du zurückranntest, nach Hause, auf den Ladeneingang zu, und die Tür hinter dir zuzogst. Und dass ich in all diesem Wahnsinn wusste, ich hatte euch beide verraten.

Wie du weißt, habe ich den größten Teil meines Lebens damit zugebracht, defekte Dinge instand zu setzen. Uhren zu reparieren, alte Stühle zu restaurieren, Porzellan zu kitten. Im Lauf der Jahre habe ich gelernt, wie man Flecken mit Ammoniak oder einem Tupfer Lackbenzin beseitigt. Ich kann Kratzer aus Glas entfernen, verschiedene Holzmaserungen imitieren. Und ich weiß, wie man einen korrodierten Tudor-Leuchter mit Essig, einem Viertelliter heißem Wasser und einem Stück feiner Stahlwolle restauriert.

Eine Mahagoni-Frisierkommode aus der Zeit Georges III. zu kaufen, mit all den Schrammen und Kratzern aus zweihundert Jahren, und ihr wieder zu ihrer ursprünglichen Pracht zu verhelfen, war früher das Höchste für mich. Oder der Moment, wenn Mrs. Weeks in den Laden kam und mit kundigen Fingern über eine Worcester-Vase strich, ohne die Sprünge zu ertasten – vor noch nicht allzu langer Zeit versetzte mich das in einen wahren Glückszustand.

Vermutlich schenkte es mir ein Gefühl von Macht. Es half mir, die Zeit zu besiegen. Es gab mir die Möglichkeit, mich gegen diese ekelhafte Epoche des Zerfalls abzuschotten. Und ich kann dir gar nicht sagen, wie fürchterlich es mich schmerzt, dass ich die Vergangenheit unserer Familie nicht auf die gleiche Weise restaurieren kann.

Es gibt da etwas, das du verstehen musst.

In meinem Leben gab es vier Menschen, die ich aufrichtig geliebt habe, und von diesen vier Menschen bist du mir als Einzige geblieben. Die anderen starben eines unnatürlichen Todes. Mein Sohn, meine Ehefrau, meine Mutter. Alle drei viel zu früh.

Man liebt drei Menschen, und sie sterben. Das rechtfertigt ja wohl kaum eine öffentliche Untersuchung, oder? Nein. Wie viele Menschen, die man liebt, müssten sterben, bevor diese Liebe Argwohn erwecken würde? Fünf Menschen? Zehn? Hundert? Drei ist nichts. Kann man vergessen. Drei Menschen bedeuten einfach nur ganz normales Pech, selbst wenn es drei Viertel all dessen bedeutet, was einem auf Erden jemals wichtig war.

Oh, natürlich habe ich versucht, dies rational zu betrachten. Na komm, Terence, habe ich zu mir gesagt. Du trägst an keinem dieser Todesfälle Schuld. Und natürlich hätte meine Verteidigung vor einem Gericht für Strafsachen Bestand.

Aber wo gibt es Gerichte für Liebessachen? Und welche Strafe könnten sie verhängen, die schlimmer wäre als die Trauer? Nach Reubens Tod gelangte ich zu der Überzeugung, dass irgendetwas mit mir und mit der Liebe, die ich zu geben hatte, nicht stimmte. Ich hatte Reuben enttäuscht. Ich hatte ihn in der Gegenwart von Freunden sterben lassen, die ich gar nicht kannte.

Ich hatte ihn zwar geliebt, aber immer gedacht, es käme einmal die Zeit, wo ich alles wieder an ihm gutmachen würde. Und ich konnte mich nicht damit abfinden, dass diese Zeit nun nie mehr kommen würde.

Natürlich ist der Tod eines Kindes für Eltern immer unerträglich. Man hört die ersten Takte einer vertrauten Sonate, und die Musik bricht ab, aber man fühlt noch die stummen Töne, ihre Schönheit und Macht sind nicht weniger real, nicht weniger vollkommen. Bei Reuben hatte ich nie auf die Melodie geachtet. Sie war die ganze Zeit erklungen, seine ganzen vierzehn Lebensjahre lang, aber ich hatte einfach nicht mehr hingehört. Ich konzentrierte mich auf den Laden oder auf dich und überließ Reuben sich selbst.

Und so bemühte ich mich jetzt, das zu finden, was ich einst missachtet hatte, und wenn ich mir genug Mühe gab, leuchtete es manchmal auf, dieses Leben, das verwandelt war, aber nicht wirklich beendet. Töne, die nicht harmonisch aufeinanderfolgten, sondern als Kakofonie erklangen und mit dem Gewicht der Schuld über mich hereinbrachen.

Am Morgen der Beerdigung weckte mich ein Summen. Ein wütendes Sirren, das sich durch die Dunkelheit fräste. Ich öffnete die Augen und hob den Kopf vom Kissen, um zu sehen, woher es kam. Im gedämpften Licht der Morgensonne, die durch die Vorhänge drang, lag der Raum da wie immer. Die gerahmte Fotografie deiner Mutter, der Schrank, der William-Turner-Druck, die französische Kaminuhr. Bis auf das Geräusch war alles ganz normal. Erst als ich mich weiter aufrichtete, auf die Ellbogen gestützt, erkannte ich den Ursprung des Geräuschs. Dicht über der Bettdecke, Richtung Fußende, sah ich kleine Fliegen schweben, fünfhundert vielleicht, einfach nur schweben, als läge ich in der Wüste, ein in der Sonne verwesender Leichnam.

Einen Moment lang spürte ich keine Angst. Der Anblick dieser Tierchen, die sich in kleinen ovalen Wirbeln bewegten, wirkte hypnotisch auf mich. Dann änderte sich etwas. Die Fliegen setzten sich in Bewegung, als hätten sie gemerkt, dass ich wach war, und flogen wie eine Wolke auf mein Gesicht zu. Bald hüllten sie mich ein, ein dunkler Blizzard, mit ihrem wütenden Gesumm, das immer lauter wurde. Ich kroch rasch unter die Decke, und mit dieser abrupten Bewegung verstummte der Lärm komplett. Ich wartete eine Sekunde im warmen, weichen Dunkel und tauchte wieder auf.

Die Fliegen waren verschwunden, spurlos. Ich blickte mich um, und obwohl ich die Insekten nicht mehr sah, beschlich mich das Gefühl, dass der Raum sich verändert hatte, als wären alle Gegenstände darin der gleichen Einbildung erlegen wie ich.

Ich erinnere mich, dass Cynthia und ich uns im Auto unterhielten, unseren Schmerz hinter banalen Worten versteckten, während der Trauerzug durch die alten angelsächsischen Straßen rollte. Einmal wandte sich Cynthia zu dir um und sagte: »Du hältst dich so tapfer!« Ich sah dich traurig lächeln und pflichtete deiner Großmutter murmelnd bei. Tatsächlich warst du die ganze Woche über bemerkenswert gefasst. Zu gefasst, fand ich und befürchtete, du würdest vielleicht alles in dir aufstauen.

Ich versuchte, meine Gedanken auf deinen Bruder zu konzentrieren, merkte aber, dass sie ständig abschweiften, nämlich zu dir und deinem veränderten Verhalten seit dem Tod deines Bruders.

Du hattest die ganze Woche lang nicht Cello gespielt. Das verstand ich natürlich. Du warst jeden Abend zu den Stallungen gegangen und hattest dich um Turpin gekümmert, ihn aber am Tag vor Reubens Tod zum letzten Mal geritten. Auch dies war eigentlich zu erwarten gewesen. Immerhin hattest du deinen Zwillingsbruder verloren und warst jetzt allein, das einzige Kind eines alleinstehenden Vaters. Trotzdem machte ich mir Sorgen. Du warst nicht zur Schule gegangen, und ich hatte den Laden zugesperrt, und doch hatten wir, glaube ich, die ganze Woche kein einziges Mal richtig miteinander geredet. Stets hattest du eine Ausrede parat, um den Raum zu verlassen (nach dem Bügeleisen schauen, Higgins füttern, auf die Toilette gehen). Selbst damals im Wagen, auf der langsamen Fahrt zum Friedhof, war mir, als ob du unter meinem Blick zusammenzucktest, als würde dir ein Hitzestrahl die Wange versengen.

Cynthia drückte meine Hand, als wir uns der Kirche näherten. Wie üblich hatte sie sich die Fingernägel schwarz lackiert und ihr gruseliges Make-up aufgelegt, und ich musste an den Scherz denken, den sie morgens unter Tränen gemacht hatte – das Praktische an ihrem Kleidungsstil sei, dass sie bei Beerdigungen nie groß überlegen müsse.

Wir hielten vor der Kirche und stiegen aus. Unsere Gesichter spiegelten die Trauer, die wir empfanden, die aber auch, das war uns durchaus bewusst, von uns erwartet wurde. Als wir an den dicht gedrängten alten Gräbern der Pestopfer vorbeikamen, dachte ich an all die toten Eltern, die von ihren Kindern getrennt worden waren. Erinnerst du dich an die Gespenstergeschichte, die Cynthia früher immer erzählt hat? Ein Junge starb an der Pest und wurde gemäß den neuen Gesetzen außerhalb der Yorker Stadtmauern bestattet, und der Geist seiner Mutter entstieg ihrem Grab und suchte vergeblich nach dem Sohn. Das hat sie euch beiden erzählt, als ihr noch klein wart und mit euren Orangen und Kerzen vom Adventsgottesdienst nach Hause gingt, und Reuben hat dich damals ausgelacht, weil du Angst hattest.

Es ist ein seltsames Gefühl. Als würde ich versinken. Man erinnert sich an etwas, aber darunter lauert immer noch etwas anderes, das einen hinabzieht. Ich muss den Kopf oben halten. Weiter frische Luft schnappen.

Du fragst dich vielleicht, warum ich das alles wiederaufleben lasse und dir erzähle, wo du doch selbst dabei warst, aber ich muss es dir so schildern, wie ich es erlebt habe, denn du kennst nur deine Seite, und ich kenne nur meine. Wenn du diese Schilderung gelesen hast, kannst du mein Handeln vielleicht besser verstehen, und ich hoffe, dass irgendwo in jenem Raum, jenem gestaltlosen Raum zwischen deinem Lesen und meinem Schreiben, eine Art Wahrheit zum Vorschein kommt. Eine vergebliche Hoffnung, aber die letzte, die mir bleibt, und so klammere ich mich daran, wie ich mich damals an dich geklammert habe, als wir den Pfad entlang auf die Kirche zugingen.

Am Ende des Pfads erwartete uns Peter, der Pfarrer, der uns seine Anteilnahme bekundete und den Ablauf erklärte. Er wandte sich an dich, und Cynthia antwortete schnell an deiner Stelle, um dich zu schonen. In diesem Moment drehte ich mich um und sah den Jungen, der am Abend von Reubens Tod dabei gewesen war. Den Jungen, der mir gleich verhasst gewesen war, wegen seines leeren, teilnahmslosen Gesichtsausdrucks. Diesmal fehlte die Kapuze. Er trug einen billigen Anzug mit schwarzer Krawatte, war aber zugegebenermaßen eine eindrucksvolle Erscheinung. Die bleiche Haut, das schwarze Haar und diese

Augen, in denen eine dunkle, grüblerische Macht zu liegen schien. Etwas Gewalttätiges und Gefährliches.

Ich weiß nicht, ob du ihn damals auf dem Friedhof gesehen hast. Ich flüsterte Cynthia etwas ins Ohr und ging an den uralten Gräbern vorbei auf ihn zu.

»Darf ich fragen, was du hier tust?«

Er sagte erst einmal gar nichts. Er kämpfte mit der Wut, die sich plötzlich in seiner Miene spiegelte.

»Ich bin Denny«, sagte er, als sei dies von Bedeutung.

»Denny?«

»Ich war einer von Reubens Kumpels.« Aus der Stimme sprach grobe Arroganz, eine Streitlust, die dem Anlass vollkommen unangemessen schien.

»Er hat dich nie erwähnt.«

»Ich war da, als er ... Sie haben uns ja gesehen.«

»Ja, ich habe euch gesehen.« Ich verkniff mir Beleidigungen und Vorwürfe. Es war hier weder die Zeit noch der Ort dafür. »Und warum bist du hier?«

»Die Beerdigung.«

»Nein. Du warst nicht eingeladen.«

»Ich wollte kommen.« Sein Blick wirkte eindringlicher als seine Worte.

»Na gut, du bist gekommen. Und jetzt kannst du wieder gehen.«

Er blickte an mir vorbei, über meine Schulter. Ich drehte mich um und sah, dass du dich immer noch mit dem Pfarrer abmühtest.

»Geh jetzt«, sagte ich. »Du bist hier nicht willkommen. Lass uns in Ruhe.«

Er nickte. Als habe sich seine Vermutung bestätigt.

»Gut«, sagte er mit zusammengepressten Lippen. Als er sich umdrehte und davonging, hatte ich eine ganz seltsame, unangenehme Empfindung. Ich kann sie dir nur als Verlassenwerden beschreiben, als würde ein wichtiger Teil meiner Seele von mir abgezogen, als wisse ich einen Moment lang nicht mehr genau, wo ich mich befand. Mir wurde schwarz vor Augen, eine seltsame Energie benebelte mein Gehirn, und ich musste mich an den steinernen Torpfosten klammern.

Meine nächste Erinnerung ist die Kirche. Ich erinnere mich, dass wir schleppend hinter dem Sarg hergingen. Ich erinnere mich vage an die Details der Traueransprache des Pfarrers. Ich sehe Cynthia vor mir, wie sie am Lesepult steht und ein paar Verse aus den Korintherbriefen liest, ganz ohne ihre sonstige Theatralik. »Da nämlich durch einen Menschen der Tod gekommen ist, kommt durch einen Menschen auch die Auferstehung der Toten.«

Noch genauer erinnere ich mich daran, wie ich auf die Trauergemeinde blickte, während ich vergeblich ansetzte, das von mir ausgewählte Gedicht vorzutragen. Ich sah so viele Gesichter, alle mit der obligatorischen Trauermiene. Lehrer, Kunden, Leute vom Beerdigungsinstitut. Und du unter ihnen, auf der vordersten Kirchenbank, den Blick starr auf den Sarg deines Bruders gerichtet. Ich blickte auf das Blatt Papier, das Cynthia ordentlich für mich ausgedruckt hatte.

Eine ganze Weile konnte ich nicht sprechen, nicht weinen, gar nichts. Ich stand einfach nur da.

Diese Minute muss den armen Leuten wie eine Ewigkeit erschienen sein. Ich konnte kaum atmen. Erst als Peter mit hochgezogenen Augenbrauen auf mich zukam, raffte ich mich endlich auf.

»An den Schlaf«, sagte ich, und meine Worte hallten von den kalten Steinmauern wieder.

»An den Schlaf.«

Ich sagte es immer wieder – »An den Schlaf« –, als seien diese Worte ein Zündschlüssel, mit dem ich etwas in Gang setzen wollte. »John Keats.«

O sanfter Duft der stillen Mitternacht,
Der zart und sorgsam unsre Augen schließt
Und schattend vor dem Lichte sie bewacht,

In Seelen göttliches Vergessen gießt.
O sanfter Schlaf! Schließ mir die willigen Lider,
Eh dieses Hymnus' letztes Wort verklingt,
Nein, hör das Amen erst, eh schläfernd nieder
Dein Mohn die süßen Gnadengaben bringt.
Dann hüte mich, sonst gießt der Tag sein Licht,
Vielfachen Jammer brütend, auf mein Kissen,
Behüte mich, denn ach, es schlummert nicht
Das wie ein Maulwurf wühlende Gewissen;
Dreh flink den Schlüssel in geölten Riegeln,
Die meiner Seele Springbrunn sanft versiegeln.

Ich setzte mich wieder, und Peter führte den Gottesdienst zu Ende. Ich blickte auf die Füße der Sargträger, die durch den Gang zurück zur Eingangstür schritten. Vier Paar Füße bewegten sich perfekt im Takt, wie zu Beginn einer makabren Tanzeinlage.

Ich blickte auf, ins Gesicht eines Mannes, der die Anstrengung zu verbergen suchte, die es ihn kostete, den schweren Sarg zu schultern; den Kummer, den sein Gesicht zeigte, empfand er nicht.

Ich sah dich an und sagte zu dir: »Alles ist gut.«

Du schwiegst.

Fünf Minuten später plätscherte draußen sanfter Regen auf den großen schwarzen Regenschirm, den ich über dich und deine Großmutter hielt. Nach einer Woche des Schweigens brachst du in Tränen aus, und auch Cynthia konnte nicht mehr an sich halten. Nur meine Augen blieben trocken, auch wenn mein Herz sicherlich geweint hat. Doch, ganz gewiss.

Ich höre immer noch Peters Stimme.

»Wir haben unseren Bruder Reuben Gottes Barmherzigkeit anvertraut und übergeben nun seinen Leib der Erde.« Die Sargträger ließen den Sarg an schwarzen Gurten hinab. »Erde zu Erde, Asche zu Asche, Staub zu Staub.« Die tröstliche Wirkung der Wiederholung, des Rituals, vermochte dein Schluchzen nicht zu beruhigen. »In der unerschütterlichen Hoffnung auf die Auferstehung zum ewigen Leben durch unseren Herrn Jesus Christus.« Der Sarg erreichte den Boden des Grabs. »Welcher starb und begraben wurde und für uns wiederauferstand. Ehre sei IHM in alle Ewigkeit.« Und dann ertönte das gemeinschaftliche »Amen«, so leise und gedämpft, als komme es aus der Erde, die ihn begraben würde. Die Erde, die uns glauben ließ, er sei gestorben.

Die Polizei hatte nicht die Absicht, irgendetwas gegen seine Freunde zu unternehmen.

»Man hat ihn ja nicht gezwungen, da raufzuklettern.«

Was für eine primitive Auffassung von Zwang, Unglück und Verantwortung.

Ich habe dir das nie erzählt, aber ich habe sie aufgesucht. Die Jungs. Sie trieben sich an den stillgelegten Tennisplätzen herum, und nachdem ich dich beim Reitstall abgesetzt hatte, fuhr ich hin, um meinen Emotionen Luft zu machen.

Sie waren da. Alle, außer ihm, Denny.

Ich hielt am Bordstein an und kurbelte die Scheibe herunter.

»Na, seid ihr jetzt zufrieden?«, rief ich, aus dem Fenster gelehnt. »Hoffentlich hat es euch Spaß gemacht, ihm beim Sterben zuzuschauen! Hoffentlich schlaft ihr gut in dem Wissen, dass sein Blut an euren Händen klebt!«

Sie standen da, hinter dem Gitterdraht, wie Schurken in einem Bernstein-Musical. Der kahl rasierte Junge mit dem stechenden Blick machte eine obszöne Geste, sagte aber nichts.

»Mörder!«, schrie ich, bevor ich mit quietschenden Reifen losfuhr.

Und dabei beließ ich es nicht. Am nächsten Abend brüllte ich ihnen aus dem Wagenfenster den gleichen Vorwurf zu. Und am nächsten und übernächsten wieder, Tag für Tag. Aber ihn sah ich dort nie. Denny. Und beim vierten Mal war keiner mehr da. Ich schrie ins Nichts, klagte die Luft an. Die sind abgehauen, weil sie solche Schuldgefühle haben, sagte ich mir.

Meine Worte haben sie vertrieben. Seltsamerweise empfand ich aber keinerlei Genugtuung. Es deprimierte mich, dass sie verschwunden waren, und mein Zorn wich rasch wieder der Verzweiflung.

Schon seit seinen ersten Schulzeugnissen war klar, dass die Stärken deines Bruders nicht im akademischen Bereich liegen würden. Er erntete nie die Art von Kommentaren, mit denen du überschüttet wurdest – »überdurchschnittlich« oder »bemerkenswert«, nie ein Lob wie »So macht das Unterrichten Freude!« oder »Eine wahre Bereicherung für die Klasse!«.

Reuben hatte nicht das gleiche Interesse an Büchern wie du. Für ihn blieb das Lesen immer ein notwendiges Übel. Genau wie du liebte zwar auch er meine Gutenachtgeschichten von Dick Turpin und den anderen legendären Schurken, aber er wollte dieselben Geschichten immer wieder hören, wogegen es bei dir stets eine neue Geschichte sein musste.

Ich sehe ihn jetzt vor mir am Fenster, wie er mit dem Finger Muster auf die beschlagene Scheibe malt. »Ein stiller Junge.« »Leicht beeinflussbar.«

Geld ist in diesem verblendeten Jahrhundert ja der Maßstab für Liebe geworden. Einmal warf mir ein Außenstehender ziemlich grob vor, ich hätte für dich besser gesorgt als für ihn, weil ich seit deinem elften Lebensjahr Schulgeld für dich bezahlt habe.

Aber was blieb mir anderes übrig? Ich konnte mir das nur für einen von euch leisten – hätte ich euch beide benachteiligen sollen, nur damit ihr gleichberechtigt seid? War es meine Schuld, dass es sich bei der Mount School zufällig um eine Mädchenschule handelte? Wäre es besser gewesen, Reuben, der nie gerne gelernt hat, wäre auf eine weiterführende Schule gegangen? Nein, es lag wirklich nahe, ihn auf die St John's School zu schicken.

Gut, ich gebe zu, dies war nicht der einzige Luxus, den ich dir gönnte. Du wolltest reiten, also kaufte ich dir ein Pferd und finanzierte die Stallmiete. Du wolltest ein Instrument spielen, also zahlte ich für deinen Geigen- und Cellounterricht an der Musikschule. Du wünschtest dir eine Katze, eine kaffeebraune Birma-Katze, also kaufte ich dir Higgins.

Du hattest an alldem so lebhaftes Interesse! Es war ja kein übertriebener Luxus, oder falls doch, hätte ich deinem Bruder nur allzu gern denselben Luxus ermöglicht, wenn er derlei Wünsche geäußert hätte. Aber wo lagen denn Reubens Interessen? Keine Ahnung. Er wünschte sich ein Fahrrad, doch als ich ihm eines kaufte, war es ihm nicht gut genug. Er wünschte sich diesen ganzen Technikquatsch, wo er von vornherein wusste, dass ich Nein sagen würde. Wir dürfen nie vergessen, dass dein Bruder nicht leicht zu haben war. Selbst in meinem Kummer durfte ich dies nicht außer Acht lassen. Tatsächlich mahnte mich gerade mein Kummer, es nicht zu vergessen, denn ich wusste ja, Sentimentalität kann die Erinnerung so überfluten, dass man sich an den eigentlichen Menschen gar nicht mehr entsinnt.

Ich wollte ihn so in Erinnerung behalten, wie er war. Ich wollte mich an sein endloses nächtliches Gebrüll als Baby erinnern, an seine späteren Wutanfälle, seinen unersättlichen Appetit auf Fruchtgummi. Ich wollte mich daran erinnern, wie böse er immer wurde, wenn ihr zusammen im gleichen Bilderbuch lesen solltet. Ich wollte mich an eure Auseinandersetzungen erinnern, selbst an jenen Streit, als er deine Musiknoten zerriss.

Ich wollte mich daran erinnern, wie er dasaß und fernsah und dabei mit der Hand das Muttermal im Gesicht verdeckte. Ich wollte mich an den Vorfall mit der Zigarette, den Vorfall mit dem Ladendiebstahl, den Vorfall mit der zertrümmerten Vase erinnern. Ich wollte mich daran erinnern, wie ich euch manchmal früh am Sonntagmorgen zu Antiquitätenmärkten mitnahm und er die ganze Fahrt über herummeckerte.

Und doch fiel es mir immer schwer, die Erinnerung an ihn wachzurufen und ihn vor mir zu sehen. Dachte ich an ihn, schob sich sofort der Gedanke an dich dazwischen. Versuchte ich mir euch als Babys vorzustellen, so wie eure Mutter euch zuletzt gesehen hat, hatte ich nicht sein brüllendes Gesicht vor Augen. Ich sah immer nur dich, wie du friedlich neben ihm lagst, in unschuldig-stille Träume verloren. Du selbst ein Traum.

Und dann kam der Tag, an dem ich nach dem Begräbnis zum ersten Mal wieder den Laden aufmachte. Dein erster Tag zurück in der Schule. Ich war nur damit beschäftigt, silberne Wasserkrüge, Suppenterrinen und sonstige Silberwaren auf Hochglanz zu polieren. Den ganzen Tag trug ich meine weißen Baumwollhandschuhe, der Laden roch nach Politur, und von den silbernen Gegenständen starrte mir verzerrt, mit irrem Blick, mein Spiegelbild entgegen.

Kunden kamen herein und verschwanden, ohne etwas zu kaufen, weil ich sie gleich wieder verscheuchte. Ich machte Fehler. Ich gab zu wenig Wechselgeld heraus. Ich ließ eine Davenport-Kanne fallen. Ich war in einem fürchterlichen Zustand.

»Jetzt reiß dich mal am Riemen, Terence«, mahnte Cynthia, die mir an der Ladentheke aushalf. »Du musst meine Enkelin ernähren!«

Ich weiß, dass ich mich damals bei dir beschwerte, Cynthia würde mir mit ihren Hexenkrallen, ihren Klamotten und ihrer allzu direkten Art die Kunden vergraulen, aber in Wirklichkeit war sie mir eine große Hilfe.

Und dann war da dieses tolle Essen, das sie einfach so plante, ohne besonderen Anlass. »Ich lade meine alten Freunde aus der Laientheatergruppe ein«, meinte sie. »Wir gehen ins Box Tree. Offenbar hat es einen Michelin-Stern und wurde frisch renoviert. Man muss Monate im Voraus reservieren – wenn ich also im August hinwill, muss ich jetzt schon alles organisieren. Wollt ihr kommen, ihr zwei?«

Du hast auf dem Sofa gesessen, in Reithosen, weil du gleich

in den Stall wolltest. »Klar, ich bin dabei«, meintest du zu meiner großen Erleichterung.

»Ja, Cynthia, natürlich«, sagte auch ich, weil ich merkte, wie wichtig es ihr war. »Das wäre schön.«

»Sehr gut«, meinte sie. »Dann trage ich das im Kalender ein.«

Auf der Fahrt zu den Stallungen warst du recht schweigsam. Ich weiß noch, wie ich dich absetzte und plötzlich das gleiche Gefühl hatte wie damals beim Begräbnis. Diese komische Empfindung, von mir selbst verlassen zu werden, als hätte meine Seele ein Leck. Mir wurde wieder schwarz vor Augen. Und bei der Rückkehr sah ich ihn. Denny. Da es schon dunkel wurde, als ich zur Pferdekoppel einbog, glaubte ich erst an eine Sinnestäuschung, als ich ihn im fahlen Scheinwerferlicht in Joggingkleidung vorbeikeuchen sah. Ich zwinkerte, aber er war immer noch da und starrte jetzt direkt zu mir herüber.

Ich stieg aus und befahl ihm, zu verschwinden. Er blickte mich mit eiskalter Entschlossenheit an, bevor er sich ein paar Schritte entfernte und einfach weiterjoggte. Ich rief nach dir, erinnerst du dich? Wir stritten, als wir Turpin in den Stall zurückführten. Offenbar hattest du keine Ahnung, was der Junge dort wollte. Offenbar war er dir ebenso verhasst wie mir. Offenbar hatte er sich hier noch nie zuvor herumgetrieben.

Du warst absolut überzeugend, und ich war absolut überzeugt, auch wenn mir plötzlich etwas klar geworden war. In meinem Leben gab es so vieles, das mir kostbar war und das ich trotzdem überhaupt nicht schützte. »Tut mir leid, Herzblatt«, sagte ich, »dass ich dich angeschrien habe.« Und du hast genickt und auf die vorbeigleitenden Häuser geblickt und dich vielleicht hinter diese golden erleuchteten Fenster geträumt, glücklich im Dienstagabend eines anderen Mädchens.

Ich erinnere mich, dass ich versuchte, die Sachen deines Bruders zu sichten. Auf seinem Bett sitzend spürte ich, wie fremd mir sein Zimmer war. Filmplakate, die mir überhaupt nichts sagten. Rätselhaftes technologisches Equipment, von dem ich nichts gewusst hatte. Zeitschriften mit Titelfotos von Frauen, die nicht wie Frauen aussahen, sondern so, als hätte sie ein italienischer Sportwagenhersteller designt.

Ich durchstöberte seine Schultasche und fand einen Brief, den er mir nie ausgehändigt hatte. Er stammte von seinem Klassenlehrer, Mr. Weeks, und informierte mich darüber, dass Reuben zwei Geschichtsstunden versäumt hatte. Der Brief war vom März, noch bevor Mr. Weeks seinen Job verloren hatte. Ich erinnerte mich an ihn – er war einmal mit seiner Frau und seinem Sohn George zu mir in den Laden gekommen, um die Bastardtruhe aus Kiefernholz zu kaufen, ein Hüne von einem Mann, der als Lehrer wohl ziemlich fies sein konnte.

Es war seltsam, sich in Reubens Zimmer aufzuhalten. Seine Gegenwart war so real, eingefangen in all diesen Gegenständen, seinen Habseligkeiten, die mich daran erinnerten, wie wenig ich ihn verstanden hatte. Mit Cynthias Hilfe schaffte ich vieles davon auf den Dachboden. Du hast auch mitgeholfen, nicht wahr?

Etwas ganz Wichtiges muss ich dir aber im Zusammenhang mit seinem Fahrrad erzählen. Wie du weißt, hängte ich einen Zettel ins Schaufenster und bot das Rad für fünfundzwanzig Pfund an. Gleich am selben Tag meldete sich eine Frau bei mir, die es für ihren Sohn kaufen wollte. Eine Schottin, deren längliches Gesicht mich stark an die Steinstatuen auf der Osterinsel erinnerte.

Ich holte gerade das Rad aus dem Schuppen, als sich erneut das Dunkel um mich zusammenzog und ich wieder dieses komische Gefühl im Hinterkopf spürte. Nur war es diesmal stärker. Als würde jemand versuchen, in meinem Bewusstsein eine andere Sendefrequenz einzustellen. Das Gefühl steigerte sich noch, als ich auf den Radsattel klopfte und die Schottin den Lenker packte und das Rad wegschob. Ich stand eine Weile da, wie in Trance, und sah ihr nach, wie sie es die Straße entlangschob. Ich blieb stehen, bis sie und das Rad meinem Blick entschwunden waren, das seltsame Gefühl sich legte und ich wieder in meinen tröstlichen Trauermodus versank.

Musiker zu sein bedeutet, um deinen einstigen Helden Pablo Casals zu zitieren, dass man die Seele erkennt, die den Dingen innewohnt. Eine Seele, die am stärksten in einem Steinway oder einer Stradivari spürbar wird und ihren höchsten Ausdruck bei Bach oder Mozart findet, die aber auch sonst in allem Stofflichen präsent ist.

Natürlich bin ich kein Musiker. Ich verkaufe Antiquitäten, doch hier gilt das Gleiche. Man sitzt den ganzen Tag in einem Laden, umgeben von alten Uhren, Tischen, Stühlen, Tellern und Kommoden und fühlt sich genauso wie sie. Man ist auch nur ein Objekt, das Ereignisse durchlebt hat, die sich nicht ändern ließen, ein Objekt, das erschaffen und transformiert wurde und gezwungen ist, angesichts eines unbekannten Schicksals in einer Art Limbus auszuharren.

Eines Nachmittags kam ein Kunde in den Laden – ein bulliger Mann vom Yorkshire-Schlag. So ein Typ, bei dem man nicht weiß, was dominiert, Arroganz oder Ignoranz. Er meckerte sich von Preisschild zu Preisschild und erklärte Cynthia und mir, er wäre mehr als überrascht, wenn wir so viel für eine Art-nouveau-Figur oder ein Lesetischchen bekommen würden.

»Oh«, meinte Cynthia, »es ist immerhin Rosenholz.«

»Egal«, erwiderte der Mann.

»Und frühgeorgianisch.«

»Nicht mal, wenn es mesopotamisch wäre, fände ich diesen Preis gerechtfertigt.«

Jetzt hatte ich genug. »In einem Antiquitätengeschäft gibt es zweierlei Kunden«, erklärte ich ihm. »Die einen erkennen die Seele eines Objekts und begreifen, dass man selbst die kleinsten Dinge – Saucenlöffel, Fingerhüte, silberne Muskatreiben – gar nicht hoch genug schätzen kann. Solche Kunden würde ich als echte Liebhaber bezeichnen; sie wissen unsere Vorfahren zu würdigen, die die betreffenden Gegenstände benutzt, getragen oder Getränke aus ihnen eingeschenkt haben, die sich im gleichen Raum wie die Objekte befanden, im selben Raum weinten oder träumten oder sich verliebten. Solche Menschen suchen einen Laden wie Cave Antiques auf.«

Nicht nur Cynthia, sondern auch der Kunde starrte mich mit großen Augen und offenem Mund an, stumm wie die Figur in seiner Hand, das *Mädchen mit Tamburin*, grün und rosa emailliert. Es waren ursprünglich zwei Figuren gewesen. Die andere Figur war zerbrochen, als ich auf dem Weg zu Reuben gegen die Kommode stieß, am Abend, als er starb.

Ich fuhr fort: »Wogegen der andere Kundentyp, der Typ, mit dem ich es möglicherweise hier zu tun habe, einen Gegenstand nur als Summe der Materialien betrachtet, aus denen er zusammengesetzt ist. Solche Kunden haben kein Gefühl dafür, dass ein Objekt von Menschenhand geschaffen und jahrhundertelang von all seinen längst verstorbenen Besitzern in Ehren gehalten wurde. Nein, um so etwas scheren sich diese Leute nicht. Es ist ihnen egal – sie sehen nur Zahlen, wo sie Schönheit sehen sollten. Sie blicken auf das Zifferblatt einer Messinguhr und sehen nur die Zeit.«

Der Mann stand da, fast ebenso verblüfft von meinem Ausbruch wie ich selbst. »Die wollte ich eigentlich meiner Frau zum Geburtstag kaufen«, sagte er schließlich und stellte die Art-nouveau-Figur zurück. »Aber wenn man hier so behandelt wird, gehe ich dann doch lieber woandershin.«

Nachdem er den Laden verlassen hatte, machte Cynthia mir Vorwürfe. »Terence, was um alles in der Welt ist in dich gefahren?«

»Nichts«, erwiderte ich. »Mir hat es einfach nicht gefallen, wie er mit dir gesprochen hat.«

»Mein Gott, Terence. Ich bin alt und hässlich genug, um auf mich selber aufzupassen. Jetzt hast du einen Käufer verprellt.«

»Ich weiß, tut mir leid. Es ging nicht um ihn. Tut mir leid.«

Sie seufzte. »Du weißt schon, was du nötig hättest, nicht wahr?«

Ich schüttelte den Kopf.

»Du musst hier raus. Mit Bryony. Macht Urlaub. Ich könnte mich eine Woche lang um den Laden kümmern.«

Urlaub. Schon das Wort klang absurd. Ein tanzender Narr, der bei einem Leichenschmaus bunte Ansichtskarten verteilt. Eine Erinnerung blitzte in mir auf. Wie wir auf einer französischen Autobahn Richtung Süden fuhren, du und Reuben schlafend auf der Rückbank zusammengerollt, einträchtig einander zugewandt.

»Nein, Cynthia, das glaube ich nicht«, erwiderte ich, aber die Idee ging mir den ganzen Nachmittag nicht mehr aus dem Kopf. Vielleicht war sie ja gar nicht so absurd. Vielleicht war dies unsere Chance, zur Normalität zurückzukehren. Die vielen Bruchstücke aufzuheben und wieder zusammenzusetzen. Ja, dies war die Chance, unsere gebrochenen Herzen zu heilen.

Seit der Beerdigung hatte ich leichte Änderungen an deinem Verhalten bemerkt.

Statt Pablo Casals' melancholischem Bogenstrich oder deines eigenen Cellospiels hörte ich aus deinem Zimmer jetzt andere Musik. Einen so brutalen und hässlichen Lärm, dass ich dich fast jeden Abend bat, ihn leiser zu stellen.

Du übtest kaum noch. Zwar gingst du immer noch allwöchentlich zur Cellostunde in die Musikschule, fragte ich dich aber, wie es lief, war die Antwort nur ein leichtes Achselzucken oder ein leises Summen. Plötzlich war da eine Freundin, von der ich noch nie gehört hatte – Imogen –, die du offenbar jeden Abend anrufen musstest. Deine Zimmertür war immer zu, und manchmal stand ich davor und überlegte, ob du wohl gerade auf dem Bett liegen oder am Computer sitzen mochtest. Einmal, als du herauskamst, bemerkte ich, dass du dein Pablo-Casals-Plakat abgehängt hattest. Der alte Meistercellist, der dich immer so sehr inspiriert hatte!

Ich fand das unglaublich. Dieser Mann war doch immer dein Idol gewesen!

Du hattest seine Interpretation der *Cellosuiten* von Bach geliebt. Du hattest dir sogar eine alte Filmaufnahme aus der Bibliothek bestellt. Pablo, der mit vierundneunzig Jahren in der Vollversammlung der Vereinten Nationen eine seiner Kompositionen uraufführte. Der winzige alte Mann, in dessen altersrunzligem Gesicht sich die bewegten Emotionen des Orchesters spiegelten, bis Mensch und Musik eins wurden und jeder Takt, der in diesem riesigen Saal erklang, direkt aus seiner Seele zu strömen schien.

Früher einmal hattest du seine Memoiren verschlungen und sie mir wärmstens empfohlen. Ich erinnere mich an die Geschichte, wie er und einige Gefährten den Mount Tamalpais in der Nähe von San Francisco erklommen. Pablo hatte sich an jenem Morgen sehr schwach und müde gefühlt, dann aber zur Verblüffung seiner Freunde trotzdem darauf bestanden, den Berg zu besteigen. Sie begleiteten ihn, doch dann, während des Abstiegs, die Katastrophe. Erinnerst du dich an diese Geschichte?

Weiter oben am Berghang hatte sich ein riesiger Felsbrocken gelöst und raste auf die Gruppe zu. Pablos Gefährten gelang es, dem Felsbrocken auszuweichen, er selbst jedoch starrte ihm wie gelähmt entgegen. Und so traf der vorbeirasende Brocken Pablos linke Hand, seine Greifhand, und verletzte sie schwer. Entsetzt blickten seine Freunde auf die blutüberströmten, zerfleischten Finger, doch Pablo selbst zeigte keinerlei Anzeichen von Schmerz oder Angst. Im Gegenteil, er wirkte unendlich erleichtert und dankte Gott dafür, dass er nie mehr Cello spielen musste.

»Eine Gabe kann auch ein Fluch sein«, schrieb der Mann, der sich seit seiner Kindheit als Sklave seiner Kunst empfunden hatte. Der Mann, der vor jedem Auftritt an Panikattacken litt.

Dieser Umstand war dir bei öffentlichen Auftritten immer ein Trost gewesen. Und deshalb konnte ich es mir auch nicht erklären, warum du sein Poster abgehängt hattest, zumal das alljährliche *York Drama and Music Festival* unmittelbar bevorstand. Das mit dem Poster war zwar ein eher nebensächliches Ereignis, aber es schien mir symptomatisch für eine umfassendere Veränderung zu sein.

Vielleicht hätte ich dich strenger behandeln sollen.

Vielleicht hätte ich nicht zulassen sollen, dass du dich abschottest. Damals jedoch dachte ich, dies sei eben deine Art zu trauern. Ich dachte, du wolltest dich zum Andenken an deinen Bruder genauso geheimnisvoll geben, wie er dies zu Lebzeiten getan hatte.

Dabei entging mir jedoch, dass dieser Rückzug immer weiter fortschritt und du dich immer weiter von mir entferntest, bis ich dich schließlich nicht mehr erreichen konnte.

Als ich den Reiseteil der Zeitung durchblätterte, sah ich es – ein blasses Schwarz-Weiß-Foto des Kolosseums. »Im Preis enthalten sind Hin- und Rückflug und sechs Übernachtungen im Hotel Raphael.«

Die Stadt des Glaubens, der Antike und der gerichteten Perspektive, der Ort, an dem man trauert und die Vergänglichkeit des menschlichen Lebens akzeptiert; die Stadt mit ihren alten Tempeln und Fresken, die uns alle überdauern werden. Derlei Gedanken gingen mir durch den Kopf.

Oh, wie erbarmungswürdig ist die Torheit einer verzweifelten Seele!

Erinnerst du dich an den sonnigen Abend, als wir zu Cynthia gingen und ich mitten auf der Winchelsea Avenue stehen blieb? Du fragtest, was los sei, und ich sagte, ich wisse es nicht, mir sei ein bisschen schwindlig. Es war genau das Gefühl, das ich schon zweimal zuvor gehabt hatte, in der Kirche und beim Verkauf von Reubens Fahrrad an die Schottin. Mir wurde schwarz vor Augen, und ich spürte eine Art Kribbeln im Hinterkopf. Ein bisschen so wie bei eingeschlafenen Gliedmaßen, nur dass es sich wärmer anfühlte, als loderten in den dunklen Räumen meines Bewusstseins winzige Feuer, deren Funken wirbelten und tanzten, bevor sie erloschen. Die Flammen verbrannten den Teil meines Ichs, der wusste, wer ich war und wo ich mich befand, sodass ich einen Moment lang meine Identität verlor.

Ich wandte mich nach dem Haus um, Nummer 17, an dem wir gerade vorbeigekommen waren – es wirkte ebenso trostlos wie die anderen Häuser der Straße. Ich versuchte ruhig zu bleiben. Ich hatte einfach nur gefröstelt, weil meine Nerven blank lagen und ich schlecht schlief, sonst nichts. Doch falls du dich gewundert haben solltest, warum wir diesen Weg später nie mehr gegangen sind, kennst du jetzt den Grund.

Als wir Cynthias Bungalow erreichten, ging es mir schon viel besser, und ich hatte ziemlichen Hunger. Wobei der Hunger eigentlich nie groß genug sein kann, wenn es eins von Cynthias Currys gibt.

»Ein authentisches Rezept aus Goa«, verkündete sie, als sie die Pampe auf unsere Teller klatschte. »Ich habe es am PC ausgedruckt. Eigentlich sollte es mild sein, aber ich fürchte, ich habe ein bisschen zu viel Chili erwischt.«

»Ach, ist bestimmt okay so«, beschwichtigte ich sie und bemühte mich, über die Kohleskizze einer nackten Frau hinwegzusehen, die mitten auf dem Tisch lag. Offenbar war Cynthia gerade dabei gewesen, die Skizze zu rahmen, als wir eintrafen. Eine Studie faltigen weiblichen Fleischs aus einem ihrer Aktzeichenkurse.

»Mmmmh, lecker«, sagtest du gleich beim ersten Bissen. Und es klang so, als meintest du es wirklich ernst.

Cynthia lächelte entzückt. »Freut mich! Schön. Nicht zu scharf?«

»Nein«, war deine Antwort, obwohl du fünf Minuten später in die Küche liefst, um am Wasserhahn dein Glas aufzufüllen.

»Ich hab über deinen Vorschlag nachgedacht«, sagte ich leise zu Cynthia, während du noch in der Küche warst. »Du hast vielleicht recht. Ich werde uns einen Urlaub buchen.«

»Gut, Terence. Gut! Weiß Bryony es schon?«

»Nein«, sagte ich. »Es soll eine Überraschung werden.«

»Na ja, vielleicht solltest du sie erst fragen.«

Ich schüttelte den Kopf. »Sie liebt Überrasch–«

Du kamst mit deinem Wasserglas zurück, nahmst einen Schluck, im Bewusstsein, dass wir dabei deinen Hals bewunderten – zwei alte Enten, die einen jungen Schwan bestaunen.

Irgendwie brachten wir das Curry hinter uns. Wohl für uns alle ein Härtetest, und so versuchte Cynthia uns mit ihren alten Theatergeschichten bei Laune zu halten. »Es passierte bei der Premiere von *Die Glasmenagerie* … Ray trug seine Toga … Ich hielt mich hinter den Kulissen bereit … Dritter Akt … Ich komme auf die Bühne, die Feenkönigin … Und plötzlich furzt jemand im Publikum! Ihr hättet unsere Gesichter sehen sollen!«

Und dann verstummte sie, die dunkel geschminkten Lippen immer noch zu einem Lächeln verzogen, das eigentlich längst erloschen war. Eine Weile starrte sie mit traurigem Blick ins Leere.

»Es ist noch kein ganzes Jahr her, nicht wahr?«, sagte sie schließlich. »Dass Reuben sein Praktikum am Theater machte?«

Ich dachte nach. Ja. Das stimmte wohl. Du hattest dich schon lange für deine Praktikumswoche an der Musikschule angemeldet, während Reuben sich bis zum letzten Moment nicht entscheiden konnte. Cynthia hat dann mit diesem David Dingsbums geredet, sonst hätte Reuben ernstlich Probleme in der Schule bekommen.

»Ja«, sagtest du. »Das war vor einem Jahr.«

Deine Großmutter lachte traurig. »Armer Junge. Sein Praktikum fiel ausgerechnet in die Woche, in der das Musical *Joseph and the Amazing Technicolor Dreamcoat* gespielt wurde. Er musste jeden Tag draußen auf einen Esel aufpassen!«

»Ja«, sagte ich. »Ja.«

»Hast du es gesehen?«, fragte mich Cynthia. »Du warst nicht da, stimmt's? Du hast nicht gesehen, wie er sich abmühte, dieses verdammte Vieh auf die Bühne zu schieben?«

»Nein«, sagte ich. »Nein. Ich glaube, ich hatte eine Besprechung. Mit einem Händler. Ich erinnere mich nicht mehr.«

Ich sah dein kühles Lächeln. »Ich war da.«

»Ja.« Cynthia nickte. »Ja, das stimmt. Du warst da.« Sie sah, dass dein Blick auf ihrer ungerahmten Kohleskizze ruhte, und schwieg eine Weile. »Aber jetzt muss ich euch erzählen, was neulich beim Aktzeichnen passiert ist.«

Zwei Tage vor dem Ende des Schuljahrs saßen wir oben zusammen beim Frühstück. Du hattest dieselben Sachen an wie am Morgen zuvor, die gleiche Frisur, und doch fiel mir, während ich dich deine aufgeweichten Cornflakes löffeln sah, etwas auf – ich bemerkte eine Veränderung an dir.

»Dad? Was ist los? Du machst mir Angst.«

Ich brachte keinen Ton heraus. Ich konnte dir ja nicht sagen, dass es mir die Sprache verschlagen hatte und ich wie versteinert war, weil mich deine Schönheit so überraschte.

Eine Augenweide warst du schon immer gewesen. Selbstverständlich hatte ich jedes Mal bemerkt, wie Fremde vor Reubens finsterem, von seinem Muttermal gezeichnetem Gesicht zurückschreckten und sich dir zuwandten. Und es hatte mich auch nicht überrascht, als Mrs. Weeks den Wunsch äußerte, dein Porträt zu malen. Doch an jenem Morgen löste dein Gesicht nicht Stolz in mir aus, sondern verblüffenderweise Angst.

Die Natur hatte es einfach zu gut mit dir gemeint. So hättest du gar nicht aussehen dürfen. Sicher, auch deine Mutter war in ihrer Jugend eine strahlende Erscheinung gewesen, aber ihre Schönheit erschloss sich nur dem, der einen Blick dafür hatte. Wie bei Bow-Porzellan. Oder Art nouveau. Als ich deine Mutter kennenlernte, bedurfte es der Fantasie eines Byron, um zu sehen, wie vollkommen sie war. Gerade die kleinen asymmetrischen Makel machten einen Teil ihres Reizes aus.

Bei dir bereitete mir Sorgen, dass deine Anmut so offen zutage lag. In dem winzigen letzten Sprung vom Mädchen zur Frau, in dieser höchst subtilen Verwandlung über Nacht, warst du von einem gelenkigen Elfenkind zu einer Julia, einer Dido, einer Venus erblüht. Mir war angst und bange davor, wie diese Schönheit auf die Herren der Schöpfung wirken würde. Jungs brauchen ja nicht erst auf den Geschmack zu kommen – der ist von Anfang an da, formt sich in ihren Träumen im wonnig warmen Mutterschoß, ihr einziger Ansporn, überhaupt auf die Welt zu kommen.

Ich wusste, das verhieß nichts Gutes. Du würdest schon bald die falsche Art von Aufmerksamkeit erregen. Jungs würden dich umschwärmen, und ich befürchtete, du würdest es genießen und in den Schwarm hineinlaufen wie eine unerfahrene Imkerin, ohne Angst vor den Stichen.

»Dad! Hör auf, mich anzustarren! Das ist unhöflich.«

Wie soll man da reagieren? *Meine Tochter, mein süßes Herzblatt, du darfst nie mehr das Haus verlassen!*

Nein.

»Deine Augen«, sagte ich. »Hast du was gemacht? Bist du geschminkt?«

»Ein bisschen.«

»Für die Schule?«

»Man darf jetzt geschminkt in die Schule, Dad. Wir leben nicht mehr im Jahr 1932. Und es ist ja keine Klosterschule.«

»Grüner Lidschatten?«

»Nur noch zwei Tage bis zu den Ferien. Das stört doch keinen.«

Mir war klar, dass ich mir zu viele Sorgen machte. Schließlich war es eine reine Mädchenschule. Aber nach dem Unterricht? Auf dem Heimweg? Du bist doch sicherlich den Proleten von St John's über den Weg gelaufen. In meiner Fantasie sah ich dich lachen. Ich sah, wie ein anonymer Junge den Arm um deine Schultern legte und dich einen einsamen schattigen Pfad entlangführte. Und dann wurde diese Vision konkret. Ich sah *ihn*. Diesen Jungen, Denny.

»Ich fahre dich in die Schule und hole dich auch wieder ab.«

»Aber Dad, warum denn? Du hast mich nicht mehr in die Schule gebracht, seit ich zwölf bin! Es ist doch nur die Straße hoch.«

»Ich mache mir Sorgen um dich, das ist alles. Bitte, lass mich dich fahren. Und dich wieder abholen. Cynthia wird sich solange um den Laden kümmern. Bitte!«

Ich legte so viel in dieses letzte »Bitte«, dass etwas von deinem alten Selbst zurückkehrte. Wahrscheinlich hast du gespürt, dass ich an Reuben dachte, dass ich mich schuldig fühlte, weil ich ihn so oft nicht im Blick behalten hatte.

Achselzucken. »Na gut, wenn du meinst.«

Im Wagen erzählte ich dir von Rom.

»Rom?« Es klang, als sei das der Name eines Ex-Freunds, der dich sitzen gelassen hatte.

»Ich habe schon letzte Woche gebucht.«

»Warum hast du mir das nicht gesagt?« Ich spürte deinen flammenden Blick, obwohl ich nach vorn auf die Straße starrte.

»Na ja, ich dachte, es wäre eine nette Überraschung.«

»Ich wollte nächsten Montag mit Imogen ausgehen.«

»Ausgehen?«

»Ich meine hingehen, sie besuchen.«

»Kann das nicht warten? Die ist doch sicher am übernächsten Montag auch noch da.«

»Wann sind wir denn zurück?«

»Am Dreizehnten, wenn die Welt nicht untergeht. Du hast doch immer gesagt, du möchtest gern mal nach Rom. Schon seit du zehn bist, willst du mal auf der Spanischen Treppe sitzen, seit *Ein Herz und eine Krone*. Oder hast du dich verändert?«

Stirnrunzeln. »Was soll das heißen?«

»Das soll heißen: Hast du dich verändert?«

»Seit ich zehn bin?«

»Nein, seit … ach, egal.«

Wir hielten an einer Ampel. Zwei Jungs gingen über die Straße, stießen einander an, starrten zu dir in den Wagen und produzierten wilde, äffische Geräusche. Ich sah dich verächtlich die Nase rümpfen, bemerkte aber auch dein Lächeln. Verlegen, geschmeichelt.

»Was ist mit der Sixtinischen Kapelle? Die willst du doch immer noch sehen?«

Achselzucken. »Glaub schon.«

»Und, Herzblatt, es ist mir natürlich aufgefallen: Warum hast du in deinem Zimmer das Poster abgehängt?«

»Welches Poster?«

»Das Pablo-Casals-Poster. Ich dachte, er sei dein Idol?«

Noch ein Achselzucken. »Er macht mir Angst.«

»Wie bitte? «

»Nachts. Ich spüre, dass er mich anschaut. Ich spüre seinen Blick auf mir.«

Für mich klang das wie Blasphemie. Die arglosen Augen dieses ehemaligen Friedensbotschafters, diese Augen, die er bei jedem öffentlichen Auftritt schloss. Mein Zorn wurde nur dadurch gezügelt, dass ich mich schuldbewusst daran erinnerte, wie ich einmal in deiner Tür gestanden und dich beim Schlafen beobachtet hatte.

»Du hättest es doch einfach an die andere Wand hängen können«, meinte ich.

»Wo ist das Problem?« Deine Stimme wurde leiser, dein Ärger flaute ab, als hätte ein Teil von dir bereits das Tor passiert und sei schon im Schultag angelangt, der vor dir lag.

»Es gibt kein ›Problem‹. Jedenfalls glaube ich, dass Rom uns wahnsinnig guttun wird. Es ist genau das Richtige für uns beide, meinst du nicht?«

Keine Antwort. Ich hielt an einem Laternenpfahl, du stiegst aus, und es war mir schier unerträglich, dich den Wagen, diesen Zufluchtsort verlassen zu sehen und, wie ein schwaches Molekül, von der Mädchenschar aufgesogen zu werden, die auf den Schuleingang zuströmte.

»Tschüss, Bryony. Pass auf dich auf.«

Ich blieb noch einen Moment sitzen, umklammerte das Lenkrad, als sei es mein letzter Halt in dieser Welt, und nahm meine ganze Kraft zusammen, um ungeachtet der schwarzen Fliegen und Reubens Flüstern in meinem Ohr – »Schau, Dad, wie stark ich schon bin!« – nach Hause zu fahren.

Wie jede Geschichte hat auch jedes Leben mehrere Wendepunkte. Oft sind sie klar als solche markiert. Schmetterlinge im Bauch, typisch für die erste Liebe. Eine Hochzeit. Ein Abschluss. Ein unverhoffter Glücksfall. Der Tod von Menschen, die wir so sehr brauchen, dass wir uns gar nicht vorstellen können, es gäbe sie nicht mehr.

Manchmal ist der Wendepunkt weniger klar umrissen. Irgendetwas verändert sich, und vielleicht spüren wir es sogar, aber die Ursache bleibt so unsichtbar, als würde sich die Windrichtung ändern.

Weißt du noch, wie heiß es in Rom war? Erinnerst du dich an unseren Streit, als wir in der Schlange vor dem Petersdom warteten? Diese Vatikanpolizistin hatte dir einen Papierumhang gereicht, Gott hätte ja an deinen nackten Schultern Anstoß nehmen können.

Natürlich hast du den Umhang lächelnd entgegengenommen, denn so weit, dass du zu Fremden unhöflich gewesen wärst, hattest du dich dann doch noch nicht verändert. Kaum war die Frau weg, sagtest du leise, aber entschieden: »Das zieh ich nicht an.«

»Es wird dir wohl nichts anderes übrig bleiben.«

Ein Jahr zuvor, ach, was sage ich, noch drei Monate zuvor, hätte das genügt. Du hättest dir den Umhang umgelegt, über deine groteske Erscheinung gelächelt und in der Basilika dann gar nicht mehr dran gedacht. Wir wären mit Pilgern und anderen Touristen – einige, wie du, mit solchen Papierumhängen – durch den Kirchenraum geschlendert und hätten gemeinsam Michelangelos Kuppel und all die anderen Renaissanceschätze bewundert.

Aber jetzt warst du unerbittlich. »Das zieh ich nicht an!«,

sagtest du die ganze Zeit. »Ich trage doch keinen hellgrünen Umhang! Da seh ich ja aus wie ein Zelt.«

In deinen vierzehn Jahren auf diesem Planeten hatte ich dich noch nie so entschlossen erlebt.

»Bryony«, mahnte ich, »sei nicht albern. Hier kümmert es doch keinen, wie du aussiehst.«

»Ich bin nicht katholisch«, war deine Antwort.

Ich wies auf eine Japanerin, die vor uns in der Schlange stand und sich klaglos den Umhang um die Schultern legte.

»Die ist doch bestimmt auch nicht katholisch. Na komm schon, sei nicht kindisch.«

Sei nicht kindisch. Das entbehrte nicht einer gewissen Ironie. Denn wenn du sechs oder sieben gewesen wärst, hättest du darauf bestanden, das Ding tragen zu dürfen. Und mit acht, zehn, ja selbst zwölf Jahren noch hätten deine nackten Schultern bei Gottes Polizei keinen Anstoß erregt.

Ich sehe immer noch dein Gesicht vor mir, gleichzeitig zu kindlich und zu erwachsen, und höre immer noch dein mantraartiges Gemurmel: »Ich zieh das nicht an, ich zieh das nicht an …«

Man sah schon zu uns her. Wenn du dir einfach den Umhang um die Schultern gelegt hättest, hätten wir nicht annähernd so viel Aufmerksamkeit erregt. Unter den Gaffern waren auch zwei amerikanische Jungs, die ich auf circa drei Jahre älter schätzte als dich. Sie waren ohne Eltern da, und du hattest sie vermutlich auch schon bemerkt. Vielleicht wolltest du den Umhang deshalb nicht tragen. Sie lachten, und ihr Gelächter trieb dir das Blut in die Wangen. Ich drehte mich um und starrte sie warnend an, aber sie bemerkten mich gar nicht. Sie lachten nur hysterisch weiter und alberten herum, mit ihren schlaksigen, linkischen Gliedern, wie zwei junge, sich balgende Hündchen.

Ein letztes Mal hörte ich dich flüstern: »Bitte, Dad. Zwing mich nicht, den Umhang zu tragen.«

Ich drehte mich nach dir um, blickte in dein Gesicht, das

durch mich halb verschattet war, und gab in einem Moment der Schwäche nach.

»Ich kann mich ja hier auf die Stufe setzen und auf dich warten«, sagtest du, als Antwort auf meine unausgesprochene Frage.

Ich glaube, das war der Moment, wo ich dir von Florence Nightingales Erlebnis im Petersdom erzählte. Als du klein warst, war sie natürlich eine deiner Heldinnen gewesen, die »Dame mit der Lampe« – du hattest dein Zimmer sogar in ein Krimkrieg-Schlachtfeld verwandelt, um die Wunden Angelicas und all deiner anderen Puppen zu verbinden. Doch als ich dir jetzt erzählte, Florence habe in ihrem ganzen Leben keine Erfahrung so tief beeindruckt wie ihr erster Besuch im Petersdom, ließ dich das völlig kalt, und inzwischen waren wir schon fast beim Eingang angelangt.

»Ich warte da drüben«, sagtest du, und ich stand da, den Umhang in der Hand.

Du liefst einfach weg, als hätte ich mich einverstanden erklärt. Im nächsten Moment wies ein ruppiges, bewaffnetes Mitglied der Polizeitruppe Gottes auf einen Metalldetektor, den ich passieren musste. Natürlich hätte ich dir nachlaufen und damit noch mehr Aufsehen erregen können, aber irgendwie redete ich mir ein, du würdest schon zurechtkommen.

Wahrscheinlich nahm ich an, du würdest dort auf deiner Treppenstufe sitzen und darüber grübeln, wie dumm es von dir gewesen war, dir diese Chance geistiger Bereicherung entgehen zu lassen. Ich betrachtete es als Lektion, die dir dein Fehlverhalten bewusst machen würde.

Also ging ich hinein, um die verschwenderische Pracht dieses Kirchenraums auf mich wirken zu lassen.

Ich dachte an das letzte Mal, als ich hier gewesen war, mit deiner Mutter. Die Empfindungen, die uns damals ergriffen, waren ähnlich überwältigend gewesen wie die architektonischen Dimensionen selbst. Jenes fast paradoxe Gefühl, wie klein man als Mensch war, gepaart mit dem plötzlichen Aufwallen spiritueller Empfindungen, hatten wir da zum ersten Mal erlebt. Wir hatten die Kuppel des Doms bewundert und waren zur Laterne an der Kuppelspitze emporgestiegen, um Rom so zu sehen, wie Gott es vielleicht sah, als eine beigefarbene Schale sich überschneidender Geschichtsepochen, so wunderbar stimmig, dass deiner Mutter die Tränen in die Augen traten.

Diesmal jedoch blieb ich unten und spürte die grauenvolle Leere dieses Raums. Ich ließ mich einfach von den anderen Touristen weiterschieben und blieb nur kurz vor Michelangelos *Pietà* stehen, um die weltberühmte Skulptur zu betrachten. Zwar durch eine kugelsichere Glasscheibe, aber trotzdem verfehlte sie ihre Wirkung nicht. Im Gegenteil, die gläserne Trennwand fügte dem Narrativ noch eine weitere Ebene hinzu. Sie schien die Distanz zwischen dem sterbenden Christus und der modernen Welt anzudeuten, eine Distanz, die dem Wunsch entsprang, etwas zu schützen.

Und eben diesen Wunsch drückte auch das Gesicht der Jungfrau Maria aus, die dort saß, stark wie ein Vater, den leblosen Leib ihres Kindes quer über dem Schoß. Ich wünschte, du wärst bei mir gewesen und hättest das gesehen. Das Fundament eines religiösen Glaubens, dargestellt als Tragödie einer Mutter. Einer Mutter, deren Sohn in eine Welt hinauszog, die ihn umbrachte. Zu spät vertraute man ihn wieder der Geborgenheit des mütterlichen Schoßes an. Einer Geborgenheit, die jetzt keinen Sinn mehr hatte.

Ich blieb ein Weilchen dort stehen, mit Tränen in den Augen. Um mich herum Touristen, fasziniert von diesem berühmten Kunstwerk, das sie jetzt abhaken konnten, um weiterzueilen. Natürlich wirkten sie nicht so, als hätte Michelangelos Botschaft sie erreicht. Das gleiche freundliche Gemurmel, mit dem sie auch die Decke der Sixtinischen Kapelle betrachtet hatten, vom Jüngsten Gericht bis zur Unterwelt hinab, die über ihren Köpfen endete.

Michelangelos Botschaft an mich, als ich vor der *Pietà* stand, war klar: Es erwartet dich unsägliches Leid, wenn du deine Tochter in eine Welt der verlorenen Seelen entlässt. Du musst sie beschützen und darfst sie niemals gehen lassen.

Zielstrebig steuerte ich auf den Ausgang zu, hatte keinen Blick mehr für irgendetwas anderes: Keine Kapelle, kein Altar, kein Denkmal, kein päpstliches Grab konnten mich aufhalten. Draußen im Freien fand ich dich nicht gleich. Einen Moment lang dachte ich, du seist weggelaufen. Es wimmelte nur so von Leuten, aber endlich erspähte ich dich auf der Stufe an der Säule, genau dort, wo du versprochen hattest, auf mich zu warten. Ich eilte zu dir hinüber und bemerkte erst im letzten Moment die beiden amerikanischen Jungs. Ich erinnere mich an deinen erschrockenen Gesichtsausdruck, als ich auf dich zueilte. Eine so tiefe Scham, dass sie in Hass umschlug.

»Bryony, gehen wir?«

Du rolltest genervt die Augen, und die beiden Hündchen lachten und sagten: »Na dann, bis später!«

»Na dann, bis später?«, fragte ich, als wir auf dem Weg zur Via della Conciliazione am ägyptischen Obelisken vorbeiliefen.

Achselzucken, Schweigen.

Das hatten die nur so dahingesagt, redete ich mir ein, während ich erneut auf deine nackten Schultern starrte. Kein Grund zur Panik.

Und doch wurde mir ganz kalt vor Panik, an diesem furchtbar heißen Julitag.

»Gut«, sagte ich. »Als Nächstes steht das Forum auf dem Programm. Ich glaube nicht, dass du dafür einen Umhang brauchst.«

Ich fiel aus dem All durch einen nachtblauen Himmel, stürzte immer schneller hinab, während mein Körper an Form und Masse gewann. Es fühlte sich wie eine Ewigkeit an, bis endlich die flache Erde in Sicht kam. Ein dunkler Landkadaver, dessen Blut mondbeleuchtete Teiche und Ozeane bildete. Ich raste direkt aufs Wasser zu, landete aber in meinem Bett und fühlte mich schlechter denn je. Da ich spürte, dass irgendetwas nicht stimmte, stand ich mitten in der Nacht auf, verließ mein Hotelzimmer, ging zu dir hinüber und klopfte an deine Tür.

Als keine Antwort kam, klopfte ich erneut.

Nichts.

Versuch dich doch einmal in meine Lage zu versetzen, wie ich da draußen barfuß im Hotelflur stand. »Bryony«, sagte ich leise. »Bryony, ich bin's.«

Da ich es mit der Angst bekam, klopfte ich immer weiter. Stimmen aus anderen Zimmern forderten mich in zahlreichen europäischen Sprachen ärgerlich auf, endlich Ruhe zu geben. Also hörte ich auf zu klopfen, ging hinunter und erklärte dem alten Mann an der Rezeption, dass irgendetwas nicht stimmte.

Er stieß einen langen Seufzer aus, als spürte er jetzt wieder einen Schmerz, den er vorübergehend vergessen hatte. Dann gab er mir den Schlüssel. Als ich oben deine Tür öffnete, sah ich bestürzt dein leeres Bett. Ich blickte mich im Zimmer um und rief deinen Namen. Nur Klamotten, Zeitschriften und all die anderen Dinge, die ohne dich bedeutungslos waren.

Zu deinem zehnten Geburtstag hatte ich dir ein paar Filme gekauft: *Woher der Wind weht. Jeden Morgen hält derselbe Zug. Heimweh nach St. Louis.* Und den Lieblingsfilm deiner Mutter: *Ein Herz und eine Krone.* Er wurde auch zu deinem Lieblingsfilm, und ich hatte damals kein Problem damit. »Ohne Altersbeschränkung«, lautete die offizielle Empfehlung. Inzwischen gebe ich Audrey Hepburn eine gewisse Mitschuld an deinen Eskapaden in der Ewigen Stadt. Eine junge Prinzessin, die ihren Pflichten entflieht und nachts durch Rom schweift, um Liebe, Freiheit und Gregory Peck zu finden. Die Botschaft dieses Films wirkte auf deine anfällige Seele zweifellos ansteckend. Aus welchem anderen Grund hättest du ausgerechnet in dieser Stadt nachts dein Hotelzimmer verlassen sollen, auf der Suche nach irgendwelchen Abenteuern?

Ich lief ziellos durch die alten Straßen, denn ich hatte ja keine Ahnung, in welche Richtung du gegangen warst. Alles schien möglich.

Ich erinnere mich an die Via Condotti mit ihren dunklen Schaufenstern, aus denen Gliederpuppen in Designerkleidung starrten.

Als ein Mädchen, etwa so groß wie du, um die Ecke bog, rief ich deinen Namen. Sie kam auf mich zu, eine wandelnde Silhouette, gab aber keine Antwort. Welch schrecklicher Moment, als ich erkannte, dass nicht du es warst, sondern ein schmuddeliges Gassenmädchen mit einem Baby im Arm. Und es war nicht einmal ein echtes Baby, sondern nur eine Plastikpuppe, die sie nach mir zu werfen drohte. Sie zischte mich an, in irgendeiner Sprache, jedenfalls nicht italienisch.

»Money«, erklärte sie, als sie merkte, dass ich sie nicht verstand. »Mon-eeey!«

Ich lief weiter, beschleunigte meinen Schritt, und das zerlumpte Mädchen blieb stehen und zischte Flüche hinter mir her, giftige Schlangenwörter, die mir Unglück bringen sollten.

Mal ging, mal joggte ich durch diese Straßen, und immer, wenn ich einen bewegten Schatten sah oder Schritte hörte, wallte wieder Hoffnung in mir auf, gefolgt von noch tieferer Verzweiflung, wenn du es nicht warst.

So ging das stundenlang. Ich hetzte durch die Stadt, fragte Betrunkene, Obdachlose und Zeitungsausträger, ob sie dich gesehen hätten. Vergeblich. Eigentlich hätte ich ins Hotel zurückkehren sollen, um im Foyer auf dich zu warten.

Es wurde hell, und die Stadt legte langsam ihre Tagesfarben an. Das neidische Gelb der Alten und Sterbenden.

Ich musste ins Hotel zurück. Das war mir klar. Aber mir war auch klar, dass ich in einen unvorstellbaren Albtraum stürzen würde, falls ich dich dort nicht antraf. »Bryony!«, rief ich in jede der verlassenen Straßen hinein. Wie verzweiflungsvoll klang dein Name, als kein Echo kam!

Und wenn man dich entführt hatte? Ich weiß, heute kommt dir das lächerlich vor, vielleicht sogar mir selbst, aber ich hatte keine Ahnung, wo du warst. Ich hatte in deinem Zimmer keinen Zettel gefunden, und die Ungewissheit martert das Herz mit den fürchterlichsten Ahnungen.

Ich ging Richtung Hotel, langsam – denn je mehr Zeit verging, desto länger durfte ich mich der Hoffnung hingeben – über die Piazza di Spagna, vorbei an der verlassenen Spanischen Treppe und dem Haus, in dem einst Keats dahinsiechte. Als ich den Brunnen passierte, spürte ich seinen Geist, der bleich und einsam im Fenster lehnte, für alle Ewigkeit gefangen in dieser Stadt, von der er sich Heilung erhofft hatte. Aber nicht einmal Keats, der große Deuter der menschlichen Seele, vermochte mir Orientierung oder Trost zu schenken.

Ich kehrte ins Hotel zurück und fragte den Portier, ob er dich gesehen hätte.

»Tut mir leid, Sir, aber ich fange gerade erst an«, erwiderte er, ohne sich meiner Qual und der seltsamen Poesie seiner Worte bewusst zu sein. Er war ein jüngerer Mann, weniger misanthropisch als der Nachtportier, aber ich war so durch den Wind, dass ich ihn verwechselt hatte.

Zu diesem Zeitpunkt war mir schon ganz schwindlig vor Angst. Ich hatte wieder dieses Kribbeln im Kopf und das Gefühl, als beginne mein Bewusstsein zu zerfasern.

Irgendwie brachte ich noch eine Antwort zustande und stieg die Treppen in den dritten Stock hinauf, während sich mein Blickfeld vom Rand her aschig verdunkelte.

Falls du in deinem Zimmer warst, würde ich dich umarmen, deine Stirn küssen und dir übers Haar streichen. Ich stellte mir vor, wie ich zu dir sagen würde: »Ich habe dich so lieb!«, und hörte schon deine Antwort: »Es tut mir leid, Dad, ich wollte nicht, dass du dir Sorgen machst«, und ich dachte nicht einmal im Traum daran, dich auszuschimpfen. Nein, ich würde eine so tiefe, umfassende Erleichterung empfinden, dass ich es gar nicht mehr fertigbrächte, dich zu tadeln. Seltsam, nicht wahr?

Wie unser Verstand mit dem Schicksal feilscht, solange die Zukunft noch in der Schwebe ist.

Ich klopfte an deine Tür, während sich das Dunkel um mich verdichtete. Schliefst du? Sekunden vergingen, und ich spürte den Flurboden unter meinen Füßen wanken. Ich musste mich an der Wand abstützen. Ich klopfte erneut. »Bryony, bist du da? Herzblatt? Bryony?« Diesmal mahnte mich niemand, leise zu sein, aber es wäre wohl auch gar nicht mehr zu mir gedrungen. Der Rest der Welt hätte aus Raum und Zeit fallen können, ich hätte es nicht bemerkt. Das Einzige, was zählte, lag hinter dieser Tür verborgen, Zimmer 305, und ich wollte schon zur Rezeption hinunter und den Mann überreden, mir den Schlüssel auszuhändigen, als ich ein Geräusch hörte. Deine Füße, die über den Teppich tappten. »Bryony?« Die Tür ging auf, und da standest du und riebst dir den Schlaf aus den Augen.

Hattest du wirklich geschlafen oder nur so getan? Gehörte diese schläfrige Reaktion zu deiner kleinen Inszenierung für mich? War dir klar, dass ich Bescheid wusste? Ach, die schwere Bürde trivialer Fragen!

»Dad?«

Ich kann dir ganz ehrlich sagen, dass ich nie zuvor so viel Liebe für dich empfunden hatte wie in jenem Moment. Dich vor mir zu sehen, lebend und unversehrt, mehr hatte ich mir nicht gewünscht. Und jetzt standest du leibhaftig vor mir, in deinem weiten, langen Picasso-Print-Shirt, und gähntest wie ein Baby. Ich weiß, du wirst mir kaum glauben, angesichts dessen, was dann folgte, aber ich schwöre dir, es ist die Wahrheit. Eigentlich wollte ich dich umarmen, dir für das Wunder deiner Existenz danken, aber dann sagte ich etwas anderes.

»Wo warst du?«, und ich fragte dich das immer wieder, während du ins Zimmer zurückwichst. »Wo bist du gewesen?« Mein Kopf wurde immer heißer, Flammen der Wut schlugen über mir zusammen, und der sonnendurchflutete Raum verschattete sich. Ich spürte, wie etwas in mir aufstieg.

Eine furchtbare Kraft, die mich schwächte und mir die Beherrschung raubte.

»Nirgendwo. Ich war hier. Bin gerade erst aufgewacht.« Deine Lügen, deine Lügen, deine ewigen Lügen! »Was willst du überhaupt? Du spinnst doch. Ich war die ganze Zeit hier! Hab geschlafen.«

Ich merkte es an deinem Atem, er roch irgendwie übel trotz der Zahnpasta. »Du riechst nach Rauch. Und Alkohol.« Da lachtest du. Du hättest nicht lachen sollen, Bryony. Und dann folgte eine vulgäre Bemerkung, die ich euphemistisch als »Geh jetzt« wiedergeben möchte. Und das Wort, das ich nicht niederzuschreiben vermag, klang so hässlich und widerlich aus deinem Mund, dass ich … als ich es tat … als ich dir ins Gesicht schlug … eigentlich nicht dein Gesicht meinte, sondern das Wort auf deiner Zunge, dieses Alienwort, das in dich eingedrungen war, diese neue Präsenz, die von dir Besitz ergriffen hatte, und der es nur noch um Jungs ging, nicht mehr um deinen Vater. Und dann löste sich der Nebel in meinem Kopf auf, und das Dunkel wich, als hätte sich die Kraft, die von mir Besitz ergriffen hatte, davongemacht wie ein Verbrecher. Und ich weiß, das war der Schlüsselmoment, der Moment, wo in unserer Geschichte der Wind drehte, und ich höre bis heute dein Schluchzen, sehe, wie du die Hand auf deine gerötete Wange legst, und ich habe es schon damals gesagt und sage es bis heute: »Es tut mir leid, es tut mir leid, es tut mir so wahnsinnig leid!«, aber ich weiß, diese Worte sind völlig wertlos und können nichts wiedergutmachen.

Ach, es hat keinen Zweck. Ich sollte jetzt aufhören. Welchen Sinn hat das noch? Ich sehe den Widerwillen in deinem Gesicht, die Verachtung. Könnte ich doch meine Seele in diese Worte legen, könnte ich doch erreichen, dass du genau das Gleiche empfindest, was ich damals empfand, dann würdest du die Wahrheit erkennen.

Vermutlich erwarte ich zu viel. Alle Schriftsteller, alle Künstler seit den ersten Höhlenmalern haben versucht, ihre Erfahrung in Worte oder Bilder zu fassen. Und sind wir der Sache näher gekommen, sehen wir uns so, wie wir wirklich sind? Nein. Wir sind immer noch so weit davon entfernt wie am Anfang. Wie kann ich dann erwarten, dass ich etwas schaffe, was noch keinem Schriftsteller gelungen ist?

Es heißt immer, wir Menschen seien die Krone der Schöpfung, weil wir uns unserer eigenen Existenz bewusst sind und deshalb die Fähigkeit besitzen, Kultur zu erschaffen, Kunst zu erschaffen. Wenn ich Schafe betrachte, die friedlich in der Heidelandschaft grasen, frage ich mich, zu wie viel Selbsttäuschung unsere arroganten Herzen wohl bereit sind?

Bei den Boviden mag es keine Entsprechung zu Michelangelo geben, aber das ist auch gar nicht nötig. Die Tiere akzeptieren ihre Existenz auf eine Art und Weise, wie wir dies niemals vermögen. Sie erschaffen keine künstlerischen Spiegel – Bücher, Gemälde, Sinfonien –, um ihr eigenes Wesen zum Ausdruck zu bringen und zu reflektieren. Und selbst wenn sie es könnten, würden sie es nicht tun. Sie tragen diese Erkenntnis von Natur aus in sich. All die von Menschen gemachten Dinge, Künste, Religionen, Wissenschaften, was sind sie anderes als immer wieder der Versuch, diesen Unterschied auszugleichen? Könnten wir das Dasein so akzeptieren, wie es die Tiere tun, gäbe es kein Deckengemälde der Sixtinischen Kapelle, keine *Madame Bovary,* keine *Fantasie und Fuge in d-Moll.* Was auch immer wir in dieser Welt lieben, es entsteht aus unseren Fehlern, unserem Schmerz. Alles, was wir Menschen erschaffen, dient einzig und allein dem Zweck, den Schrecken unserer Existenz zu mildern. Den Schrecken, den Beethoven und Keats und van Gogh empfanden, und alle großen Künstler aller Zeiten, den kollektiven Schrecken einer Menschheit, die immer noch orientierungslos umherstolpert und auf dunkle, dubiose Schatten statt auf echte Spiegelbilder blickt.

Gäbe es eine vollkommene Kunst, einen vollkommenen

Spiegel, die unsere eigene Misere so reflektierten, dass wir uns aus sämtlichen Perspektiven sehen könnten, würde dies das Ende allen schöpferischen Strebens bedeuten. Dann hätte sich die Kunst längst selbst eliminiert. Oder sie würde so weiterexistieren wie in Pferden, Katzen und Schafen. Die Kunst des Lebens und Lebenlassens, die unsere Menschenseele erst noch erlernen muss.

Eine Woche nach Rom lernte ich Imogen kennen. Ich sage »ich lernte sie kennen«, aber das ist natürlich eine Übertreibung. Eher könnte man sagen, dass ich sie verschiedentlich rund ums Haus bemerkte, so wie vielleicht ein Vogelbeobachter in seinem Garten einen Buchfinken erspäht. Jedes Mal, wenn ich mir Imogen einmal genauer ansehen wollte, um mir ein Bild von ihrer Persönlichkeit zu machen, ergrifft ihr beide sofort die Flucht.

Als ich irgendwann doch mal einen näheren Eindruck gewann, fiel er negativ aus. Was war aus deinen anderen Freundinnen geworden? Zum Beispiel aus Holly? Wie gern hatte ich bei den Musikproben euren Streicherduos gelauscht. Oder das Mädchen aus dem Pferdestall – Abigail, nicht wahr? Diese nette, altkluge, warmherzige, die sich immer so gern im Laden umgesehen hatte. Ganz reizend!

Das waren fleißige Mädchen mit einer natürlichen Ausstrahlung gewesen. Für solche Freundinnen zahlte ich deine Schulgebühren gern.

Imogen war da ganz anders. Wie anders, galt es erst noch herauszufinden.

»Du musst Imogen sein«, sagte ich zu dem hinter Ponyfransen versteckten Gesicht, als ihr mir auf der Treppe einmal nicht ausweichen konntet.

»Tja, muss wohl«, sagte sie pampig zum Teppich, und von dir erntete ich einen erbitterten Blick, wie so oft in letzter Zeit, als hätte ich schon dadurch, dass ich deine Freundin mit Namen ansprach, irgendeinen geheimen Pakt gebrochen.

Wusste sie, was in Rom passiert war? Keine Ahnung, was du ihr über mich erzählt hast oder was ihr in deinem Zimmer die ganze Zeit zu reden hattet. Deine neue Musik übertönte eure Stimmen, und das war wohl auch Sinn der Sache.

Hast du je das Philosophiebuch gelesen, das ich dir einmal zum Geburtstag geschenkt habe? Falls ja, erinnerst du dich vielleicht an das Kapitel über Platons Höhlengleichnis. Ich kann dir nur sagen: Als Vater oder Mutter ist man ewig in jener Höhle gefangen und versucht unablässig, die Schatten an den Wänden zu begreifen. Schatten, die kaum Sinn ergeben und leicht missdeutet werden können, mit katastrophalen Folgen. Du weißt nie, was in der Welt, die dein Kind vor dir verbirgt, passiert. Die Berichte, die du aus dem Mund deiner Tochter hörst, sind die Schatten am Felsen, Schatten, die man nicht deuten kann, ohne hinauszutreten, ins Licht.

»Terence?«, rief Cynthia aus dem Laden nach mir. »Terence? Terence?«

Hinauszutreten ins Licht, genau das hatte ich vor. Seit Rom vertraute ich nicht mehr deinen Worten, sondern nur noch dem, was ich mit eigenen Augen sah.

»Wir gehen dann mal«, teiltest du mir an jenem Mittwochnachmittag mit.

»Ach ja?«, sagte ich. »Darf ich fragen, wohin?«

»Terence?«, rief Cynthia jetzt hochdramatisch.

»Gleich!«, rief ich zurück. Dann leiser zu dir: »Wohin?«

»Shoppen«, lautete eine deiner typischen minimalistischen Antworten, an die ich mittlerweile schon gewöhnt war.

»Na gut«, sagte ich. »Gut.«

Du dachtest, es kommt noch etwas, das merkte ich dir an. Irgendein Einwand meinerseits. Aber ich schwieg.

»Also dann«, sagtest du. »Bis später.«

Du dachtest, ich frage: »Um welche Zeit?« Aber ich wiederholte nur: »Gut.«

Deine trotzig in Falten gelegte Stirn glättete sich, du wirktest nur noch verwirrt.

»Okay«, sagtest du, und es klang schon fast wie eine Frage. »Dann bis … später.«

»In Ordnung. Bis später. Bis später, Imogen.«

Ich blickte euch nach, sah euch durch die Hintertür verschwinden, in diesen fürchterlichen Tag hinein.

Ich lief in den Laden.

»Cynthia, hältst du hier bitte die Stellung? Bin gleich zurück!«

Deine Großmutter sah mich erbittert an. Zusammengekniffene, gekräuselte Lippen, harter Blick – genau der Gesichtsausdruck, für den man sie einst als Hedda Gabler besetzt hatte. »Terence, wo hast du gesteckt? Ich hab nach dir gerufen! Mrs. Weeks wollte mit dir reden.«

»Ich war oben. Hör zu, ich muss kurz weg.«

»Aber, Terence –«

Und so verließ ich Cave Antiques und folgte euch hinaus ins Licht. Ich folgte euch durch die Blossom Street und jenseits der Stadtmauer die Micklegate Street entlang. Ich blieb auf Abstand, als ihr in einen Klamottenladen verschwandet. Mir stockte der Atem, als ich euch die Straße überqueren und in meine Richtung blicken sah. Aber ich hatte Glück.

Ich folgte euch weiter, über den Fluss bis Low Ousegate. Dann lief ich Peter, dem Pfarrer, über den Weg, der mich aufhielt, mit mildem Lächeln und freundlichen Worten. Er fragte, wie es denn so ginge.

»Gut«, erwiderte ich, obwohl meine nervösen Blicke über seine Schulter wohl etwas anderes signalisierten. »Es wird schon. Zwischendurch kann es mal schlechte Tage geben, aber …« Jetzt sah ich euch nach links abbiegen, dann wart ihr aus meinem Blickfeld verschwunden. »Peter, es tut mir schrecklich leid, aber ich bin in Eile. Gern ein andermal.«

Ich rannte zur Parliament Street und sah aus der Ferne zwei Gruppen von Jugendlichen, die bei den Bänken vor den öffentlichen Toiletten herumhingen. Die mir nähere Gruppe waren Jungs, die auf Fahrradergometern hockten. Und herumstanden: Sie mampften Chips, qualmten Zigaretten, tippten auf ihren Smartphones. Jungs in den Klamotten, die Reuben sich immer gewünscht hatte. Sportschuhe, Jogginganzüge, die Gesichter von Baseball-Caps und Kapuzen verschattet. Eine Sekunde lang spürte ich wieder das warme Prickeln, die Benommenheit.

Einen der Typen erkannte ich. Es war der kleinere Junge, der sich am Abend, als Reuben starb, aufs Pflaster erbrochen hatte. Er stieß seinen Freund an und nickte zu der anderen Clique hinüber. Der Freund stand mit dem Rücken zu mir, drehte sich nun aber lächelnd um. Sein Lächeln erlosch, als er herüberblickte. Er war es. Denny.

Ich folgte seinem Blick und betrachtete die andere Gruppe. Jungs mit komischen Frisuren, kostümiert wie zur Zeit der französischen Revolution. Ein ziemlich dralles Mädchen mit Pierrot-Träne auf der Wange. T-Shirts mit makabren Motiven und Aufdrucken in Frakturschrift.

The Remorse. The Pains of Sleep. The Cleopatras. Daughters of Albion. Instructions for My Funeral. Lauter junge Baudelaires, die mit Musikgeräten verkabelt waren oder Bagels aßen.

Es versetzte mir einen Stich, als ich dich entdeckte, mitten unter ihnen.

Jungs, die dich umschwärmten, genau wie ich es befürchtet hatte. Einer von ihnen unterhielt sich angeregt mit dir und Imogen.

Er war älter als die anderen, spindeldürr, schwarz gekleidet und trug trotz des warmen Wetters einen blutroten Schal. Er hatte ein langes, blasses, knochiges Gesicht mit müden Augen. Dickens hätte es ein Leichengesicht genannt. Womit brachte er euch gerade zum Lachen? Ich hätte es gerne gewusst – nein, ich brannte darauf, es zu erfahren.

Und da stand noch jemand in dieser Gruppe, ganz am Rand. Ich kannte ihn von irgendwoher. Ein großer, übergewichtiger Junge, der sich angestrengt bemühte, dazuzugehören. Er hatte blondes Haar, einen pinkfarbenen Pony und trug eine Brille mit dicken Gläsern. Jetzt fiel es mir ein. Es war Mrs. Weeks' Sohn George.

Bis vor Kurzem noch hatte er seine Mutter samstagvormittags in meinen Laden begleitet. Ich hatte ihn erst gar nicht einordnen können, weil mir George Weeks immer so ruhig und strebsam vorgekommen war. Trotz seiner massigen Erscheinung konnte ich mir gut vorstellen, dass er wegen seiner Atemnot und Schüchternheit gehänselt wurde. Der Umstand, dass sein Vater ausgerechnet an derselben Schule unterrichtete, hatte die Sache nicht besser gemacht. Ich weiß noch, wie ich Reuben einmal drängte, mit ihm zu reden, weil George in St John's eine Klasse über ihm war, aber natürlich hatte dein Bruder mal wieder eine Ausrede parat. (Jetzt fällt mir der Brief ein, den ich in seinem Schulranzen fand. Vielleicht sträubte Reuben sich gegen George, weil er Mr. Weeks hasste. Oder einfach aus Loyalität mit seiner Clique. Keine Ahnung. Ich weiß es nicht.)

Ich fragte mich, ob Mrs. Weeks wusste, dass ihr Sohn in solche Kreise geraten war. Ob sie wusste, dass ihr asthmakrankes Kind Zigaretten rauchte. Ich fragte mich, was sie tun würde, wenn sie davon erfuhr.

Jedenfalls stand George jetzt dort drüben, trumpfte lautstark auf und versuchte, wie all die anderen, auf sich aufmerksam zu machen. Und ich stand hier, spähte um die Ecke von Marks & Spencer, ohne dass mich einer von euch sah, denn hier wimmelte es nur so von Passanten und Touristen.

Da es riskant gewesen wäre, noch näher zu kommen, verstand ich kein Wort. Ich hörte nur die afrikanische Lady, die die Fußgängerzone durchs Megafon mit dem *Buch der Offenbarung* beschallte.

»Und die Könige auf Erden und die Großen …!«, kreischte sie mit fundamentalistischem Furor und bewies damit nur ihre eigenen Zweifel.

Dennys Gruppe machte sich über die Frau lustig und bewarf sie mit Chips. Alle außer Denny selbst, der mit dunklem undurchdringlichem Blick immer noch zu dir hinüberstarrte.

»… Und die Reichen und die Hauptleute und die Gewaltigen und alle Knechte und alle Freien verbargen sich in den Klüften und Felsen an den Bergen …!«

Ich sah, dass Denny sich von seiner Gruppe entfernte und an den Toiletten vorbei auf dich zuging. Der Junge mit dem Leichengesicht, dem Uriah-Heep-Gesicht, drehte sich um und sagte irgendetwas zu ihm, das Denny ignorierte. Und dann sprach Denny mit dir, und du reagiertest darauf, und ich hätte alles darum gegeben, von den Lippen lesen zu können, während weiter die zornige Mahnung über den Platz schallte:

»... und sprachen zu den Bergen und Felsen: Fallt über uns und verbergt uns vor dem Angesichte des, der auf dem Stuhl sitzt ...!«

Der Frau quollen fast die Augen aus dem Kopf, ihre Worte blähten sich auf.

»... und vor dem Zorn des Lammes! Denn es ist gekommen der große Tag seines Zorns, und wer kann bestehen?«

Uriah Heep stieß Denny beiseite, und Denny stieß ihn zurück, während der Kreis der anderen sich um die beiden schloss. Kartoffelchips und Beleidigungen flogen durch die Luft. Dennys Stoß war so stark, dass Uriah vor dich hin stürzte. Jetzt mischte sich noch jemand von Dennys Clique ein – der kahl rasierte Junge, den ich bei den Tennisplätzen gesehen hatte – und trat Uriah in den Bauch.

Du schautest Imogen an, verängstigt und hilflos in dieser Situation.

Ich musste etwas tun.

Schon setzte ich mich in Bewegung, da beruhigte sich die Lage wieder.

Dennys Clique zog den Skinhead weg, Denny selbst entfernte sich. Imogen half Uriah wieder auf die Füße.

Ich stand wie angewurzelt, als ihr abzogt, du und deine Gefährten, unter dem lauten Jubel von Dennys Freunden. Du konntest mich jeden Moment entdecken, und ich hätte dir nicht erklären können, warum ich nicht im Laden war. Jedenfalls nicht plausibel. Und nach dem Vorfall in Rom konnte ich es mir nicht leisten, die Kluft zwischen uns zu vertiefen. Als ich für einen Moment die Augen schloss, sah ich im sonnenroten Dunkel Reuben mit verrenkten Gliedern auf dem Boden liegend und nahm dies als endgültiges Zeichen.

»Und Gott wird abwischen alle Tränen von ihren Augen …!«

Ein Blick auf die Uhr zeigte mir, dass ich eine Stunde weg gewesen war. Und so weit war ich doch noch der alte Terence, dass ich nun in den Laden zurückkehrte, um Cynthia an diesem hektischen Nachmittag beizustehen.

»Wo um alles in der Welt bist du gewesen?«, zischte sie wütend, aber wenigstens so leise, dass sich das alte Ehepaar, das sich gerade die Antiquitäten anschaute, nicht gestört fühlte.

Die Antwort fiel mir nicht leicht. »Ich musste … ich bin … Bryony war …«

Cynthia schloss die Augen und seufzte genervt. »Du bist ihr doch nicht etwa gefolgt?«

Das alte Paar warf uns einen Blick zu und beschloss stillschweigend, den Laden zu verlassen. »Doch«, sagte ich. »Doch, ich bin ihr gefolgt. Aber jetzt bin ich ja zurück!«

»Ich weiß nicht. Wirklich? Bist du wirklich *zurück*, Terence?« Sie unterstrich das »Zurück« noch, indem sie die Augenbrauen hochzog.

»Was soll das heißen?«

Cynthia holte tief Luft, um sich für eine verbale Attacke zu rüsten, doch dann überlegte sie es sich anders. Sie ließ die Brauen wieder sinken und starrte auf den Punkt, wo kurz zuvor das alte Paar gestanden hatte. Ihre Stimme wurde sanft. »Nichts, Terence. Nichts. Ich glaube einfach nur, dass du jemanden zum Reden brauchst.«

»Jemanden? Was meinst du damit? Und worüber soll ich reden?«

»Eine dritte Person. Einen Trauerbegleiter. Jemanden, den du nicht kennst und dem du dich öffnen kannst. Weißt du, ich fand es damals so hilfreich, als Helen … zu wissen, dass ich jeden Dienstagnachmittag dort hinkonnte, einfach nur dasitzen, mich ausheulen, gehenlassen.«

»Nein«, sagte ich. Die Vorstellung, auf einem Plastikstuhl zu sitzen – in einem Raum, der nach billigem Instantkaffee roch und in dem alle möglichen Psycho-Flyer auslagen – und mit einem mir völlig fremden Menschen über diese Dinge zu sprechen, war mir zuwider. »Nein, ich glaube nicht.«

Sie lächelte hoffnungsvoll. »Na ja, vielleicht solltest du mal mit *mir* reden. Vielleicht sollten wir gemeinsam über alles reden. Vielleicht würde es uns beiden guttun. Es ist nämlich wirklich nicht gesund, alles in sich reinzufressen. Deine Emotionen werden zum Monster, wenn du sie ignorierst. Du musst hie und da die Tür aufmachen. Luft hereinlassen.«

Ich hockte mich auf den Holzschemel, während Cynthia auf ihrem Stuhl sitzen blieb. »Vielleicht«, sagte ich. Und es war ein mattes, aber ehrliches Vielleicht. Es schwang etwas von dem alten Terence darin mit, der wusste, wann er einen guten Rat bekam, den er befolgen sollte. »Er war so ein lieber Junge«, sagte sie jetzt, und je mehr sie lächelte, desto trauriger wurde ihr Blick.

»Ja«, sagte ich. »Manchmal, wenn er wollte.«

Sie gluckste vor sich hin. »Ich weiß noch, als er mich im Bungalow besuchte und fragte: ›Oma, warum stehen hier überall Vasen mit Zweigen rum?‹ Und ich hab ihm dieses Buch gezeigt. Andy Goldsworthy. Erinnerst du dich? Ihm gefielen die Eisskulpturen. ›Wow, cool. Wie hat er das gemacht?‹ Seltsam, nicht wahr? Das muss erst zwei Monate her sein. Ein Sonntag. Er wollte nach dem Essen immer noch ein Toffee. Tja, für ein Toffee war er nie zu alt!«

»Nein«, sagte ich und versuchte, mich krampfhaft an den Sonntag zu erinnern, von dem sie sprach. »Stimmt.«

Cynthia erzählte den ganzen Nachmittag lang Anekdoten und Geschichten aus jener vergangenen, unwiederbringlichen Zeit. Ich nickte lächelnd, murmelte vor mich hin, hatte aber sonst wenig beizutragen. Ich war in Gedanken viel zu sehr mit dir beschäftigt und betete, dass dir nichts passieren möge.

Meine Gebete wurden erhört. Fünf vor fünf kamst du zurück, allein und unversehrt, ohne mich mehr oder weniger zu hassen als zuvor.

»Dein Vater und ich haben sehr nett miteinander geplaudert, nicht wahr, Terence?«, sagte Cynthia, als sie dich im Flur stehen sah.

»Ja«, bestätigte ich. »Stimmt.«

Cynthia nickte mit großen Augen, was meine nicht ernst gemeinten Worte leider noch bekräftigte.

Ich sah dich lächeln, deiner Großmutter zuliebe. »Oh«, sagtest du. »Okay. Gut.« Das war's, glaube ich.

Und wir hörten dich leise nach oben gehen, während Cynthia so laut flüsterte, dass du es sicher noch hörtest: »Na, siehst du, kein Grund, sich Sorgen zu machen. Alles okay mit ihr. Sie wird schon ihren Weg finden. Und jetzt, Terence, bist du so lieb und machst uns eine Kanne Tee?«

Während du ein Traum von einem Kind warst, war Reuben der dunkle Schlaf, der mir immer ein Rätsel blieb. Ich lauschte Cynthias Anekdoten auch deshalb so aufmerksam, weil Reuben mir zu Lebzeiten nie etwas von sich erzählt hatte. Stets hatte ich mir irgendwelche Bruchstücke zusammenreimen müssen, die aber nie das gesamte Bild vermittelten: die vagen Andeutungen der Lehrer; Reubens einsilbiges Gemurre; seine Schritte, wenn er in sein Zimmer ging; die Freunde, die er besuchte, über die er aber nie sprach. Und doch gab es Momente, wo ich einen tiefen Blick in seine Seele tun konnte. Ich erinnere mich da ganz besonders an einen Vorfall. Wann war das noch mal?

Du hattest Orchesterprobe für ein Schulkonzert und warst deshalb noch nicht zu Hause. Also muss es ein Mittwoch gewesen sein, nicht wahr? Ja. Und ich glaube, ungefähr eine Woche vor eurem vierzehnten Geburtstag. Doch, ganz sicher. Die anderen Einzelheiten sind mir aber wesentlich genauer in Erinnerung.

Ich war im Laden und bekam Reubens Gegenwart nur in

Form von Geräuschen mit. Ich hörte, wie die Hintertür aufgeschlossen wurde und langsam ins Schloss fiel. Ich bin sicher, dass ich in diesem Moment sagte: »Wie war dein Tag?« Oder irgendetwas ähnlich Belangloses. Er gab keine Antwort. Auch nicht ungewöhnlich. Wahrscheinlich war er wieder in Gedanken versunken. Oder er ignorierte mich einfach. Jedenfalls dachte ich nicht weiter darüber nach, denn die Kommode, die ich gerade restaurierte, war der reinste Albtraum.

Nach einiger Zeit hörte ich, wie er sein Zimmer verließ und ins Bad ging, dann das Geräusch laufenden Wassers. Er hatte den Hahn voll aufgedreht.

Ich unterbrach die Arbeit an der Kommode und ging hinauf. Als ich auf dem Treppenabsatz stehen blieb, hörte ich außer dem Wasserrauschen noch etwas anderes.

Schwierig zu beschreiben.

Eine Art Keuchen. Ein heftiges Keuchen und ab und zu ein Wimmern. Im Nachhinein ist mir klar, ich hätte die Tür früher öffnen sollen. Was ich aber nicht tat. Und ich beeile mich hinzuzufügen, dass meine Passivität nicht auf väterliches Desinteresse zurückzuführen war, sondern eher auf väterliche Intuition. Wenn ein Mann seinen adoleszenten Sohn im Bad keuchen hört, sollte er lieber nicht intervenieren. Also hielt ich mich zurück und versuchte angestrengt, an etwas anderes zu denken. Damals war ich nämlich noch der Meinung, dass Eltern gewissen Dingen nicht nachgehen sollten. Und ich wollte meinen Sohn nicht beschämen.

Erst als sich das Wimmern steigerte, beschloss ich einzugreifen. »Reuben? Was machst du denn da drin?«

Er hörte mich nicht. Jedenfalls antwortete er nicht. Das Wasser lief noch, also sprach ich etwas lauter: »Reuben? Brauchst du wirklich so viel Wasser?«

Da ich jetzt näher bei der Tür stand, hörte ich, dass es kein lustvolles, sondern ein gequältes Wimmern war.

Er drehte den Hahn ab, atmete schwer.

»Dad«, keuchte er. »Ich … ich … kann nicht …«

In seiner Stimme lagen Panik und Schmerz. Ich drückte die Klinke herunter. Er hatte nicht abgeschlossen. Vielleicht hatte er es vergessen oder sich unbewusst gewünscht, dass ich die Tür aufstoßen würde – dass sich mir dieser Anblick bieten würde, den ich immer noch so lebhaft vor Augen habe, als wäre es gestern gewesen.

Dein Bruder stand vor dem Spiegel und wandte sich mir zu, die Augen angstvoll aufgerissen. Es lag irgendetwas im Waschbecken, was ich zuerst gar nicht bemerkte. Ich sah nur Blut. Es lief aus einer tiefroten Wunde auf seiner linken Wange.

»Mein Gott, Reuben, was hast du getan?«

Er antwortete nicht. Vermutlich schämte er sich, aber ein Blick ins Waschbecken genügte: Da lag seine Zahnbürste, die Borsten rosa von mit Wasser verdünntem Blut.

»Hast du dir das selbst zugefügt?«

Als ich wieder auf die Wunde sah, war mir alles klar. Er hatte versucht, sein Muttermal wegzuscheuern. Er hatte die ganze Zeit dagestanden und seine Haut wund geschabt.

»Reuben«, sagte ich jetzt in sanfterem Ton. »Reuben, warum hast du denn –«

Die Scham, der Schmerz, das rinnende Blut, all das bewirkte, dass ihn die Kräfte verließen. Er wurde bleich und kippte halb ohnmächtig zur Seite. Ich sprang rasch hinzu und fing ihn auf.

Ich versorgte seine Wunde. Ich klebte ihm ein Pflaster ins Gesicht. Ich gab ihm Paracetamol.

»Ich will nicht, dass Bryony davon erfährt«, sagte er.

»Natürlich verrate ich ihr nichts«, versicherte ich ihm. »Wir sagen einfach, du hattest einen Rugby-Unfall.«

»Ich spiele aber nicht Rugby.«

»Dann Fußball.«

(Du hast das nie geglaubt, oder? Zumindest weißt du jetzt, dass es nicht Reuben war, der sich diese Lüge ausgedacht hat.)

Obwohl mir alles vollkommen klar war, fragte ich ihn, warum er es getan hatte, erhielt jedoch keine Antwort.

Ich hatte ihm väterlichen Trost gespendet und mir arroganterweise eingebildet, das hätte geholfen. Aber vermutlich wollte er nur so schnell wie möglich den neugierigen Blicken seines Vaters entfliehen. Ich blieb noch im Bad und wusch die letzten Blutspuren von der Zahnbürste.

Auch als sie schon ganz sauber war, ließ ich das Wasser weiterlaufen und machte mir nichts aus der Verschwendung. Es war wie eine seltsame Therapie, dem Geräusch des Wassers zu lauschen, das durch die weißen Borsten in den Abfluss lief.

Na los, Terence! Raus aus dem Treibsand, bevor du noch tiefer darin versinkst.

Ach ja, der nächste Vorfall: Cynthias große Einladung ins Lokal.

Ja. Du bist nicht mitgekommen, weißt du noch?

»Bryony!«, rief ich. »Bryony, deine Großmutter ist da! Bist du fertig?«

Cynthia stand vor dem Spiegel, fuhr sich mit den Fingern durch ihr frisch gefärbtes schwarzes Haar und nahm diverse Theaterposen ein. »Liz Taylor soll vor Neid erblassen!«, sagte sie.

Ich rief weiter nach dir. »Bryony? Bryony?«

»Oh, Terence, hat sie es dir nicht gesagt?«

»Was denn?«

Cynthia wies mit einem ihrer schwarzen Fingernägel zu deinem Zimmer hinauf. »Andere Pläne«, flüsterte sie.

»*Was?*«

»Sie hat mich vor einer Stunde angerufen.«

»Angerufen?«

»Von ihrem Handy aus.«

»Sie hat dich von ihrem Handy aus angerufen? Wann denn?«

»Hab ich dir doch gesagt«, erwiderte Cynthia gereizt. »Vor einer Stunde.«

»Nun, ich fürchte, Cynthia, da hat sie dich falsch informiert. Sie hat versprochen, mitzukommen, und sie kommt mit. Bryony? Bryony?«

Draußen hupte das Taxi.

»Bryony? Bryony?«

Deine Stimme irgendwo von oben. »Was gibt's?«

»Warum hast du deiner Großmutter gesagt, dass du nicht mitkommst?«

»Ich geh zu Imogen«, war deine kühle, trotzige Antwort.

»Zu Imogen?«

Jetzt trommelten Cynthias Finger auf meinem Arm. Ihre Nägel glänzten wie Onyx.

»Offenbar geht es ihrer Freundin ganz schlecht«, flüsterte sie. »Sie hat sich gerade von ihrem Freund getrennt und braucht jetzt einen Mädelsabend mit Bryony. Du weißt doch, Mädchen übernachten gern mal beieinander. Komm schon, Terence, mach nicht so ein Theater.«

Ich ging nach oben und bekam von dir einen schon vorbereiteten Zettel ausgehändigt, mit Imogens kompletter Adresse und Telefonnummer. Zweifellos dachtest du, ich würde von diesen Daten keinen Gebrauch machen.

Draußen ertönte zum dritten Mal die Taxihupe, und Cynthia rief: »Na los, Terence! Wir kommen zu spät!«

Und ich blickte dich direkt an und fragte: »Also wirklich nur du und Imogen?«

Große Augen, Unschuldsmiene. »Na klar.«

»Und wie, wenn ich fragen darf, kommst du dorthin?«

»Imogen kennt einen Zuhälter, der hier in der Gegend arbeitet und freundlicherweise angeboten hat, mich mitzunehmen«, sagtest du ironisch. Dann wieder ernst: »Imogens Mum. Sie holt mich ab.«

»Na gut«, erwiderte ich, weil ich an Cynthia dachte. »Ich vertraue dir.«

Aber selbst wenn das wahr gewesen wäre, hätte ich den ganzen Abend in Panik verbracht.

Unser Taxi fuhr an einem Unfall in der Nähe der Galopprennbahn vorbei. Ein komplett zerstörter Wagen, der auf ein Hindernis geprallt war und fast senkrecht stand. Seine zusammengestauchte Karosserie erinnerte an den Buckel einer zornigen Katze.

»Wie traurig«, sagte Cynthia angesichts einer zugedeckten Gestalt, die in den Krankenwagen geschoben wurde.

»Ja«, sagte ich und wünschte mir, ich hätte die Empathie deiner Großmutter besessen, die Fähigkeit, mich um ein anonymes Opfer zu sorgen statt um meine Tochter, die gerade auf dem Rücksitz eines fremden Wagens zu einem Haus fuhr, das ich nicht kannte.

Im Box Tree quälte ich mich durchs Essen, nickte freundlich und bekam Bauchschmerzen, als ich den grimmig lächelnden Steinbutt hinunterschlang und dabei Cynthia zuhörte, die erzählte, wie sie einmal vor Jahren in einer Produktion von *Der Sturm* mitten auf der Bühne gestolpert war.

Ich kann mich kaum noch an diese Leute erinnern.

Cynthias alte Freunde aus ihrer Laientheatergruppe.

Oder doch, an ein oder zwei erinnere ich mich noch. Zum Beispiel an Ray. Ein äußerst unangenehmer Mensch, dessen Gesicht mich an einen Figurenbierkrug erinnerte. Ray machte sich einen Spaß daraus, meinen Namen zu verballhornen: »Also, Terry … oder war es Tel? Könnten Sie mir bitte mal die Weinflasche rüberreichen, Tezzer?«

Er nervte mich ständig mit Zitaten, während seine Frau neben ihm vor Scham am liebsten im Erdboden versunken wäre.

»… doch wer ein Held sein will, muss Brandy trinken«, zitierte er, während er, in seinen Stuhl zurückgelehnt, auf die Weinkarte starrte. »Dr. Johnson, falls Sie es nicht wussten. Sind Sie ein Brandy-Typ, Telly?«

»Nein«, erwiderte ich. »Ich trinke nichts Hochprozentiges.«

Er rieb sich sein lächerliches Kinn und musterte mich arrogant. »Hätte ich nicht gedacht«, meinte er.

Jetzt berichtete Cynthia von ihrem Aktzeichenkurs.

»Würden Sie sich jemals nackt ausziehen, Tel?«, erkundigte sich der Bierkrug. »Ich meine, der Kunst zuliebe.«

»Nein. Sie etwa?«

»Na ja, Ollie Reed hat sich für seine berühmte Nacktszene ja auch nicht geschämt«, erwiderte er.

Mein Sitznachbar kam mir zu Hilfe. Dieser homosexuelle Mann. Schneeweißes Haar, kanariengelber Pulli, ein Gesicht, das mich an ein gut gepflegtes Kamel erinnerte. Ich denke, du kennst ihn. Du hast ihn mal vor Jahren als Witwe Twankey in der Pantomime *Aladdin* erlebt. Michael. So hieß er doch?

»Ach, Ray, ich weiß nicht«, sagte er jetzt. »Hast du nicht eher Ähnlichkeit mit Ollie Hardy als mit Ollie Reed?«

Der Tisch wieherte vor Lachen, und der Bierkrug warf seiner kichernden Frau einen strafenden Blick zu.

Später sagte mir Michael mit trauriger Stimme ins Ohr: »Cynthia hat mir alles erzählt. Es tut mir so leid. Es muss fürchterlich für Sie gewesen sein. Ich habe ihn im Theater kennengelernt. Er hat damals ein Praktikum gemacht, nicht wahr? Hat sich mit diesem blöden Esel abgemüht.«

»Ja … ja …«, erwiderte ich und betrachtete das Fischskelett auf meinem Teller. Immerzu ging mir durch den Kopf: *Wo bist du? Was machst du gerade? Bist du noch im Wagen? Hast du daran gedacht, dich anzuschnallen? Fährst du wirklich zu der Adresse, die auf dem Zettel steht?* Und mir war überhaupt nicht wohl dabei. All diese Leute, die zwischen uns standen. All diese Leute, die sich zwischen dich und mich drängten. All diese Persönlichkeiten. All diese Geschichten, die uns nichts angingen, in denen es keine Rolle gespielt hätte, wenn du nicht mehr am Leben gewesen wärst. »Sie müssen mich bitte entschuldigen …«

Ich weiß noch, dass ich zur Toilette ging und daheim anrief, um zu hören, ob du schon unterwegs warst, und dass ich über eine Minute lang dem deprimierenden Quäken des Klingeltons lauschte. Dann versuchte ich es auf deinem Handy, aber eine weibliche Automatenstimme ließ mich wissen, du könntest meinen Anruf gerade nicht entgegennehmen.

Wieder am Tisch, hielt ich es nicht mehr aus. Diese unerträgliche Oberflächlichkeit. Das inhaltslose Geschwätz. Der eklige Käsekuchen. Mein pochendes Herz. Ich wollte gehen. Ich wollte weg. Ich hätte gar nicht herkommen sollen. Ich war hier völlig fehl am Platz. Eine unglückliche Raupe unter geselligen Schmetterlingen. Welchen Sinn hatte das alles? Ich war nur Cynthia zuliebe mitgekommen, aus Pflichtgefühl, weil sie mir so viel geholfen hatte, aber jetzt riefen andere Pflichten.

Es muss schon halb zwölf gewesen sein, als wir endlich zurückkehrten. Cynthia bestand darauf, noch einen späten Kaffee zusammen zu trinken, aber ich konnte mich nicht beruhigen.

»Ich muss Imogens Mutter anrufen«, sagte ich.

»Ach, Terence. Sei doch nicht so ein –«

»Tut mir leid, Cynthia. Aber ich rufe sie jetzt an. Ich will einfach nur mit Bryony sprechen, das ist alles. Ich will nur wissen, dass es ihr gut geht.«

Cynthia zuckte resigniert die Achseln. »Es ist deine Tochter. Mach, was du willst.«

»Genau«, sagte ich und zog den Zettel aus der Tasche. »Genau das habe ich vor.«

Wir fuhren aus York hinaus und rasten über kurvenreiche Landstraßen.

Cynthia war wütend. Ich hatte zu viel getrunken und war nicht mehr ganz zurechnungsfähig. »In mehr als einer Hinsicht«, fügte sie hinzu. Aber was sollte ich machen? Unter der Nummer, die du mir gegeben hattest, ging niemand ans Telefon, und meine Fantasie trieb wilde Blüten von Autounfällen, Vergewaltigungen, Entführungen. Jetzt fuhren wir zu der Adresse und wagten kaum zu hoffen, dass die Angaben stimmten.

Ich hatte Cynthia angeboten, sie zu Hause abzusetzen oder ihr ein Taxi zu rufen, aber sie hatte beschlossen mitzukommen. »Nicht, dass du eine Dummheit begehst, Terence.«

Aha, eine Dummheit.

Bevor wir das Dorf erreichten, in dem Imogen angeblich wohnte, bemerkten wir irgendwo vor uns einen gedämpft goldenen Lichtschein. Als wir um die nächste Kurve bogen, sahen wir ein Feuer auf dem Feld, um das Menschen tanzten. Es war eine präzivilisatorische Szene, oder postzivilisatorisch, postapokalytisch. Eine Sieges-, Initiations- oder Opferzeremonie.

Wir hielten am Straßenrand und warteten eine Weile. »Sie ist dort«, sagte ich.

»Ach, Terence, das weißt du doch gar nicht. Komm, lass uns zum Haus weiterfahren.«

»Nein, schau doch, dort ist sie!« Ich zeigte auf ein Mädchen, eine vor dem Feuer tanzende Silhouette. Das warst du, und Cynthia wusste es.

Sie seufzte. »Lass sie doch.«

»Wie bitte?«

»Lass sie. Du kannst doch später mit ihr sprechen. Morgen.«

»Soll das ein Witz sein?«

»Nein. Ganz bestimmt nicht. Um Himmels willen, denk doch mal nach, Terence. Wenn du jetzt da hingehst, wird sie dir das nie verzeihen. Solche Dinge bleiben einem Kind im Gedächtnis.« Sie sagte dies in traurigem Ton, und ich fragte mich flüchtig, welche Demütigungen sie als Kind wohl selbst erlitten hatte.

»Tut mir leid, Cynthia«, erwiderte ich, »aber ich möchte das jetzt klären. Sie ist meine Tochter. Was ist, wenn ihr heute Nacht etwas passiert, in ihrem Zustand? Feuer, Alkohol, Jungs. Keine sehr beruhigende Kombination.«

Cynthia wandte sich mir zu, und über ihre dunkel geschminkten Lippen kamen begütigende Worte. »Du weißt doch gar nicht, in welchem Zustand sie ist. Komm schon, Terence, gönn ihr das Vergnügen.«

Mein Ärger wuchs. »Schau dir das an, dieses Herumgetanze! Schau hin, um Gottes willen! Die sind doch nicht bei Verstand!«

»Vermutlich haben sie ein bisschen was getrunken. Es sind Teenager. Es ist Samstagnacht.« Sie beugte sich zu mir herüber und flüsterte dunkel: »Sei nicht in Angst! Die Insel ist voll

Lärm, / Voll Tön' und süßer Lieder, die ergötzen / Und niemand Schaden tun.«

Cynthia missdeutete mein Stirnrunzeln als Frage.

»*Der Sturm*«, sagte sie.

Vielleicht hatte sie ja recht. Möglich, dass ich überreagierte. Möglich, dass sie, mit ihrem klugen Hexengesicht, gerade dabei war, mich umzustimmen. Aber da hörte ich den Schrei. Einen Schrei, der mich ebenso traf wie damals der Schrei deines Bruders, als er am Laternenpfahl hing. Tatsächlich, jetzt wo ich wieder an die Feuerszene denke, höre ich deinen Schrei gar nicht mehr. Ich höre nur noch Reubens Schrei, aber damals wusste ich, dass du es bist, und ich wusste genau, was es bedeutete. Du befandest dich in schrecklicher Gefahr, und nur wir konnten dich beschützen.

»Das war sie!«, sagte ich.

»Was?«, fragte deine Großmutter, aber ich stieg schon aus dem Wagen. »Terence, ich glaube, du begehst einen fürchterlichen Fehler!«

Ich ignorierte sie und kletterte über den Zaun. Direkt an der Straße standen Kühe, in einiger Entfernung von dir und deinen Freunden. Sie ruhten im Gras, schliefen ihren traumlosen Schlaf.

Ich rief deinen Namen.

»Bryony!«

Meine Stimme drang durch das Gelächter der Jungs. Was taten sie dir an? Ich hatte keine Ahnung. Nein, stimmt nicht. Ich hatte durchaus dunkle Ahnungen, und die trieben mich weiter.

»Bryony!«

Drei Mädchen, vier Jungs. Im orange pulsierenden Feuerschein. Sie standen da wie die letzten Überlebenden der Menschheit und wandten sich mir zu.

»Dad? Dad?«

»Alles gut«, sagte ich. »Du bist jetzt in Sicherheit.«

Gelächter, das jetzt aber anders klang. Sie lachten angespannt, in die Enge getrieben wie Fliegen in einem Einmachglas. Ich sah sie alle der Reihe nach an und erkannte Uriah Heep, der seinen dürren Kinderfängerarm um Imogen geschlungen hatte. Die anderen Jungs kannte ich nicht. Nur George Weeks, der am lautesten von allen lachte und seine Flasche in die Luft reckte wie eine Trophäe.

Du eiltest auf mich zu. Dann sah ich dein Gesicht, voller Wut und Scham, golden beleuchtet.

»Geht's noch?« Es klang ungläubig, als hätte ich einen Verrat an dir begangen.

»Ich habe dich schreien gehört. Haben die dich bedroht?« Ich zeigte auf den Jungen, der am nächsten stand. »Hat er dich bedroht? Dieser Junge? Wer ist das? Hat er versucht, dir wehzutun? Du hast geschrien, ich dachte, jemand hätte dich verletzt.«

»Ich glaub's einfach nicht«, sagtest du fassungslos. »Das ist wirklich das Letzte. Geh jetzt!«

Vor Abscheu und Empörung klang deine Stimme fremd. Hasserfüllt.

Ich war wie betäubt.

Ich brachte keinen Ton heraus.

Hinter dir prasselte das Feuer, und das betrunkene Geplapper begann von Neuem. Du wolltest zu ihnen zurück. Du wolltest, dass ich ging.

»Du hast gesagt, du wärst bei Imogen. Ich hab dort angerufen, aber niemanden erreicht. Deshalb sind deine Großmutter und ich hergekommen, um nach dir zu schauen.«

Nicht einmal ein Achselzucken.

»Ich hab dich schreien gehört.«

Du schautest weg, dann kam noch einmal: »Ich glaub's einfach nicht.« Als könnte dieser Satz bewirken, dass ich mich in Luft auflöste.

»Ich dachte, du bist in Gefahr.«

»Geh. Bitte, Dad, geh jetzt einfach.«

»Genau!«, rief einer der Jungs. »Hauen Sie einfach ab!«

»Ich gehe nicht ohne dich. Es ist Mitternacht, um Himmels … Wann gedachtest du denn heimzukommen?«

»Gar nicht.« Du warst betrunken. Das merkte ich jetzt. Hörte es. Roch es.

Der Wind drehte und wehte den Rauch zu uns her.

Ich packte dich am Arm. »Du kommst jetzt mit, junge Dame.«

Aber schon hattest du dich meinem Griff entwunden und ranntest zu den anderen zurück.

Und dann die Veränderungen. Das Prickeln. Der Wechsel der Sendefrequenz. Das sich verdichtende Dunkel. Es war, als verschwände alles, selbst das Feuer, hinter einem schwarzen Flor.

Ich wollte dir folgen, hatte aber merkwürdige Gleichgewichtsstörungen. Ich stolperte über irgendetwas und landete so nah beim Feuer im Gras, dass ein glühender Funke auf meine Hand fiel.

Ich drehte den Kopf und sah durch diesen schwarzen Schleier George Weeks' bedrohliche weiße Erscheinung. Ein grotesker Koloss über mir. Ein jugendlicher Nero, blond und übergewichtig, ein zum Mann aufgequollenes Baby. So nah beim Feuer wirkte sein Gesicht wie eine grässliche Fratze, sein bleicher Teint in teuflisches Rot getaucht, die Augen unsichtbar hinter den Brillengläsern. Zwei gleißende Lichtquadrate.

Ich rappelte mich hoch, stellte mich ihm entgegen und versuchte nach Kräften, die seltsamen Empfindungen in meinem Kopf nicht zu beachten. »George Weeks, weiß deine Mutter, wo du bist? Weiß sie, dass du rauchst und trinkst und Erwachsene ins Feuer stolpern lässt? Weiß sie das?«

Wie du dich vielleicht erinnerst, brüllte er mich an: »Verpiss dich!« Er war hoffnungslos betrunken und wollte sich auf mich stürzen. »Hast du denn jeden Respekt vor älteren Menschen verloren, George? Was … was ist nur los mit dir?«

Ich war wie betäubt und wehrte ihn nicht ab. Er stieß mich, ich taumelte zurück, aber ohne zu stürzen. George sah sich Beifall heischend um, aber niemand lachte.

»Lass ihn«, sagtest du.

»Lass das, Georgie, du blöder ***!«, sagte ein Junge. Das derbe, archaische Wort traf George wie ein Stein, und er wich zurück.

Statt seiner standest wieder du vor mir. Mein schönes Mädchen. Langsam hob sich der schwarze Flor.

»Das werde ich dir nie verzeihen«, sagtest du.

Wir gingen zum Volvo zurück. Hinter uns produzierte einer der Jungs ein Geräusch wie ein absaufender Motor.

»Ich bin dein Vater. Ich habe die Pflicht, mich um dich zu kümmern, auch wenn du das nicht für nötig hältst. Eines Tages wirst du es mir danken.«

Deine Großmutter schwieg erst einmal, als wir in den Wagen stiegen. Sie begriff ja auch nicht mehr als du.

»Du hast gesagt, du wärst bei Imogen«, bemerkte sie schließlich, aber es klang nicht sehr überzeugend. »Dein Vater hat sich einfach Sorgen um dich gemacht. Dass er sich rettungslos blamieren würde, war nicht vorgesehen.«

Als ich einen Blick in den Rückspiegel warf, sah ich dich aus dem Fenster starren, auf dunkle Felder und Bauerngehöfte. Auf unsichtbare urtümliche Ländereien, von Bruchsteinmauern umhegt, wo Väter einst unumschränkte Befehlsgewalt hatten.

»Ich habe dich schreien gehört.«

»Aus zehn Kilometern Entfernung?«

»Ich habe Imogens Mutter angerufen, es ging aber niemand ran. Da haben wir uns Sorgen gemacht.«

Cynthia seufzte, aus Solidarität mit dir. Vermutlich hatte sie mit dem »wir« Probleme. Sie beschloss, bei uns zu übernachten, um uns »an die Leine zu nehmen«, kündigte aber an, dass sie am nächsten Morgen früh losmüsse. Aktzeichnen oder so. Nach unserer Rückkehr gingst du sofort zu Bett. Ich glaube, du warst nicht mal im Bad.

Als ich mich aufs Sofa setzte, sprang Higggins auf meinen Schoß.

»Na, bist du jetzt glücklich?«, fragte deine Großmutter und kippte einen Brandy hinunter.

Ich seufzte. »Es geht nicht um Glück.«

Sie lachte. Ein trauriges Lachen, nicht ihr übliches Gewieher. Ich sah sie an. Trotz der gealterten Haut und des Make-ups der Chansonnette erkannte ich in ihrem ironischen Blick eine entfernte Ähnlichkeit mit deiner Mutter. »Nein. Also, Terence, erklär's mir, worum geht es dann?«

Da ich um eine Antwort verlegen war, wich ich aus.

»Du bist eben anders«, sagte ich. »Du bist ein ganz anderer Typ Mensch.«

Natürlich runzelte Cynthia sofort die Stirn und bekundete deutliches Missfallen. »Ach ja? Klär mich auf, Terence! Was für ein Typ *bin* ich denn?«

Ich wählte meine Worte sorgfältig. »Der Bewältigungstyp. Du bewältigst jede Situation. Du kommst mit allem klar. Du hast – keine Ahnung – so eine Art ›inneren Frieden‹, denke ich. Du akzeptierst alles. Aber ich kann das nicht. Über diese Fähigkeit verfüge ich nicht.«

Es war, als hätte ich ihr ins Gesicht geschlagen. Sie wurde trotz Make-up rot vor Wut, und die dunklen, dichten Wimpernfächer öffneten sich wie die Borsten einer Venusfliegenfalle. »Oh, du solltest dich mal hören! Echt! Du glaubst doch nicht im Ernst, dass es in den letzten fünfzehn Jahren auch nur *einen einzigen* Tag gegeben hat, an dem ich mich nicht schon beim Aufwachen nach ihr gesehnt hätte? Glaubst du im Ernst, ich hätte jemals akzeptiert, dass ich meine Tochter verloren habe? Oder Howard? Glaubst du, ich käme leichter mit dem Verlust meines Enkels zurecht? Ich hab mich weiß Gott wie oft in den Schlaf geweint. Ich wache mitten in der Nacht auf und würde am liebsten schreien. *Niemand* akzeptiert diese Dinge, Terence. Aber was sollen wir tun? Was sollen wir denn tun? Es ist geschehen. Wir werden nie wissen, warum – falls es überhaupt ein ›Warum‹ gibt. Ich stehe morgens auf und mache einfach weiter, was bleibt mir sonst übrig? Was wäre die Alternative? Aber wenn ich in das leere Ehebett steige oder dran denke, wie meine arme Tochter da am Boden lag, oder wenn ich eine Toffeedose sehe … Untersteh dich, auch nur eine Sekunde lang zu denken, dass es für mich irgendwie leichter wäre als für dich! Das Einzige, was ich akzeptiere, ist, dass ich noch lebe und dass andere Menschen noch leben. Und solange wir alle den gleichen Lichtspalt sehen, sollten wir es uns gegenseitig so leicht wie möglich machen. *So* ein *Typ* bin ich, Terence. So ein Typ, verdammt noch mal!«

Diese Tirade hatte sie erschöpft und Higgins aus dem Zimmer vertrieben. Es trat eine lange Stille ein.

»Tut mir leid«, sagte sie schließlich. »Ich wollte dich nicht anschreien. Liegt wahrscheinlich am Brandy.«

»Nein, Cynthia«, erwiderte ich. »Nein. Du hast absolut recht. Es war eine dumme Bemerkung von mir. *Mir* tut es leid.«

Und ich meinte es wirklich ernst. Glaube ich zumindest.

»Nun ja, Hauptsache, wir lassen Bryony nicht leiden«, sagte sie.

»Ja«, bestätigte ich. »Natürlich. Du hast recht.«

Und ich ging in jener Nacht mit dem Gefühl zu Bett, dass ich wirklich eine ganz neue Seite aufschlagen könnte, eine leere Seite, um eine bessere Zukunft für uns alle zu entwerfen. Aber natürlich habe ich mich, wie üblich, getäuscht. Der nächste Tag kam im gleichen deprimierenden Stil daher, an den ich mich allmählich gewöhnte, und Terence, *der gepeinigte Peiniger,* war drauf und dran, noch stärker mit seiner vorbestimmten Rolle zu verschmelzen.

Ich träumte, du seist es. Ich träumte, du würdest dort am Laternenpfahl hängen. Du konntest dich nicht mehr halten, und ich wachte auf und wusste, dass ich dich nicht aus den Augen lassen durfte, dich um jeden Preis beschützen musste.

Als Cynthia zu ihrem Zeichenkurs gegangen war, ging ich in dein Zimmer.

Ich versuchte es im Guten. Ich wollte dir einen Friedenszweig reichen. »Wir haben uns beide ein bisschen was vorzuwerfen«, sagte ich freundlich. »Ich weiß, ich hätte dich vor deinen Freunden nicht in Verlegenheit bringen dürfen. Das tut mir leid. Und ich bin sicher, dir war auch klar, dass du mich nicht hättest belügen dürfen.«

Du wolltest nichts hören. Du wolltest nicht, dass ich am Fußende deines Bettes saß. »Bitte, Dad, lass mich in Ruhe.«

»Ich finde einfach nur, dass auch du dich entschuldigen solltest. Ich habe mich entschuldigt und tue es noch einmal. Sag du jetzt auch, dass es dir leidtut, und die Sache ist erledigt.«

»Nein.«

»Entschuldige dich. Du hast mich gestern angelogen, Bryony. Wenn du mir nicht sagst, wo du bist, woher soll ich dann wissen, dass es dir gut geht? Entschuldige dich bei mir.«

»Nein.«

»Ent-schul-di-ge dich!«

Du zogst dir die Decke über den Kopf und machtest ein Geräusch wie ein Wasserkessel kurz vor dem Überkochen.

Ich wurde wütend. In meinem Innern legte sich ein Schalter um, und ich merkte, dass ich die Beherrschung verlor. Ich saß da, hörte mir selber zu, wie ich dich harsch zurechtwies, und fragte mich, was in mich gefahren war. In diesem Moment kam mir ein neuer Plan in den Sinn. Ein Plan, getrieben von Verzweiflung, Wut und dieser neuen dunklen Kraft, die über meine Seele hereinbrach.

»Also gut, Bryony«, sagte ich. »Ich finde es tragisch, das zu akzeptieren, aber mir scheint, wir haben ein Stadium erreicht, wo strengere Maßnahmen erforderlich sind. Wenn du nicht ehrlich zu mir bist oder deine Fehler zugibst beziehungsweise bereust, bleibt mir leider nichts anderes übrig, als ein paar Regeln festzulegen. Und damit du dich nicht auf Gedächtnislücken herausreden kannst, halte ich diese Regeln schriftlich fest und hänge sie in der Küche auf. Denk dran, sie müssen strikt befolgt werden, sonst drohen strenge Konsequenzen.«

»Ha!«, war deine durch die Bettdecke gedämpfte Antwort.

»Tja, Bryony, es hat schließlich keinen Zweck, Regeln aufzustellen, wenn es bei Regelverstößen keine Konsequenzen gibt. Und ich versichere dir, wenn diese Regeln nicht befolgt oder mutwillig falsch interpretiert werden, wirst du entsprechend bestraft.« Ich zögerte, während ich mir mögliche Bestrafungen überlegte. »Wenn du weiter beharrlich die Regeln brichst, sehe ich mich gezwungen, Turpin zu verkaufen. Oder dich auf eine andere Schule zu schicken. Oder dich unter Hausarrest zu stellen. Hast du mich verstanden?«

Ich ließ dich allein und setzte mich an meinen Schreibtisch. Ich blickte auf die Vorhänge, die ich seit damals nie mehr aufgezogen hatte, und entnahm dem Lackkästchen unter den besorgten Blicken der präraffaelitischen Nymphen meinen Füllfederhalter.

Diese fremde Wut, die plötzlich in mir aufgewallt war, ließ meine Hand zittern, als ich die Feder aufs Papier setzte und zu schreiben begann.

Regeln für deine eigene Sicherheit

1. Du darfst Imogen nicht mehr besuchen. Wenn ihr euch schon sehen müsst, dann hier bei uns.
2. Du darfst nach 19 Uhr abends nicht mehr das Haus verlassen, außer wenn du Cellostunden hast oder von mir oder deiner Großmutter begleitet wirst.
3. Die Mahlzeiten nimmst du künftig immer am Esstisch ein, damit wir ein bisschen miteinander plaudern können.
4. Ich verbiete dir, diesen Lärm zu hören, den du euphemistischerweise Musik nennst, es sei denn, in zivilisierter Lautstärke.
5. Du wirst nicht einfach weggehen, während ich mit Kunden im Laden bin, sondern mir vorher erklären, wohin du gehst; dann entscheide ich, ob ich es erlaube.
6. Ohne triftigen Grund wirst du das Haus nur noch maxi-

mal eine Stunde verlassen. Länger nur, wenn du in der Schule, im Reitstall oder in der Musikschule bist.
7. Du wirst nach dem Unterricht nicht zu Fuß nach Hause gehen. Ich werde dich jeden Tag persönlich abholen, ohne Widerrede.
8. Du wirst mir samstags im Laden helfen.
9. Keine Fernsehsendungen mehr, die einen verderblichen Einfluss auf dich haben könnten. Auch keine Kommunikation mit fremden Jungs per Computer.
10. Kein Alkohol mehr.
11. Das Taschengeld, das du von deiner Großmutter oder mir bekommst, darf nicht für Zeitschriften oder sonstige schädliche Lektüre ausgegeben werden.
12. Du wirst bei niemandem mehr im Auto mitfahren, es sei denn, dass ich am Steuer sitze oder eine Person meines Vertrauens.
13. Du wirst keine körperliche Beziehung mit einem Vertreter des anderen Geschlechts eingehen, bevor ich ganz sicher sein kann, dass du die erforderliche emotionale Reife dafür erlangt hast.

Einige Tage später kam Mrs. Weeks in den Laden, um die *Orientalische Tänzerin* zu kaufen. Ehrlich gesagt betrübte mich das ein wenig, weil es sich um unser bei Weitem ältestes Stück handelte.

»Ist das ein echter Franz Bergmann?«, fragte sie mich.

»Ja«, bestätigte ich, und während sie die ganze Zeit nickte, erklärte ich: »Die *Orientalische Tänzerin*. Ende 1880er-Jahre. Eine erstaunliche Periode für die dekorativen Künste in Österreich. Außergewöhnliche Details.«

Die Art, wie sich ihr hübscher Mund verzog, erinnerte mich an eine neugierige Maus. Sie hielt sich die kleine Bronzeschönheit dicht vor die Augen.

»Ich besitze bereits einen Barrias aus ungefähr derselben Zeit«, sagte sie. »*Der geflügelte Sieg*. Nicht so banal wie viele seiner anderen Werke. Das hier wäre meinem Gefühl nach eine gute Ergänzung.«

Ich sehe sie noch vor mir, wie sie dastand, mit ihrem adretten blonden Bob und ihrem Weidenkorb, während sie ihren Kauf betrachtete.

Ich erinnere mich noch, dass ich es grausam fand, dieser stolzen goldenen Feldmaus gleich ein paar unangenehme Wahrheiten über ihren Sohn zu erzählen. Aber Mrs. Weeks musste es erfahren. Das schuldete ich ihr, sie befand sich in der gleichen Situation wie ich. Und sie war eine vertrauenswürdige Verbündete gegen die unsichtbaren Kräfte, die unsere Kinder verderben wollten. Dennoch war es furchtbar, es ihr zu sagen; ihr hübsches Gesicht zu sehen, während sie, um Fassung ringend, am Ladentisch stand. Ich kam mir vor wie ein Vandale.

»Es tut mir leid, Mrs. Weeks. Ich finde einfach, Sie sollten das wissen.«

»George …? George …?« Ihr Blick, sonst so klar und fokussiert, verlor sich irgendwo hinter mir ins Leere. »Mr. Cave, ich muss mich für das Verhalten meines Sohnes entschuldigen. Ja, ich gebe zu, er hat sich in letzter Zeit merkwürdig benommen. Die Trennung zwischen seinem Vater und mir verlief nicht gerade erfreulich. George hat sehr darunter gelitten. Ich werde mit ihm sprechen, das versichere ich Ihnen.« Sie sagte dies in einer Art Trance, als sei ich ein Hypnotiseur, der sie nach Einzelheiten zu ihrer Kindheit befragt hätte. »Auf Wiedersehen, Mr. Cave.«

Sie legte die braun verpackte Figur vorsichtig in ihren Weidenkorb, dann ging – vielmehr schwebte – sie aus dem Laden. Ich sah durchs Fenster, wie sie auf dem Gehweg stehen blieb. Sie schnupperte und schien unmerklich den Kopf zu schütteln, eine Geste, die mich an Higgins erinnerte, wenn er sein nasses Fell schüttelte.

Und dann war sie verschwunden.

Du hast meinen Regeln zwar gehorcht, aber trotzdem Methoden gefunden, mich zu bestrafen. Schweigen, das war deine stärkste Waffe in jener ersten Zeit. Wenn wir uns am Esstisch gegenübersaßen, schobst du deine Karotten auf dem Teller hin und her und sagtest nur dann etwas, wenn es dir gerade passte.

Ich sah dich an, mein Kind, und wünschte mir, du würdest mein Handeln begreifen. Seit ich denken kann, hatte mich stets nur der eine Wunsch geleitet, dich vor Veränderung zu schützen; du solltest davor bewahrt werden, alles zu verlieren, was dich zu etwas so Besonderem machte. Mit einem Wort, ich wollte dich davor bewahren, so zu werden wie ich.

»Und, wie läuft es mit deinen Cellostunden?«

Gelangweilter Blick.

»Als ich dich vorhin abholte, kam Turpin mir ein bisschen bockig vor. War er heute schwierig zu reiten?«

Genervter Seufzer.

»Isst du das noch auf?«

Giftiger Blick.

Und so wählerisch du mit dem warst, was du von dir gabst, so heikel warst du auch mit dem, was du zu dir nahmst. Bis zu Reubens Tod war ich stolz darauf gewesen, eine Tochter zu haben, die sich einfach eine Handvoll Rosinen in den Mund steckte, ohne auf Kalorien zu achten. Eine Tochter mit gesunder Figur, eine Tochter, die nicht den ausgezehrten Hungerhaken und dürren Bohnenstangen in den Illustrierten nacheiferte.

Es ging immer mehr bergab. Ich sah dich immer langsamer kauen. Sah dich beim Schlucken fast schuldbewusst zusammenzucken. Ich sah dich – stumm konzentriert wie ein Börsenmakler – Kalorienangaben und Diätpläne studieren. Nach Inkrafttreten der Regeln beschleunigte sich diese negative Entwicklung. Und ich fragte mich, wie wir da je wieder rauskommen sollten. Doch immer, wenn ich an Versöhnung dachte, passierte etwas, das meine Wut von Neuem entfachte.

Zum Beispiel die Sache mit Angelica.

Mir ist schon klar, was ich damals alles sagte, als sie mich aus dem Küchenabfall anstarrte, aber du musst mir doch zugutehalten, dass ich fürchterlich erschrocken bin.

Dieser Anblick: der vom Körper abgetrennte Kopf einer Puppe aus Biskuitporzellan, einer Heinrich-Handwerck-Puppe von 1893, in einem Abfalleimer auf Karottenschalen gebettet – das wäre für den kaltschnäuzigsten Antiquitätenliebhaber eine harte Prüfung gewesen. Natürlich hätte ich mich nicht darüber auslassen sollen, wie viel die Puppe zehn Jahre zuvor gekostet hatte oder wie viel sie aktuell wert war. Aber darum ging es eigentlich auch gar nicht.

Es ging um etwas ganz anderes: Angelica war eine ganz besondere Puppe aus deiner Kindheit. Du hattest sie dir als kleines Mädchen selbst ausgesucht, bei der Newark Antiques Fair. Ich hatte Reubens Wutanfall damals gerne in Kauf genommen und ebenso gern auf den Erwerb zweier blumenverzierter Aberdeen-Krüge aus der zweiten Periode verzichtet, nur um dein Lächeln zu sehen.

Jahrelang hast du diese Puppe bemuttert – ihr einen Namen gegeben, sie hingebungsvoll gekämmt, ihr den handgewebten Umhang abgenommen und wieder umgelegt, mit ihr gesprochen, als wäre sie lebendig, auf imaginären Schlachtfeldern ihre Wunden versorgt, ihr aus *Black Beauty* oder aus *Betty und ihre Schwestern* vorgelesen.

Ich wusste natürlich, dass all dies längst Vergangenheit war, und es wäre auch idiotisch gewesen, sich eine Tochter zu wünschen, die als junge Frau noch mit Puppen spielt. Ich weiß ja, dass die Zeit einem herabrollenden Felsbrocken gleicht, den wir nicht aufhalten können. Aber sollen wir diesem Felsbrocken dann auch noch bei seinem Zerstörungswerk behilflich sein? Natürlich erwartete ich nicht, dass du als Teenager noch mit Puppen spieltest – aber dass du einen solchen Schatz, eine so kostbare Erinnerung an deine Kindheit einfach in den Müll geworfen hast, war mir schlicht unbegreiflich.

»Bryony, ich verstehe das nicht. Warum tust du so etwas?«

Keine Antwort.

»Versuchst du, mir wehzutun? Willst du mich für irgendetwas bestrafen?«

Deine Lippen zitterten. »Warum?«, sagtest du schließlich. »Warum? Warum? Warum um alles in der Welt? Warum?« Als seist du völlig ahnungslos. Als hieltest du *mich* für verantwortlich.

»Ist es wegen Reuben?«, fragte ich, bekam aber keine Antwort mehr.

Nachdem du in dein Zimmer hinaufgestürmt warst, holte ich den hübschen Porzellankopf aus dem Abfall und hielt ihn in meiner zitternden Hand wie Yoricks Schädel. Die großen blauen Augen schienen um unser trauriges Schicksal zu wissen. Wir beide glichen dieser Puppe: kaputt, ausrangiert, abgetrennt von dem, was uns ergänzt hatte. Die ganze tragische Gewalt der Zeit starrte mir aus meiner Hand entgegen.

Diesmal schaffte ich es erst spät zum Stall. Ich hatte verzweifelt nach dem Körper der Puppe gesucht, um sie zu restaurieren, dann aber aufgegeben, weil ich ihn einfach nicht fand. Als ich ankam, sah ich dich nirgends und geriet in Panik. Und dann noch dieser Himmel. Purpurschwarze Wolken lasteten auf einem horizontalen Streifen Gelb, als wolle Gottes zernarbte Hand den Tag zermalmen.

Ich stellte den Motor ab und stieg aus dem Wagen. Ich ging zum Tor. Keine Spur von dir. Ich sah nur Hufabdrücke, die aus den Ställen Richtung Straße wiesen, und war einen Moment lang besorgt, du könntest allein losgeritten sein, statt in der umzäunten Koppel zu bleiben, wie ich es verlangt hatte.

Ich öffnete das Tor und trat in den Hof. Das Gelände wirkte gespenstisch verlassen, wie eine Geisterstadt in Nevada, man sah weder Pferde noch Menschen. Dann bemerkte ich etwas, das mich noch mehr beunruhigte. Turpins Stall stand weit offen, doch er selbst war nicht zu sehen. Beim Näherkommen hörte ich ein Geräusch, ein Schluchzen, und ich wusste sofort, dass du es warst.

»Bryony?«

Ich rannte in den Stall und sah dich im dunklen Schatten kauern, im Heu, neben dir der Junge, den Arm um deine Schulter gelegt.

»Lass sie in Ruhe«, sagte ich. »Lass meine Tochter in Ruhe!«

Denny stand auf. Er trug seine Joggingklamotten. »Sie ist völlig durcheinander. Es gab Probleme mit dem Pferd –«

»Das sehe ich. Geh jetzt. Hau ab! Hau ab, hau ab, hau ab!«

Er wandte sich dir zu, und du sahst ihn aus rot geweinten Augen an. Auf dein fast unmerkliches Nicken hin ging er.

»Wo ist Turpin?«

Du schwiegst. Das war nichts Besonderes. Schließlich hattest du seit Inkrafttreten der Regeln kaum noch ein Wort mit mir gewechselt. Und doch drängte ich dich zu einer Antwort.

»Was hatte dieser Junge hier zu suchen?«

»Er –« Du verstummtest.

Ich sah mich um. »Wo sind denn die anderen?«

Du standest zitternd auf und folgtest mir zum Wagen. Erst später, als die Stallmeisterin anrief – wie hieß sie noch gleich, diese Irin, die immer plapperte wie ein Wasserfall? Claire? –, erfuhr ich die Wahrheit. Woher hätte ich wissen sollen, was passiert war?

Dieser Junge, der offenbar um jeden Preis zu deinem Helden werden wollte, hatte sogar sein Leben für dich riskiert! Wie hätte ich das ahnen sollen? Glaubst du vielleicht, ich hätte es nicht mit deinem bockenden Pferd aufgenommen und dich, wenn du in Schockstarre dagestanden hättest, aus dem Stall getragen? Natürlich hätte ich das getan! Nur war eben im entscheidenden Moment nicht ich bei dir gewesen, sondern er.

Egal, wo du hingingst, ich musste auf dich aufpassen und dich gegen den bösen Fluch schützen, der immer noch auf unserer Familie lastete.

Ich fuhr aus dem Schlaf hoch.

Da war Lärm, draußen.

Vielleicht war es gar kein Lärm, sondern ein anderer störender Sinnesreiz, etwas, das sich nicht so leicht erklären ließ.

Jedenfalls erwachte ich mitten in der Nacht und verspürte den Drang, aufzustehen und die Vorhänge zu öffnen, die ich seit jenem Abend nie mehr aufgezogen hatte. Erst sah ich nichts. Dann flackerte die Straßenlampe auf der anderen Seite des Parks. Ich blickte nach unten und strengte mich an, im Dunkeln den großen Umriss dort drüben zu deuten.

Ich schnappte nach Luft.

Dort, genau an der Stelle, wo Reuben herabgestürzt war, stand etwas auf dem Gehweg. Ein Pferd, ein rotbrauner Trakehner, direkt unter der Straßenlampe.

Es war Turpin, der (das bildete ich mir jedenfalls ein) direkt zu mir herüberstarrte.

Ich zog mich nicht an. Ich weckte dich nicht. Ich schlüpfte nur in Hausschuhe und Bademantel und schloss dich leise im Haus ein. Die Stadt lag wie ausgestorben, und niemand sah meine seltsame Gestalt durch den Park eilen, zu dem Pferd, das immer noch reglos im flackernden Licht der Straßenlampe stand, als wolle es mir etwas sagen.

Als ich die Straße erreichte, wandte Turpin den Kopf und setzte sich in Bewegung, Richtung Micklegate. Ich folgte ihm und lief schneller, als ich den normannischen Torbogen von Micklegate Bar passierte. Als ich auf der anderen Seite herauskam, fühlte ich mich seltsam beobachtet, als blickten von oben immer noch die aufgespießten Köpfe der Verräter auf mich herab. Richard Duke of York, der beim Anblick meiner verrückten Erscheinung in dieser Stadt der Gespenster höhnisch grinste.

Ich lief noch schneller, als Turpin, der Ausreißer, in Galopp fiel, und verlor einen meiner Hausschuhe. »Turpin! Turpin! Warte! Komm zurück!«

Neben mir hielt ein Taxifahrer und kurbelte die Scheibe herunter. »Alles okay, Mann?« Ein übergewichtiger Kerl mit fettem Gesicht, der sich über den leeren Beifahrersitz herüberbeugte.

»Ja. Nein. Das Pferd meiner Tochter! Ich laufe dem Pferd meiner Tochter nach. Haben Sie es gesehen? Sie müssen gerade dran vorbeigekommen sein.«

Er runzelte die Stirn, sein Blick wanderte nach unten. Offenbar fand er meinen nackten Fuß befremdlich und fuhr weiter. Ich kehrte um, zog meinen Hausschuh wieder an, nahm erneut die Verfolgung auf und lief Turpin nach – über die Brücke, die über den träge dahinströmenden Fluss führte, die Straßen entlang. Zwar verlor ich ihn an jeder Ecke aus den Augen, konnte aber dem Geklapper der Hufe folgen.

Auf dem Marktplatz sprang mich aus dem Nichts ein verrückter Obdachloser an und krallte sich mit seinen riesigen Händen an meinem Bademantel fest. Ich wollte mich seinem Griff entwinden, um das Pferd nicht aus den Augen zu verlieren, aber es war verschwunden.

»Lass mich los!«, fuhr ich den Typen an, aber es half nichts. Ich presste die Hand auf sein altes, narbenübersätes Gesicht und stieß ihn weg. Nach einem kurzen Gerangel stützte er aufs Kopfsteinpflaster, schrie auf vor Schmerz.

Ich rannte weiter, aber es hatte keinen Zweck mehr. Dein Pferd war verschwunden, der Hufschlag nicht mehr zu hören. Stille. Ich fragte mich, was ich hier eigentlich wollte. Denn selbst wenn ich Turpin eingeholt hätte – was hätte ich mit einem ungezäumten Pferd angefangen? Ich kann dir nur sagen, dass ich ihm nicht aus Vernunftgründen gefolgt bin, sondern instinktiv. Es war eher eine Entscheidung der Seele als des Verstandes, als bliebe mir kaum etwas anderes übrig.

Und plötzlich ertönte wieder Turpins Hufschlag, ganz in der Nähe des Münsters.

Ich spürte eine zunehmende Enge in der Brust, als ich das südliche Querschiff der Kirche erreichte. Bleich lag der goldgelbe Kalkstein des Mauerwerks im Flutlicht. Ich stand still, verschnaufte, gab mich geschlagen. Angestrengt lauschte ich auf den Hufschlag, vergeblich.

In diesem Moment hörte ich Reuben hinter mir. Er stand im Dunkeln und scheuerte mit der Zahnbürste seine Wange wund, genau wie damals, als ich ihn im Bad überrascht hatte.

»Wo ist mein Pferd?«, fragte er. Das heftige Schaben schien ihm keinerlei Schmerzen zu bereiten.

»Reuben, ich verstehe nicht.«

»Das Herzblatt will ein Pferd. Das Herzblatt kriegt ein Pferd.«

Da ich ihn aus der Nähe sehen wollte, trat ich auf ihn zu. »Aber du wolltest doch gar kein Pferd.«

»Doch, ich habe mir ein Pferd gewünscht.« Seine Stimme leise und sanft, fast ohne Groll.

»Du hast dich doch nie für Pferde interessiert! Ich hab dir doch andere Dinge geschenkt. Ich habe dir ein Fahrrad gekauft.«

»Du hast mein Fahrrad verkauft. Wo ist mein Pferd?«

»Reuben, bitte.«

»Ein Pferd ist kein Fahrrad.«

»Reuben?«

In dem von der Kirche reflektierten Licht sah ich das schwarz glänzende Blut auf seiner aufgeschürften Wange.

»Ich habe dich lieb gehabt, Reuben. Und ich habe dich immer noch lieb.«

»Ein Pferd ist kein Fahrrad.«

»Hör doch auf, Reuben. Bitte.«

»Du hast mich nie lieb gehabt.«

Ich dachte an das Pferd, das dich beinahe umgebracht hatte. Das Pferd, das vorhin genau dort gestanden hatte, wo Reuben jetzt stand.

»Das warst du, nicht wahr? Du bist in Turpin gefahren!«

Er schwieg und scheuerte weiter seine Wange auf.

»Und das hast du auch mit mir vor, nicht wahr? Bitte tu es nicht, Reuben. Bitte!« Ich flehte ihn an, ich fiel auf die Knie. Ich schloss die Augen und beschwor ihn mit lauter Stimme: »Reuben, bitte, bitte, ich flehe dich an, füge deiner Schwester keinen Schaden zu!«

Ich erhob mich in meinen Hausschuhen, blickte mich auf dem leeren Pflaster um. »Reuben, wo bist du?«

Ich blickte auf das Münster, dieses Bauwerk, dem so viele Männer ihr ganzes Arbeitsleben geopfert hatten, damit es jetzt so kühn, stabil und arrogant dastand.

»Wo ist er?«, schrie ich zum Rosettenfenster der Kirche hinauf. »Wo ist mein Sohn?«

Ein verhallendes Echo. Dann nur noch Stille.

Die Totenstille von Kalkstein und Glas.

Solche unruhigen Nächte schwächten meine Entschlossenheit. Ich kam mir vor wie Odysseus, der den Styx, das Wasser des Grauens, überquert, zu schwach und verstört, um noch Herr der Lage zu sein.

Die Regeln, die ich für dich aufgestellt hatte, waren immer schwerer durchzusetzen, und die geheimen Absichten deines Bruders bereiteten mir immer mehr Sorgen. Musste ich dich nicht gerade jetzt, wegen Reuben, immer im Blick behalten? Dennoch lockerte sich unwillkürlich mein Griff.

Wenn du angeblich kurz etwas besorgen gingst, dauerte es viel länger als nötig. Der Begriff »zivilisierte Lautstärke« wurde von dir bis zum Limit ausgereizt. Wenn Imogen aus deinem Zimmer kam, roch es zwar nach Rauch, aber ich fand nie irgendwelche Beweise.

Cynthia war natürlich keine große Hilfe.

»Das mit diesen Regeln muss aufhören, Terence«, sagte sie eines Nachmittags zu mir, als sie im Laden saß und mit einem mit Ammoniak getränkten Lappen ein Silbertablett polierte.

»Nein, Cynthia. Die haben sich bestens bewährt.«

Sie rümpfte die Nase, als käme der Gestank im Laden von meinen Worten, nicht vom Ammoniak. »Ach, Terence, das ist doch nicht dein Ernst!«

»Bei allem Respekt, Cynthia, ich denke, es sollte mir überlassen bleiben, wie ich meine Tochter behandle.«

Wenn ich mich recht erinnere, rümpfte sie bei dem Wort »behandle« die Nase noch stärker. »Und was würde Helen dazu sagen?«

Die Helen-Karte, das Ass in Cynthias Hand.

»Helen wollte immer, dass ich ihre Kinder beschütze«, erwiderte ich. »Das war ihr ausdrücklicher Wunsch. An einem Teil dieser Aufgabe bin ich bereits gescheitert, und ich will Bryony nicht auch noch verlieren.«

Es folgte eine lange Stille.

Ich war müde und aufgewühlt, und manchmal fand ich die Art deiner Großmutter genauso ungeschickt wie ihren Umgang mit Ammoniak.

»Sie hat bald Geburtstag«, meinte sie schließlich.

Mir fiel ein, dass Reuben in der Nacht von seinem Fahrrad gesprochen hatte. »Ich *weiß*, dass sie bald Geburtstag hat.«

Ich hatte dich bereits nach deinen Geburtstagswünschen gefragt, als Antwort jedoch nur ein Achselzucken geerntet. Du wolltest nichts. Und ich glaube, es war dir ernst damit. Du hättest den Tag am liebsten aus dem Kalender gestrichen.

Es war ohnehin ein heikler Anlass, das wusste ich. Der erste Geburtstag, den wir nicht zusammen feierten. Aber vielleicht war es eine gute Gelegenheit, zwischen uns alles wieder ins Lot zu bringen. Dir zu zeigen, dass ich wirklich nur dein Bestes wollte.

»Geh doch Klamotten mit ihr kaufen«, schlug Cynthia vor, als ihr Higgins auf den Schoß sprang. »Geh mit ihr shoppen.«

Ich zuckte zusammen. »Shoppen? Ich weiß nicht recht. Das endet doch in einer Katastrophe.«

Higgins, mit seinem trägen blauen Blick, wirkte ebenso enttäuscht wie Cynthia.

»Nicht, wenn du dir *wirklich Mühe gibst,* Terence«, sagte sie. »Es wird schon gut gehen. Du brauchst ja nichts für sie auszusuchen.« Und mit einem verschmitzten Blick auf meine beigen Baumwollhosen fügte sie hinzu: »Dein modischer Rat dürfte ohnehin kaum gefragt sein. Du musst nur nicken und ihr sagen, wie hübsch sie aussieht.«

Mir blieb keine Wahl. Ich hatte wirklich keine Ahnung, was ich ihr schenken konnte. In den Jahren zuvor war das nie ein Problem gewesen. Du hattest immer irgendeinen Herzenswunsch gehabt. Ein Puppenhaus. Einen Ballettabend. Ferien in Katalonien, um Pablo Casals' ehemaliges Wohnhaus zu besichtigen.

Ein Pferd.

Jetzt waren deine Wünsche unsichtbar, verborgen in dem dichten Nebel, der sich am Abend von Reubens Tod um dein ganzes Wesen zusammengezogen hatte.

Aber klar, das war die Chance. Die Chance, dass sich der Nebel endlich verflüchtigen und mein sonniges Mädchen wieder zum Vorschein kommen würde.

»Na gut«, sagte ich. »Na gut, Cynthia, einen Versuch ist es wert.«

Und sie lächelte und wirkte stolz, und irgendwie spürte ich hinter diesen dunkel geschminkten Lippen und Augen auch den Stolz deiner Mutter und fühlte mich einen Moment lang gestärkt. Erfüllt von neuer Kraft, um uns vor dem zu schützen, was uns von Reuben drohte.

Ich hatte Cynthias Worte noch im Ohr, als ich dir an jenem Abend das Lieblingsgericht aus deiner Kindheit kochte – Shepherd's Pie, und zum Nachtisch Apfelcharlotte.

»Bryony!«, rief ich. »*Ma cherie! À table!*« Du bliebst in deinem Zimmer, aber ich zwang mich, ruhig zu bleiben. »Bryony, bitte, komm in die Küche!«

Irgendwann standest du da, mein hungriges Straßenkind. Die Küche duftete, ich sah dich schnuppern, aber du tatest so, als würdest du weiterschmollen. Du nahmst Platz. Immer noch der Flunsch. Deine Arme hingen lahm herunter, wie die Ruder eines verlassen dahintreibenden Boots.

»Schau mal!« Ich zog die Shepherd's Pie aus dem Ofen.

»Hab keinen Hunger.«

Ich beschloss, das Eis zu brechen, indem ich dir von der geplanten Einkaufstour erzählte.

Deine schmollende Miene wurde nachdenklich. »Heißt das, ich kann mir kaufen, was ich will? Nicht nur lange Blümchenkleider oder Rollkragenpullis oder so? Sondern Sachen, die ich mag?«

Ich zwang mich zu einem zögerlichen *Ja*. »In einem angemessenen Rahmen.«

Du schienst durchaus angetan – vielleicht dachtest du, dies sei der Auftakt zu weiteren Veränderungen. Vor dir stand dein Teller mit Shepherd's Pie, doch noch bevor du den ersten Bissen nehmen konntest, klingelte das Telefon, und du sprangst auf. Aus deinem heiteren Tonfall schloss ich, dass es Cynthia war. Ich hörte dich eine Weile mit ihr plaudern und gelegentlich kichern.

»Wirklich?«, sagtest du immer wieder, und ich spitzte vergeblich die Ohren, um Cynthias Gemurmel am anderen Ende der Leitung zu verstehen.

»Da-ad«, sagtest du nach circa fünf Minuten. So nett hatte ich dich seit Wochen nicht mehr erlebt. »Oma fragt, ob ich an meinem Geburtstag zu ihr kommen darf. Sie sagt, ich darf ein paar Freundinnen einladen!«

Ich konnte meine Wut kaum verbergen. Was fiel Cynthia ein? Meine Autorität zu untergraben! Warum hatte sie mir nichts davon gesagt, als es um den Shoppingvorschlag ging? Ich schnappte mir das Telefon. »Cynthia? Was soll das?«

Sie ächzte wie eine Läuferin, die gerade merkt, dass der Wettlauf doch länger wird als gedacht. »Ach, weißt du, Terence, ich dachte, so eine kleine Party würde sie freuen.«

»Eine *Party?*«, knurrte ich in den Hörer. »Ich soll den ganzen Abend dasitzen und diese grässliche Musik aushalten?«

»Nein, Terence«, sagte Cynthia entschieden. »Keineswegs. Du bist gar nicht eingeladen. Girls only!«

Ich sah deinen bittenden Blick, deine flehend gefalteten Hände.

»Also, darf sie kommen?«

Ich dachte an Rom und all die anderen Male, wo ich dich immer mehr von mir weggestoßen hatte.

»Gut«, sagte ich feierlich. »Sie darf.«

Ich legte das Telefon weg und tröstete mich mit dem Gedanken, dass ja nur Mädchen eingeladen waren. Und unter Cynthias Dach warst du immer noch besser aufgehoben als auf freiem Feld.

Meine Milde wurde belohnt: Der Hungerstreik war beendet. Glücklich sah ich Rinderhack und Kartoffelbrei in deinen Mund wandern, und da es dir schmeckte, schmeckte es mir selber auch. Später, nach der Apfelcharlotte, rief Cynthia erneut an.

»Gut gemacht, Terence«, sagte sie zu mir und bestärkte mich in meiner Hoffnung. »Helen wäre stolz auf dich.«

Nach dem Telefonat lockten mich die weichen Celloklänge, die aus deinem Zimmer drangen, vor deine Tür. Du übtest für das Theater-und-Musik-Festival. Mit geschlossenen Augen, den Kopf an die Tür gelehnt, verlor ich mich in den erhabenen Anfangstakten von Beethovens *Pathétique*. Der Klang der Liebe, der Klang des Leids; die hilflosen, hoffnungsvollen Tränen der menschlichen Seele.

Ein Lovesong. Auf einer großen Videoleinwand verzerrte ein Mann sein junges Gesicht zu einer gefühligen Grimasse.

»Genau das ist das Problem«, sagte ich zu Cynthia und zeigte auf den ungekämmten Schnulzenfuzzi.

Cynthia warf mir jenen strengen, fassungslosen Blick zu, den ich mittlerweile schon gewohnt war. »Was? Die Musik?« Sie wirkte entsetzt.

»Nein. Die falsche Liebe, von der sie umgeben sind. Diese übertriebenen Emotionen. Das macht alles so schwierig für sie.«

»Für wen denn?«

Ich deutete vage auf die jungen Mädchen ringsum. Sie wühlten sich hektisch durch die aufreizenden Outfits an den Kleiderständern. »Für die Kinder«, erwiderte ich. »Denen wird Liebe verkauft wie irgendein angesagtes Produkt. Ständig werden sie mit diesen verlogenen Gefühlen bombardiert. Sie können dem gar nicht entkommen. Es hört nie auf. Sie ertrinken darin. Genau das, was D. H. Lawrence prophezeit hat.«

Cynthia verdrehte die Augen. »Na klar, D. H. Lawrence, der große Moralist. Bitte klär mich auf, Terence. Was hat er denn prophezeit?«

»Er hat irgendetwas dazu gesagt. Ach, ich kann mich nicht genau erinnern. Dass es die Menschen in den Wahnsinn treiben wird. Weil sie nicht mehr wissen, was sie empfinden sollen. Dass sie vor lauter verlogenen Gefühlen gar nicht mehr ihre echten Empfindungen spüren.«

Cynthia schloss die Augen und schüttelte den Kopf. »Du solltest dich mal reden hören, Terence.«

»D. H. Lawrence«, sagte ich. »Nicht ich.«

»Doch. Du, Terence. Du.« In dem albernen Armreif, den sie trug, sah ich mein eigenes verzerrtes Spiegelbild. »Aber mir ist schon klar, worum es eigentlich geht.«

Ich seufzte. »Tatsächlich?«

Sie zog vielsagend ihre gezupften Augenbrauen hoch. »O ja. Du machst dir einfach Sorgen. Sie hat Geburtstag. Bryony wird älter, und es fällt dir schwer, dich damit abzufinden.«

»Sie verwandelt sich in jemand anderen«, erwiderte ich. »Als hätte dieser ganze moderne Quatsch, gegen den sie früher völlig immun war, sie infiziert. Ich will nur, dass sie wieder immun wird. Das alles schadet ihr doch. Am Ende wird sie Dinge tun, die sie später bereut, wenn sie irgendwann einmal älter und klüger ist und ...«

Cynthia starrte zu einem Accessoire-Ständer hinüber, der voller Gürtel hing. Ganz oben auf dem Ständer sah ich mehrere Hände, Massenware aus schwarzem Kunststoff für die Präsentation von Modeschmuck. Ich musste an Gespenster denken, die ihre Geisterhände nach den Lebenden ausstrecken.

»Sind das nicht tolle Gürtel?«, fragte Cynthia. »Ich glaub, ich kaufe mir einen.«

»Cynthia, hörst du mir überhaupt –«

Ich verstummte. Du kamst aus dem Umkleidebereich, in einer Aufmachung, zu der mir nur das folgendes Bild einfiel: eine Hure, die in einen Wirbelsturm geraten ist.

»Super!«, rief Cynthia. »Ist das nicht süß? Sieht sie nicht toll aus, Terence? Terence? Terence?«

Sie stieß mir unsanft den Ellbogen in die Rippen.

»Ja«, erwiderte ich. »Vom Hals aufwärts.«

Ein Junge starrte dich an, hinter dem Rücken seiner Freundin. Das gierige Verlangen, das aus seinem Blick sprach, jagte mir einen Angstschauer über den Rücken.

»Ach, hör nicht auf deinen Vater«, sagte Cynthia zu dir. Als hättest du das je getan.

Immer wieder sah ich dich jetzt im Umkleidebereich verschwinden und wieder herauskommen, um Cynthias Meinung zu allerlei Kombinationen zu hören. Hure in Streifen. Hure in Strick. Hure mit Punkten. Ich saß da und gab zu jedem Outfit knurrend meine väterlichen Kommentare ab. Nein, nicht zu jedem. Eines gefiel mir, weißt du noch? Die Jeans mit dem grünen Pulli. Das war eine Kombination, mit der ich absolut einverstanden war, da sie all die Teile bedeckte, die bedeckt sein sollten, und dein Fleisch nicht präsentierten wie eine Schweinehälfte im Metzgereischaufenster.

»O ja«, sagte ich. »Das gefällt mir schon besser.« Damit war dieses Outfit für dich gestorben. Ein Naserümpfen, und schon warst du in der Kabine verschwunden und kamst als Draculas Braut wieder heraus.

Trotzdem war es ein schöner Nachmittag.

Wir verstanden uns ganz gut, mithilfe meiner Kreditkarte und Cynthias freundlicher Hexenkünste. Hinterher sind wir noch ins Café, haben Nusstorte gegessen und etwas getrunken, weißt du noch? Abgesehen von ein paar kühlen Blicken hatte ich an diesem Tag das Gefühl, dass du gern mit mir zusammen warst. In der Stadt, vor aller Augen, mit deinem Vater. Rom schien vergessen. Ebenso mein Besuch auf dem Feld, der dir so peinlich gewesen war. All dies kam nicht zur Sprache. Wir überließen Cynthia die Gesprächsführung, auf einem schmalen unbeschwerten Pfad in der richtigen Szenerie. Reuben blieb hinter den Kulissen, obwohl wir spürten, dass er jeden Moment über uns herfallen konnte.

»Und?«, sagte Cynthia zu dir und tupfte sich mit ihrer schwarz glänzenden Kralle einen Krümel von der Lippe. »Freust du dich auf heute Abend?«

Und sie zwinkerte dir zu. Allen Ernstes. So ein betont verschwörerisches Augenzwinkern, das mich ausschloss.

»Ja«, sagtest du grinsend. »Und wie!«

Ach, dieser Abend. Dein Geburtstag. Ich erinnere mich an jede grässliche Einzelheit. Nur an die Lücke natürlich nicht.

Nachdem ich dich bei Cynthia abgeliefert hatte, hatte ich ein Stück weiter auf dem Gehweg geparkt. Ich wollte einfach noch eine Weile im Wagen sitzen und schauen, wer alles eingeladen war. Imogen traf ein, aufgemacht wie eine viktorianische Dirne, hatte aber zu meiner Erleichterung wenigstens keine Jungs im Schlepptau.

Ich wollte gerade losfahren, als ich es sah. Das Taxi. Ich keuchte vor Entsetzen, denn der Fahrer hupte, und ihr kamt kichernd aus dem Haus gerannt, du und Imogen, und stiegt in den Wagen.

Bevor ich die Situation ganz erfasst hatte, fuhr das Taxi los. Was blieb mir übrig? Es hatte keinen Sinn, ins Haus zu laufen und Cynthia Vorwürfe zu machen. Oberstes Gebot war, dir zu folgen und dafür zu sorgen, dass dir nichts passierte.

Mein spontaner Impuls war, das Taxi zu überholen und zum Anhalten zu zwingen. Dann aber dachte ich daran, wie schwierig unser Verhältnis geworden war, seit ich dich vor deinen Freunden blamiert hatte. Und was wäre passiert? Du hättest mir einen Haufen Lügen erzählt und mir von da an noch trotziger die Stirn geboten. Nein, ich musste dir folgen. Ich musste alle Antworten selber finden und dich später bestrafen.

Gelbe Schwaden wehten durch die neblige Luft. Wie eine fremdartige Krankheit, die aus den Straßenlampen sickerte und die Nacht infizierte. Ich konnte den Wagen, der vor mir herfuhr und in halsbrecherischem Tempo meine Tochter transportierte, zwar kaum erkennen, blieb aber dran und ignorierte rücksichtslos Geschwindigkeitsbeschränkungen, während ich durch den gelblichen Dunst raste.

Das Taxi ordnete sich auf der linken Fahrbahn ein und bog an der nächsten Kreuzung ab. Ich tat das Gleiche, in gefährlich kurzem Abstand. Du hättest nur den Kopf wenden müssen und womöglich die vertrauten Scheinwerfer im Nebel erkannt. Zu meinem tiefen Entsetzen wurde mir klar, dass wir uns Leeds näherten, einer Stadt, der das Wohlergehen meiner Tochter ungefähr so viel wert war wie der Flamme das Wohlergehen einer Motte.

Mir wurde schlecht vor Angst. Wo wolltest du hin, an einem

Freitagabend um diese Zeit? Als sich der Nebel etwas lichtete, fuhr ich langsamer, um den Abstand zu vergrößern.

Das Grauen um mich herum nahm kein Ende.

Es gibt ja immer noch aufgeklärte Denker unter uns, die sich so trotzig an den Fortschrittsgedanken klammern wie ein dreijähriges Kind an ein verbotenes Spielzeug. Der Gedanke, die Gesellschaft sei am Gipfel ihrer Entwicklung angelangt, ist grotesk. Wissenschaftlicher Fortschritt – mag sein. Aber moralischer Fortschritt? Ästhetischer Fortschritt? Sozialer Fortschritt? Diese modernen Diderots sollten mit ihren goldenen Kutschen mal an einem Freitagabend in ein englisches Stadtzentrum rollen und sich mit eigenen Augen davon überzeugen, wie weit der menschliche Fortschritt gediehen ist. Schau, da schleudert der Fortschritt eine Flasche auf die Straße! Schau, da präsentiert der Fortschritt der Welt seinen nackten Arsch!

Ich blieb zwei Wagen hinter euch, sicher verborgen vor euren Blicken, während sich die über den Straßenlampen und Kneipeneingängen aufragenden viktorianischen Gebäude in der Nacht verloren wie eine belanglose Erinnerung.

Schließlich hielt euer Taxi unter einer Eisenbahnbrücke. Dort warteten vor einer Tür, über der *COCKPIT* stand, in einer Schlange lauter Jungs mit komischen Frisuren (ich sah nur Jungs), und mein fiebriger Verstand hegte die schlimmsten Befürchtungen.

»Ach, Cynthia«, murmelte ich, allein im Wagen. »Wie unglaublich töricht von dir.«

Ich parkte in der Ladebucht einer Pizzeria und wartete, unter dem neugierig-belustigten Blick eines minderjährigen Kochs, der sich gerade ein Zigarettenpäuschen gönnte.

Städte versuchen uns zum Handeln anzutreiben, denn Stille und Reglosigkeit sind die Domäne der Notleidenden, Übeltäter, Toten. Aber Eile hätte mir nichts gebracht. Ich wollte so lange hier warten, bis du sie betreten haben würdest, jene unbekannte Hölle, die auch ich bald betreten würde. Ich musste mich ja vor dir verbergen, um herauszufinden, wie ich dich am besten beschützen konnte. Wenn ich dich je wieder auf den richtigen Weg zurückführen wollte, musste ich genau wissen, wie dieser Abend, diese Nacht ohne mein Eingreifen verlaufen würde.

Ein paar Frauen mit Engelsflügeln liefen am Wagen vorbei und stellten in den unvorteilhaftesten Outfits ihre ausgezehrten Körper zur Schau. Sie kreischten irgendeinen Lovesong (es erinnerte an einen gemeinsamen Paarungsruf, wie man ihn hässlicher in der Natur nicht findet) und warfen mir Kusshände zu. Eine von ihnen trug einen riesigen aufblasbaren Phallus und schwenkte ihn vor meinem Wagenfenster.

Ich schloss die Augen und versuchte gegen Reuben anzukämpfen, während das Gekreisch im Verkehrslärm unterging. Und nachdem ich tief eingeatmet, mir mit der reinen Luft im Wageninneren die Lungen vollgepumpt hatte, stieg ich aus und trat in die Nacht hinaus, um mein liebes, süßes Lamm zwischen Wölfen tanzen zu sehen.

Der Türsteher, dem ein riesiger Klotzkopf auf den Schultern saß, starrte auf mich herab.

»Nee, Kumpel«, sagte er, »keine Chance.«

Ich fragte ihn, wie er das meinte.

»Nicht deine Szene.«

Was für eine Szene dann?, fragte ich mich. Der entscheidende Moment im zweiten Akt, wo eine Schicksalswende dazu führt, dass alles rasant auf eine Tragödie zuläuft?

»Ich habe Geld bei mir«, sagte ich. »Und ich bin gerne bereit, den vollen Eintrittspreis zu entrichten.«

Der Typ ignorierte mich, blickte über meine Schulter und ruckte mit dem Kopf – das Zeichen für die zwei jungen Gangster hinter mir in der Schlange, an mir vorbei hineinzugehen. Aber ich ließ mich nicht abwimmeln und diskutierte weiter mit diesem Klotz von Türsteher, diesem mit Proteinshakes gemästeten Sankt Petrus.

»Also, lassen Sie mich durch? Ich denke nämlich nicht daran, hier wegzugehen.«

Worauf die sehr einfallsreiche Antwort des Türstehers lautete: »Verp*** dich, du A***, oder ich polier dir die Fr***.«

Ich nahm diese Worte würdevoll zur Kenntnis. »Aha, verstehe. Nun, guter Mann, dann werde ich es anders formulieren. Sie haben gerade einem minderjährigen Mädchen Zutritt zu Ihrem Etablissement gewährt. Das weiß ich deshalb, weil es sich zufällig um meine Tochter handelt. Als Türsteher haben Sie jetzt zwei Alternativen. Entweder beharren Sie auf Ihrer offensiven Strategie und tragen die bedauerlichen Konsequenzen. Oder Sie gestatten mir, da reinzugehen und sie herauszuholen. In diesem Fall werde ich darauf verzichten, Ihren Chef oder gute Freunde von mir im Stadtrat zu informieren.«

Man sah an seinem Blick, dass er sich gerade ein Paralleluniversum vorstellte, eine Welt ohne Stadträte und Chefs, in der ich vor ihm auf dem Pflaster lag und er mir munter gegen den Kopf treten konnte.

»Blöder A***«, sagte er, ließ mich aber hinein.

Eine »Band« stand vorne auf der Bühne und machte »Musik«. Einem primitiven Transparent war zu entnehmen, dass sich die Band *The Cleopatras* nannte, was ich merkwürdig fand, da es sich um vier Antoniusse und nur eine einzige, wahnsinnig wütende ptolemäische Königin handelte.

Hast du diese Band gekannt? Warst du ein Fan? Seid ihr deshalb dort hingegangen?

Es fühlte sich an wie eine Panikattacke. Nein, das klingt zu harmlos. Es fühlte sich an wie die Panikattacke einer anderen Person, einer Person, die ich nicht kannte und auch gar nicht kennenlernen wollte, jemand, der kurz nach Mitternacht mit geschlossenen Augen auf einem Bahnsteig hockt und überlegt, ob er sich vor den nächsten Güterzug werfen und Schluss machen soll. (Ich habe mal einen Schwachkopf auf Radio 4 sagen hören, Beethoven würde, wenn er heute lebte, Leadgitarre in einer Rockband spielen. Nein. Er würde auf besagtem Bahnsteig sitzen, in eine braune Papiertüte atmen und den Zug herbeisehnen, der ihn auslöscht.)

Ich suchte nach dir, inmitten dieser Proleten, inmitten der auf und ab hüpfenden Leiber, die gierig die Arme nach der Bühne ausstreckten. Bei dem Gedanken, dich unter diesen lichtscheuen Opiumessern zu wissen, packte mich derselbe Schrecken wie damals in Rom, als ich dich stundenlang suchte – ein Gefühl, als würde ich dich an die bösen Mächte der Nacht verlieren. Teufel und Finsternis.

Cleopatra kreischte irgendeinen Song, während ich mich durch die Menge drängte. Ich wandte mich der Bühne zu und sah Cleopatra mit dem Mikrofon ringen wie mit einer Viper, die ihr jeden Moment die Giftzähne in die Brust schlagen konnte.

»Oh, Pardon«, sagte ich, aber natürlich besaß ich keine Stimme mehr. Die Musik hatte sie mir geraubt. Ja, dazu war sie vermutlich da, diese Musik, einem die Stimme zu rauben, das Fleisch über das Gespräch triumphieren zu lassen.

Leiber, Leiber, Leiber, der ganze Raum war voll davon. Ich sah sie nur als Leiber. Als was sonst hätte ich sie sehen sollen? Welche Art von Persönlichkeit hätte es an diesem Ort geben können? Der Lärm machte ja jeden Gedanken und jedes Gespräch zunichte.

»Führt am Ende kein Weg aus dem Kopf heraus?«, fragt die Dichterin.

Doch, man muss nur dorthin gehen, wo die Jugend hingeht. Ins COCKPIT an einem späten Freitagabend. Dort sieht man fünfhundert wackelnde Köpfe, die sich von den zappelnden Körpern kaum noch unterscheiden.

Oh, Bryony, runzle nicht die Stirn.

Bitte schüttle nicht angewidert den Kopf.

Du glaubst, ich hätte keine Ahnung von diesen Dingen, nicht wahr? Du glaubst, ich wüsste gar nicht, wie sich das anfühlt, jung zu sein, sich selbst zu vergessen und im gegenwärtigen Moment aufzulösen. Zu fühlen statt zu denken. O ja, ich weiß, deinem Empfinden nach war ich schon immer da, wie das nun mal so ist bei Eltern. Wäre ich eine von Druiden errichtete Steinfigur gewesen, es hätte keinen Unterschied bedeutet.

Ein Hinkelstein aus der Zeit vor der Zeit.

Du hast mir nie in die Augen geblickt und den langhaarigen Jugendlichen gesehen, der im *Young Restorers' Poetry Club* mitten in einer Lesung von Keats' *Hyperion* auf einen Zug ein Glas Absinth leerte.

Endlich entdeckte ich dich, in deinen neuen Kleidern, zusammen mit Imogen und den anderen aus eurer Clique.

Ich wägte meine Optionen ab. Hinübergehen, dich nach draußen zerren und für immer dein Vertrauen zu verspielen? Nein. Ich würde abwarten und nur dann eingreifen, wenn es nötig werden sollte. Ich würde im Hintergrund bleiben, Abstand halten. Du würdest mich in all dem Rauch und Lärm gar nicht bemerken.

Aber es war schrecklich, dort herumzustehen, angerempelt und betatscht zu werden, während ich versuchte, dich im Auge zu behalten. Man trat mir auf die Füße, stieß mir die Ellbogen in die Rippen, blies mir Rauch ins Gesicht, der nach allen möglichen Substanzen roch.

Ich sah, wie sich ein großer Junge zu dir hinabbeugte und dir etwas ins Ohr flüsterte. Der wandelnde Leichnam. Uriah Heep. Es waren noch andere Jungs bei ihm, von denen ich einige erkannte. Ich hatte sie damals gesehen, als ich dir in die Stadt gefolgt war. Von George Weeks allerdings keine Spur. Dann hatte wohl seine Mutter mit ihm geredet, ein Gedanke, der mir einen Hauch von Genugtuung schenkte. Doch dieser Hauch verflog sofort, als ich sah, wie Uriahs dürre Knochenhand deinen Rücken hinabglitt.

In diesem Moment verschüttete jemand ein Glas mit einer hellvioletten Flüssigkeit auf mein Hemd. Ich ignorierte das klebrig feuchte Gefühl auf der Haut und beobachtete, wie die

Knochenhand sich bis zu deiner Hüfte vorwagte. Zu meiner Verblüffung kam keinerlei Widerstand von dir. Mochtest du ihn? Schwer zu sagen, doch als er zu den Toiletten ging, zögerte ich keine Sekunde.

Als ich dort ankam, befand er sich in einer der Kabinen und hatte offensichtlich Verdauungsprobleme. Ich wartete und starrte mich dabei im Spiegel an. Ich starrte den Fleck an, der auf meinem Hemd trocknete und sich rosa verfärbte. Ein Fleck, der zu symbolisieren schien, was ich war, wozu ich geworden war. Terence. Lateinische Wurzel *terere*. Abreiben, durchscheuern, abtragen. Verschwinden.

Er schob den klapprigen Metallriegel zurück und schlurfte zum Waschbecken. Er wusch sich die Hände, ohne auf mich zu achten.

Ich wollte mit ihm reden. Das war mein Plan. Ich wollte ihn höflich ansprechen und ihm mit logischen Argumenten erklären, warum er seine Versuche, ein fünfzehnjähriges Mädchen zu verführen, besser nicht fortsetzen sollte.

Dann geschah eine Veränderung mit mir.

Die üblichen Missempfindungen, die ich jetzt schon kannte. Das Kribbeln und Prickeln im Kopf, der dunkle Schleier vor den Augen. Doch auf einmal war ich nicht mehr da. Ich befand mich nicht mehr in meinem eigenen Bewusstsein.

Oder genauer gesagt, meine Gedanken entsprangen nicht mehr meinem eigenen Bewusstsein. Das war vorher noch nie passiert. Zum ersten Mal erinnerte ich mich an etwas, das ich (Terence Cave) gar nicht selbst erlebt hatte. Plötzlich fuhr ich Rad und sah das Gesicht dieses Jungen vor mir, sein hageres Leichengesicht. Er lachte mich aus und wies mit seiner langen Knochenhand auf mich, während ich in die Pedale trat. Dann blickte ich nach unten, innerhalb dieser Erinnerung – ich saß auf dem Fahrrad, das ich Reuben ein Jahr zuvor zum Geburtstag geschenkt hatte. Ich fuhr auf dem Rad deines Bruders. Und ich durchlebte, das ist mir jetzt klar, in jenem Moment die Erinnerung deines Bruders.

Sonst enthielt diese Szene keine weiteren Details. Nur Uriahs Lachen und das Rad, auf dem Reuben fuhr (also ich selbst). Sonstige Details – Wetter, Landschaft, irgendwelche anderen Menschen – fehlten komplett. Und doch muss ich dir sagen, dass all dies vollkommen glaubhaft war. So glaubhaft, dass sich die Frage, ob ich es glauben sollte oder nicht, gar nicht erst stellte. Der innere Schmerz, den ich empfand, war so real, dass ihn irgendwann ein Mensch durchlitten haben musste.

Aber wie gesagt, diese rationalen Überlegungen stellten sich erst später ein. In jenem Moment war ich so verloren, so wund gescheuert und ausgeblichen, dass alles, was Terence Cave diesem Jungen hatte darlegen oder antun wollen, vollkommen irrelevant schien.

Als Uriah vor dem Spiegel posierte – den Kopf hin und her wandte, seine ohnehin schon eingesunkenen Wangen einsaugte, sich das Haar über eins seiner schläfrigen Augen strich –, wallte eine seltsame Kraft in mir auf. Ich ballte die Fäuste, versuchte, diese Kraft zu kontrollieren. Aber sie ließ sich ebenso wenig umlenken wie dunkle Wolken, die am leeren Himmel aufziehen.

Ich zitterte am ganzen Körper und spürte dieses Kribbeln und ein Schwindelgefühl, weil irgendetwas mich unerbittlich von mir selber abzog. Bisher hatte sich dann immer langsam der dünne Schleier herabgesenkt, doch diesmal war es heftiger. Ein schwarzer Blitz, eine tiefschwarze Leere – und ich weiß jetzt, dass meine Seele in jenem Moment durch eine andere Seele verfinstert wurde.

Danach die Lücke, der Filmriss.

Ich starrte den Jungen im Spiegel an. Und dann erinnere ich mich erst wieder an sein blutendes Gesicht, als ich ihn an der Kehle packte und gegen die Wand drückte.

Plötzlich ein Lärmschwall, jemand kam zur Tür herein. Zuerst reagierte ich nicht. Ich presste den Jungen weiter gegen die

Wand. Die Tür schloss sich, Cleopatras Todesschrei verhallte, und plötzlich hörte ich etwas Neues. Ein Rauschen und Knistern. Wie eine atmosphärische Störung. Dann schob sich eine riesige, bedrohliche Gestalt ins Bild.

»Was zum * * * ?!«

Er war es. Der Klotzkopf, der brutale Türsteher.

Er packte mich, zerrte mich weg, und ich sah noch den Sprung im Spiegelglas, der wohl auf mein Konto ging, dann schleifte mich der Kerl an den schwitzenden Körpern vorbei zum nächstgelegenen Notausgang.

»Ich glaube, ich habe einen Knopf verloren«, sagte ich noch, dann versetzte er mir einen Tritt in den Rücken, und ich stürzte auf den nassen Beton. Noch vier Tritte in die Weichteile, dann war er weg, und ich spürte nur noch Schmerz und Übelkeit und eine Art Vakuum, als sei einen Moment lang die Luft aus der Welt entwichen.

»Reuben«, keuchte ich, über mein schwarzes Spiegelbild in der Pfütze gebeugt. »Das warst du, nicht wahr?«

Und im leisen Grollen der Stadt vernahm ich die Bestätigung.

Von einer Dachrinne hoch über mir tropfte Wasser in die Pfütze. Es rief in meinem benebelten Gehirn eine weitere Erinnerung wach, diesmal jedoch meine eigene.

Als ihr sechs Jahre alt wart, nahm ich euch beide einmal mit nach Knaresborough, zum Dripping Well. Erinnerst du dich noch an den tropfenden Brunnen? An diesen faszinierenden Ort, wo unablässig Wasser von einem hohen Felsen herabtropft und alles, was darunter liegt, in Stein verwandelt?

So werden zerbrechliche menschliche Dinge hart und widerstandsfähig. Ewig. Natürlich hat mich die Wissenschaft größtenteils desillusioniert. Das Wasser enthält viel Calciumbicarbonat, und deshalb werden sämtliche Objekte, mit denen es in Berührung kommt, kalzifiziert.

Mit Calciumcarbonat bedeckt.

Aus diesem Grund strömten schon damals Menschen in Scharen nach Knaresborough. Sie hängten Geschirrtücher, Gummistiefel und Teddybären wie Wäschestücke auf eine Leine, weil sie wussten, diese Gegenstände würden sich binnen eines Jahres in unverwüstliche Erinnerungsstücke verwandeln.

»Daddy, wenn ich mich unter das Wasser stelle, werde ich dann zu einer Statue?« Ich erinnere mich an dein elfenhaftes Gesicht, deine Miene, als du diese Frage stelltest: Eine gewisse Erregung mischte sich darin mit panischer Angst.

Ich habe dieses Gespräch noch genau in Erinnerung.

»Da müsstest du schon sehr lange dort stehen«, erklärte ich dir.

»Wie lange?«

»Mindestens ein Jahr«, sagte ich. »Und du müsstest ganz still stehen.«

»*Wie* still?«

»*So*«, sagte Reuben und führte es dir vor.

»Wie fühlt sich das an, wenn man eine Statue ist?«, fragtest du.

»Keine Ahnung«, erwiderte ich. »Ich war noch nie eine.«

Du dachtest nach, mit gerunzelter Stirn. »Und wenn es mich irgendwo jucken würde, könnte ich mich nicht kratzen?«

»Nein.«

»Und ich könnte nicht auf die Toilette?«

»Nein.«

»Ich würde gern etwas aufhängen.« Dein Bruder löste sich aus seiner starren Haltung und unterbrach deine Gedankenspiele.

»Du kannst nichts aufhängen«, sagte ich. »Wir haben nichts mitgebracht.«

Aber schon hatte Reuben sein Schweißband abgestreift. Das rot-weiße Frotteearmband, das ihm so viel bedeutete. »Das könnte ich aufhängen.«

Ich bin mir ziemlich sicher, dass ich protestierte, aber schließlich gab ich nach, entrichtete den gewünschten Obolus an den

Tourismusverband und befestigte Reubens Schweißband mit einer Klammer am Seil. Natürlich musste ich das für ihn machen, weil er zu klein war, aber er stand neben mir. Ich weiß noch, dass ich mit der Wäscheklammer Probleme hatte. Das Wasser tropfte ziemlich stark, und da das Schweißband so klein und der Stoff so dick war, wollte die Klammer nicht halten.

Direkt daneben hing eine Sandale. Daran erinnere ich mich noch. Ein taugliches Objekt, dachte ich. Das blieb bestimmt jahrelang dort hängen.

»Na los, Dad«, drängte mich Reuben. »Warum dauert das so lang?«

Während ich versuchte, die Klammer anzubringen, wurde meine Hose klatschnass. Erst dachte ich, es sei einfach nur das vom Stein wegspritzende Wasser, aber dann sah ich, dass Reuben das Wasser mit ausgestrecktem Arm und nach oben gekehrter Handfläche umlenkte und uns alle drei nass spritzte.

»Mein Kleid ist ganz nass!«, riefst du.

»Reuben«, fuhr ich ihn heftig an, um das Rauschen des Wassers zu übertönen. Selbst an den schönsten Tagen hatte er nichts als Unsinn im Kopf. »Lass das!«

Er ließ den Arm sinken und sah schweigend zu, wie es mir endlich gelang, das Schweißband festzuklammern. Wir traten zurück und sahen es an. Es war das kleinste und ärmlichste aller Objekte. Man konnte sich kaum vorstellen, dass dieses durchnässte und aus der Form geratene Ding eines Tages so hart werden würde wie das versteinerte Seil, an dem es hing.

Reuben interessierte sich inzwischen mehr für seine Hand.

»Ich kann meine Finger nicht mehr bewegen«, sagte er zu mir, im Brustton der Überzeugung. »Sie versteinern!«

Als Kind hatte er eine sehr lebhafte Fantasie. Weißt du noch, wie er eine Zeit lang mit seinem unsichtbaren Hund spazieren ging? Er wünschte sich natürlich einen richtigen Hund, aber das war nicht machbar. Mit Katzen geht das viel leichter. Und ich konnte noch nie gut mit Hunden, stimmt's?

Als wir wieder zu dir hinübergingen, vorbei an den sich immer mehr verwandelnden Objekten, dachte Reuben laut über die Vorteile einer steinernen Faust nach.

»Ich könnte zum Beispiel Wände durchboxen. Ich könnte meine Hand ins Feuer legen. Ich könnte …«

Wir haben das Museum besucht. Erinnerst du dich?

Da gab es einen zierlichen steinernen Schuh, den einst Queen Mary getragen hatte. Einen Sonnenschirm aus Spitze, der trotz der Versteinerung durch das kalziumhaltige Wasser immer noch filigran wirkte. Kristallisierte Teddybären und Strickjacken, ein versteinertes Haarband. Ach ja, und dieser Zylinder. Du erinnerst dich sicher an den Steinzylinder. Als ich ihn zum Spaß aufsetzte, wäre ich fast damit im Boden versunken. Du brachst in hysterisches Gekicher aus, während Reuben immer noch über seine Hand monologisierte.

Er zeigte uns seine steifen Finger, die er wie einen Seestern spreizte. »Schaut mal, die bewegen sich nicht mehr! Meine Hand bewegt sich nicht mehr. Ich kann die Finger nicht mehr bewegen!«

Du hast versucht, seine Finger zu biegen, und als es wirklich nicht ging, meintest du besorgt: »Hör auf, Reuben, du machst mir Angst.«

»Er tut doch nur so«, sagte ich beruhigend.

»Nein!«, beharrte Reuben. »Meine Hand wird zu Stein.«

Du begannst zu weinen. Nein, nicht zu weinen. Du hast nur das Gesicht verzogen, als würdest du gleich weinen. Nachdem ich Reuben streng ermahnt hatte, demonstrierte er dir, dass mit seiner Hand alles in Ordnung war.

Wir setzten unser Nachmittagsprogramm fort. Du hörtest alles Mögliche über Mother Shipton, und wieder gab es etwas, das dir Angst machte – die hässliche alte Wahrsagerin, die den großen Brand von London, die Niederlage der spanischen Armada, die Belagerung Yorks und ihr eigenes Todesdatum vorhergesagt hatte. Wir hatten uns für eine Tour durch Mother Shiptons Höhle in der Nähe des Dropping Well angemeldet, und du hieltest verzweifelt meine Hand umklammert.

Jetzt liefen dir wirklich die Tränen übers Gesicht. Wir entschuldigten uns beim Tourguide und verließen die Höhle, und Reuben ließ sich widerstrebend mitziehen, aus der Höhle hinaus, am Dropping Well vorbei und am Flussufer entlang.

»Ich bin eine Statue, ich bin eine Statue«, wiederholte Reuben auf seine repetitive Art. Ich glaube, er wurde allmählich eifersüchtig, weil ich dir so viel Aufmerksamkeit schenkte.

»Ich bin eine Statue. Ich bin eine Statue. Ich bin eine Statue.«

»Statuen reden nicht«, erklärte ich.

»Ich bin eine Halbstatue. Mein Mund hat die ...«

Mein Gedächtnis ließ mich im Stich, während ich dort hinter dem Nachtklub vor der Pfütze kauerte und mich über mein Spiegelbild beugte. Und es lässt mich auch jetzt im Stich, während ich versuche, mir diese Szene in Erinnerung zu rufen. Ich höre seine Stimme nicht. Ich höre das Rauschen des Flusses, aber ihn höre ich nicht.

Weiter. Los, Terence. Keine Abschweifungen mehr. Weiter mit der grauenhaften Nacht in diesem abscheulichen Sündenpfuhl.

Irgendwann rappelte ich mich hoch, weg von der Pfütze und den Erinnerungen, die sie barg. Mein ganzer Körper schmerzte, als ich zum Auto zurückhinkte, und ich dachte, ich hätte mir eine Rippe gebrochen. Ein stechender Schmerz in der Brust.

Sie lachten mich aus, all diese betrunkenen jungen Leute. All diese Affen in Ringelhemden und Miniröcken, die aus den Bars mit den südländischen Namen wankten. Ich erreichte den Wagen und inspizierte im Rückspiegel mein Gesicht. Eine winzige Schürfwunde neben dem Auge, wo ich mich auf dem Betonboden aufgeschrammt hatte. Ein Splittsteinchen, in meine Wange gepresst.

Da saß ich nun, der wund gescheuerte Terence, und legte meine zitternden Hände aufs Lenkrad.

Ein orientalisch wirkender Straßenhändler verkaufte auf der Hauptstraße blinkende Armbänder und künstliche Rosen.

Männer kamen vorbei, nahmen sein Gesicht in beide Hände und küssten ihn auf die Wangen, aber keiner kaufte seinen Neonschmuck.

Auf seiner Gitarre klimpernd rannte ein zahnloser Mann den Menschenhorden hinterher, wie ein Hündchen, das um Liebe bettelt.

Und dann sah ich ihn. Den malträtierten Uriah, der mit einem anderen Jungen aus dem COCKPIT kam. Nein, Plural, mit zwei oder drei Jungs. Ich erinnere mich nicht mehr an sie, habe sie wohl gar nicht gekannt. Aber ich sehe immer noch Uriahs Gesicht vor mir und die langen Finger, mit denen er seine Stirnwunde betastete. Mich packten Schuldgefühle, als mir klar wurde, was meine Hände getan hatten.

Ich rutschte auf meinem Sitz etwas tiefer und öffnete das Fenster einen Spalt weit, damit ich ihre Stimmen hören konnte.

»Dieser alte *** dachte anscheinend, ich will was von Bryony«, hörte ich ihn sagen.

»Und, stimmt doch, oder?«, fragte einer der Jungs.

»Keine Chance, die fährt voll auf diesen Proll ab. Diesen Danny oder Donny oder …«

»Denny«, flüsterte ich, während ihre Stimmen sich entfernten.

Ich wartete zwei Stunden, bis du herauskamst, und folgte euch in sicherem Abstand aus dieser fürchterlichen Stadt hinaus zurück nach York.

Was du jetzt wohl empfindest, wenn du hörst, dass ich dort war, ohne dein Wissen? Dein Schutzengel, der sein Möglichstes tat, um dich vor den verderblichen Mächten der Nacht zu bewahren? Vermutlich schürt es noch deinen Hass auf mich, nicht wahr?

Ach, bitte, Bryony, hasse mich nicht.

Ich kann mit deinem Hass nicht leben und nicht sterben. Bitte versteh doch, dass ich nicht wusste, was ich tat, und nicht wusste, dass er in einigem Abstand immer noch auf der Lauer lag, voller Groll, weil meine Liebe zu dir jeden meiner Schritte lenkte.

Cynthia tat ihr Handeln, gelinde gesagt, kein bisschen leid. Im Gegenteil, sie war sogar wütend auf mich, als ich ihr erzählte, dass ich euch nach Leeds gefolgt war. Ich habe ihr natürlich nicht alles erzählt, aber sie ging trotzdem sofort zum Angriff über.

Ihr habt noch geschlafen, du und Imogen, in Cynthias Gästezimmer. Es war ungefähr acht Uhr morgens, und wir – deine Großmutter und ich – saßen an ihrem fürchterlichen Tisch, umgeben von Theaterplakaten, Klimt-Reproduktionen und ihren eigenen Kohlezeichnungen. Im Bungalow herrschte, sogar nach ihren eigenen Maßstäben, komplettes Chaos. Sie hatte offenbar noch mehr Zweige gekauft und auf Vasen verteilt, die den ganzen Flur blockierten. Die Obstschale schimmelte als Stilleben aus schwarzen Bananen und blau gefleckten Clementinen vor sich hin, die Kunstbeilage des *Telegraph* diente als Tischuntersetzer.

Cynthia war gerade beim Frühstück und schluckte ihre Weißdorn- und Echinacea-Pillen, ihren täglichen bunten Mix an Nahrungsergänzungsmitteln, in lauter kleinen Fläschchen und Päckchen auf dem Tisch verteilt. Ich trank Kaffee und versuchte, den pochenden Schmerz der unter der Kleidung verborgenen Prellungen und Schrammen zu ignorieren.

»Tut mir leid, Cynthia«, sagte ich, »aber so leicht lasse ich dich nicht vom Haken.«

Sie schlug sofort zurück. »Das hast du gar nicht zu bestimmen!«, fuhr sie mich an und spülte ihre letzte Tablette mit einem Schluck Grapefruitsaft hinunter. »Ich hänge nicht an deinem Haken, sondern du an meinem, und selbst wenn du wolltest, könntest du dich nicht befreien!«

Wir stritten uns flüsternd. Sie kam mir mit diesem Psychogeschwätz von früher, aus ihren Jahren als Kindertherapeutin, und zitierte Carl Gustav Jung, genau wie einst ihre Tochter. Irgendwelchen Blödsinn über innere Gefahren, die sich als äußere Zeichen manifestieren.

»Und außerdem«, sagte sie, »war es ein Abend für Jugendliche unter achtzehn.«

In diesem Moment wurde mir klar, dass ich nicht der einzige Erwachsene war, den du belogen hattest. »Nein, ganz bestimmt nicht«, erwiderte ich. »Ich habe die Typen ja reingehen sehen – manche von ihnen müssen um die dreißig gewesen sein.«

Cynthia blickte finster drein. »Bist du da ganz sicher, Terence?«

»Hundertprozentig. Das war keine Kinderparty.«

»Na, dann werde ich mit ihr reden müssen«, meinte sie. »Wenn sie aufwacht.«

»Nein«, sagte ich. »Nein. Tu das nicht. Sie soll nicht wissen, dass ich da war. Bitte, Cynthia. Du darfst ihr nicht sagen, dass ich …«

Cynthia war schon einen Schritt weiter. »Stimmt, das geht nicht. Aber, Terence, du musst damit aufhören. Du musst damit aufhören, deine eigene Tochter zu stalken. Es gibt ein paar Dinge, die einen Vater einfach nichts angehen.«

Ich rieb mir die Augen und gab nun meinerseits ein verlogenes Versprechen ab. »Na schön. Ich werde damit aufhören. Ich werde mich in meiner Ahnungslosigkeit einrichten. Ich werde ihren Lügen glauben und nichts unternehmen.« Ich starrte zur Wand hinauf, auf Klimts reich ornamentierte Liebende in ihrer ewigen Umarmung, und fragte mich, was er dir wohl bedeuten mochte. Dieser Denny.

»Terence, alles okay mit dir?«, fragte Cynthia nach einer ziemlich langen Pause.

»Ich weiß nicht. Doch, ja. Ja, alles okay.«

»Du wirkst so verändert«, meinte sie.

»Nun«, erwiderte ich und versuchte, nicht an den gestrigen Blackout zu denken oder an die Gewalt, die von mir ausgegangen war, »ich bin bei mir.«

Sie sah mich scharf an, als wäre ich eine Fälschung. Eine Terence-Reproduktion.

»Hast du gut geschlafen?«

»Gerade mal zwei Stunden«, sagte ich, obwohl es nicht mal das gewesen war.

»Wie willst du einen Samstag im Laden durchstehen, wenn du nur zwei Stunden geschlafen hast?«

»Keine Ahnung«, erwiderte ich.

»Ich kann dir heute Nachmittag helfen, aber vormittags habe ich einen Termin in der Klinik.«

»Klinik?«

Sie starrte traurig auf das Sammelsurium von Pillendöschen und Fläschchen. »Es ist nichts. Nur ein Routinecheck. Magen. Wirklich nichts.«

»Na gut«, erwiderte ich und beließ es dabei.

Wenn ich mich recht erinnere, kamst du in diesem Moment aus dem Gästezimmer, um zur Toilette zu gehen, bleich, mit verwuschelten Haaren.

»Bryony?«, rief ich. Und in schärferem Ton: »Bryony?«

Du schautest aus dem Flur zu mir her. Ein müder Blick des Wiedererkennens, dann warst du in der Toilette verschwunden.

»Bryony?«

Cynthia schüttelte missbilligend den Kopf und zischte über den Tisch hinweg energisch: »Terence!«

»Was?«, fragte ich.

»Schalte mal einen Gang runter«, sagte sie und wiederholte mit eindringlichem Blick: *»Schalte mal einen Gang runter!«*

Ach ja, die Balkonszene.

Also, ich erkannte oft schon am Klang der Ladenklingel, was für eine Art von Kundschaft hereinkam. Ein energisches Klingeln signalisierte meist einen Touristen, der sich nur umschauen wollte, ohne echte Kaufabsicht, während ein trägerer Klang oft einen ernsthaft interessierten Käufer ankündigte, der die Tür so bedächtig öffnet, wie ein Pokerspieler sein Blatt ablegt. Vermutlich entwickeln auch Türklingeln, wie alle Objekte, im Lauf der Zeit eine Persönlichkeit. Man lernt sie kennen, und sie lernen einen kennen und teilen ihr Wissen mit, so gut es eben geht.

Wir waren beide wieder zu Hause angelangt. Du hattest dich mit Kopfschmerzen in dein Zimmer zurückgezogen, und ich stand oben im Flur vor deiner Zimmertür und lauschte angestrengt. Und dann hörte ich sie. Die Ladenklingel. Düster wie eine Totenglocke.

Ich rannte in den Laden, und da stand er, Denny, und starrte mich an, mit seinem grüblerischen Blick. Er hielt ein schmuddeliges Päckchen in der Hand. Vermutlich ein verspätetes Geburtstagsgeschenk für dich. Grob in billiges blaues Papier eingewickelt.

»Isbryda«, sagte er.

Vielleicht lag es daran, dass ich von der vorangegangenen Nacht noch etwas erschöpft war, jedenfalls verstand ich überhaupt nicht, was er meinte. Wer oder was war Isbryda? Eine Zauberin? Eine dakische Göttin? Ein Passwort für eine Geheimsekte?

»Wie bitte?«

Und er wiederholte es, dieses Mal deutlicher artikuliert und mit den erforderlichen Pausen: »Ist Bry da?«

Shakespeare hat sich geirrt. Was wir Rose nennen, duftet nicht unter jedem anderen Namen genauso süß.

»Nein«, sagte ich. »Bryony ist nicht da. Bryony ist weg. Bryony ist weit, weit weg.«

»Wo?« Dieser Junge verstand offenbar keine Andeutungen.

»Ich habe absolut keine Ahnung.«

Er sah sich im Laden um, als hätte ich dich in einen der Schränke gesperrt.

»Wissen Sie, wann sie zurückkommt?«

»Nein, weiß ich nicht.«

Die Wahrheit ist, Bryony, dass ich ihn hasste. Ich hasste seine Arroganz. Dieser Junge, der deinen Bruder hatte sterben sehen, ohne eine Träne zu vergießen. Dieser Junge mit seinem überentwickelten Körper und unterentwickelten Verstand, dieser Junge, der glaubte, dir ebenbürtig zu sein. Dieser Junge, der wahrscheinlich noch nie etwas von Brahms oder Händel oder Mendelssohn gehört hatte, dieser Primitivling, dessen Traum meilenweit über seinem gesellschaftlichen Rang lag. Dem Traum nämlich, mit dir zusammen zu sein – einem Mädchen, das Kunst, Musik und Literatur liebte und mühelos über eine Million Themen sprechen konnte, einem Mädchen, das jeden x-beliebigen Jungen hätte haben können.

Von oben vernahm ich ein Geräusch. War dir etwas aus der Hand gefallen? Oder hattest du gehört, dass der Junge in den Laden kam, und absichtlich auf dich aufmerksam gemacht? Egal, der Effekt war der gleiche.

Er sah zur Decke hinauf, in Richtung deines Zimmers. Ich betrachtete seinen Hals mit dem vorspringenden Adamsapfel. Ein gedrungener, muskulöser Hals, durch den ein scharfes Messer trotzdem wie durch Butter geglitten wäre.

»Ich will, dass du jetzt gehst«, sagte ich leise zu ihm. »Bryony ist nicht hier, und wenn sie es wäre, hätte sie keinerlei Interesse, dich zu sehen, das kann ich dir versichern.«

»Wie bitte?«

»Schau dich doch an«, sagte ich, zu erschöpft, um meine

Zunge im Zaum zu halten. »Schau dich nur an! Wie um alles in der Welt kommst du auf die Idee, du könntest meiner Tochter würdig sein? Du nutzt ihre augenblickliche Schwäche aus. Ist dir das klar? An jenem Abend bist du nur dagestanden und hast ihren Bruder sterben lassen, und jetzt ist sie vor lauter Trauer so durcheinander, dass sie nicht erkennt, was für ein Typ du bist. Für das, was du im Stall für sie getan hast, bin ich dir dankbar. Natürlich. Jeder Vater wäre das. Aber glaub bloß nicht, dass ich deine Motive nicht durchschaue. Dem Mädchen das Leben retten und es dann entführen. Das war dein Plan, stimmt's? Hab ich recht?«

Er strahlte etwas Gewalttätiges aus. Er wäre am liebsten auf mich losgegangen, das spürte ich. Aber er biss die Zähne zusammen, zügelte den Impuls.

»Nein«, sagte er. »Es gibt keinen Plan. Hab sie damals nur schreien gehört, das war alles. Beim Joggen. Hörte sich an, als wär sie in Gefahr.«

»Geh jetzt«, sagte ich zu ihm. »Geh einfach und komm nie mehr hierher. Geh. Wenn dir meine Tochter überhaupt etwas bedeutet, dann lass sie künftig in Ruhe.«

Er atmete tief durch, nickte unmerklich und verließ den Laden. Als ich ihn am Schaufenster vorbeigehen sah, überfiel mich wieder diese Dunkelheit. Ich schloss die Augen und schüttelte sie ab. »Das ist nur die Müdigkeit«, redete ich mir ein. »Ich bin nur müde, sonst nichts. Das ist nicht er. Das ist nicht er.«

Dann hörte ich etwas. Ein Geräusch hinterm Haus. Ein leises Klicken. Als werfe jemand Kieselsteinchen gegen ein Fenster.

»Higgins?«, rief ich, aber dann sah ich den Kater, der mich ausdruckslos anstarrte.

Als ich zum Lagerraum hinüberging, entdeckte ich draußen Denny. Er stand im Garten hinterm Haus und starrte zu deinem Zimmer hinauf. Du lehntest dich aus dem Fenster, eine übernächtigte Julia.

Er bemerkte mich. Er sah, wie ich ihn vom Flur aus beobachtete, und machte sich mit seinem schmuddeligen Päckchen davon. Was hatte er zu dir gesagt? Was hatte er mit dir vereinbart? Natürlich bekam ich keine Antwort von dir. Du hattest deine Geheimnisse, ich hatte meine, aber ich würde es schon in Erfahrung bringen. Ganz gewiss. Und aus diesem Grund ging ich noch an diesem Abend (während du den verlorenen Schlaf der letzten Nacht nachholtest) auf den Dachboden, um den Gegenstand zu holen, der mir jetzt die besten Dienste leisten würde.

Das billige Babyfon aus Kunststoff hatte fast fünfzehn Jahre lang in einer Schachtel auf dem Dachboden gelegen, die mittlerweile von einer dicken Staubschicht bedeckt war. Wie seltsam, dass es von all den alten Dingen, die sich in diesem Haus befanden, ausgerechnet dieser Gegenstand war, bei dessen bloßer Berührung mir die Tränen kamen.

Sofort stand mir alles wieder vor Augen. Dieser höllische Tag vor so vielen Jahren. Der Einbruch. Diese drei Augenpaare, die uns in wahnsinniger Wut durch die Schlitze der Sturmmasken anstarrten. Meine selbstsüchtige Panik, als einer der Einbrecher sich das nächstbeste Objekt schnappte – einen Kerzenhalter von Ebenezer Coker – und mir damit den Schädel einzuschlagen drohte, falls ich nicht verriet, wo die Tintenfässer standen. Aber das konnte ich ja nicht.

»Wo zum Teufel sind sie?«

»Die wurden gestern verkauft. Beide. Sie befinden sich bereits dreißigtausend Fuß über dem Atlantik, auf dem Weg zu einem Silberwarensammler in Massachusetts.«

»Du lügst doch, du Dreckskerl«, knurrte einer der beiden anderen. Er trug eine Bomberjacke. Durch die Löcher in seiner Sturmhaube sah man bleiche Haut, stechende dunkle Augen und den Saum eines schwarzen Schnurrbarts. »Hältst du uns für bescheuert?«

»Er sagt die Wahrheit«, bestätigte deine Mutter.

Stumm tauschten wir einen verzweifelten Blick. Nur fünf Minuten zuvor war sie oben bei dir und Reuben gewesen. Sie war gerade erst in den Laden gekommen, weil ich sie gebeten hatte, mir bei der Vorbereitung für die Miniaturenmesse behilflich zu sein, zu der ich am nächsten Tag fahren wollte.

Sie war erschöpft, denn sie hatte Reuben kaum zum Einschlafen bewegen können. Gerade hatte sie das Babyfon angeschaltet, als wir das Geräusch der splitternden Scheibe hörten und uns ruckartig umdrehten.

Ich sehe sie noch vor mir, wie sie dastand. Ihr langes dunkles Haar zu einem lockeren Pferdeschwanz gebunden, die Ärmel ihres lässigen blauen Shirts bis zu den Ellbogen hochgekrempelt. Deine Mutter war eine starke, furchtlose Frau. Jemand, der zupackte und dazwischenging. Eigenschaften, die sie von Cynthia geerbt hatte, nur ohne deren Theatralik.

Trotz ihrer verzweifelten Miene bemühte sie sich, ruhig zu sprechen. »Die Tintenfässer sind weg«, sagte sie noch einmal.

Wie man in den Wald hineinruft, so schallt es heraus, hatte sie mir immer erklärt. Wenn man selber ruhig bleibt, wirkt dies auf den anderen zurück.

»Sie können den ganzen Laden durchsuchen«, fügte ich hinzu. »Ich versichere Ihnen, sie sind nicht da.«

Das entsprach zwar der Wahrheit, aber ich hätte mir gewünscht, es wäre anders gewesen. Ach, Bryony, wie gerne hätte ich den Einbrechern die Tintenfässer ausgehändigt! Ganz ehrlich, ich hätte es sofort getan. Ich hätte ihnen auch den Heiligen Gral überreicht, wenn er in meinem Besitz gewesen wäre. Aber die Tintenfässer waren verkauft.

Ich weiß, ich habe dir nie genau erzählt, was dann passierte, aber jetzt bin ich dazu gezwungen. Ich muss durch dieses Feuer gehen, das in meiner Erinnerung wütet, das Feuer, das jahrelang in meiner Seele loderte, das Feuer, das uns alle verzehrt hat. Jetzt muss ich mich um diese Flammen kümmern. Eine Woche vor dem Einbruch war im *York Daily Record* ein Artikel über meinen fantastischen Flohmarktfund in Wakefield erschienen. Damals jagte ich noch in solchen Niederungen. Flohmärkte auf Parkplätzen und Schulhöfen – irgendwie fand ich diese Beutezüge erregend, wie ein Wolf, der auf eine schlecht bewachte Schafherde stößt.

Doch mit den Tintenfässern hatte ich überhaupt nicht gerechnet. Viel typischere Funde auf solchen Flohmärkten waren Figurenkrüge, Toby Jugs, oder irgendein reparaturbedürftiges Möbelstück. Der Fund dieses Sets – die Sockel der beiden Tintenfässer waren mit erlesenen Gravuren versehen (Urnen, Pferde, Bacchusköpfe) und thronten auf herrlich gearbeiteten Löwenpranken – hatte mich fast umgehauen. Unter den Wappen und Sinnsprüchen hatte ich all meine Hoffnungen bestätigt gefunden: *William Elliot. London, 1819.* Natürlich veranlasste mich meine gute christliche Erziehung, die Verkäuferin – eine koboldhafte Frau, dem Akzent nach aus Birmingham – darauf hinzuweisen, dass diese Objekte wohl wesentlich mehr wert waren als die achtzig Pfund, die sie dafür verlangte. Ich verdoppelte den Preis und rundete auf zweihundert auf, und sie lächelte, als sei ich nicht ganz bei Trost. Einen Tag später ließ ich die Tintenfässer mit einem Tropfen Salpetersäure testen, und ihr Wert wurde auf fünfundzwanzigtausend Pfund pro Stück geschätzt.

»Diese Sch***dinger müssen doch irgendwo sein! Was ist in der Schachtel dort?«

Während der Coker-Kerzenständer drohend über meinem Haupt schwebte, zerrte einer der Einbrecher einen Karton unterm Tisch hervor.

Er las laut vor, was ich auf den Deckel geschrieben hatte: »Eigentum von Mr. Cave«. Es befanden sich lauter kleine Objekte darin, die ich am nächsten Tag zur Miniaturenmesse im Railway Museum mitnehmen wollte.

Die Einbrecher kippten den Inhalt des Kartons auf den Boden, und als sie statt der Tintenfässer nur Schnupftabakdosen und Duftfläschchen fanden, schienen sie in Panik zu geraten. Sie tauschten Blicke und überlegten, was zu tun sei. Dann befahl der Mann, der bisher schweigend an der Tür gestanden hatte, dem Kerzenständertypen mit einem Wink, beiseitezutreten. Während er auf mich zukam, pfiff er eine unheilvolle Melodie.

»Nun, Mr. Cave«, sagte er schließlich. Obwohl er sich höflicher ausdrückte als der andere, flößte mir seine Stimme noch größeres Grauen ein. »Sie haben die Wahl. Zwei zertrümmerte Schädel oder zwei Tintenfässer. Es ist Ihre Entscheidung.«

»Nein, bitte, nein! Wir sagen die Wahrheit!«, warf deine Mutter ein. Ihre Stimme klang rau, ihr Blick zuckte zwischen den drei Männern hin und her.

In diesem Moment begann Reuben zu schreien. Ich erinnere mich noch an die Worte deiner Mutter, als sie zu dem weißen Plastik-Babyfon hinübersah, das in diesem Raum voll antiker Objekte so auffällig wirkte wie das offene Auge einer Leiche.

»Sei still! Sei still! Sei still!« Ich erinnere mich an ihren flehentlichen Blick, als ob Reuben sie durch die kleinen schwarzen Löcher des Lautsprechers hindurch sehen könnte.

Die Einbrecher blickten zur Decke empor.

»Nein!«, rief deine Mutter. »Oben sind sie auch nicht! Die Tintenfässer, meine ich. Oben sind sie auch nicht!«

»Wo ist das Babby, Mr. Cave?«, fragte mich der Mann mit dem Kerzenständer.

»Wie bitte?«, ächzte ich.

»Das Babby.«

Babby. Welch unendlicher Horror hier in unsere heile Welt einbrach.

»Worauf warten Sie noch, Mr. Cave? Sollte Ihnen das Leben Ihres Babys keine fünfzigtausend Pfund wert sein?«

Er bluffte natürlich. Er würde wohl kaum einen seiner Schläger hinaufschicken und ihm befehlen, unser Baby mit einem Kerzenständer zu erschlagen. Das war mir klar, und ich sandte ein Stoßgebet gen Himmel, dass dies doch bitte auch deiner Mutter klar sein möge.

Doch mein Gebet wurde nicht erhört.

»Tu was, Terence«, flüsterte sie. Und dieses Flüstern verfolgt mich bis heute. Ich tat nämlich nichts, Bryony. Ich tat in diesen entscheidenden Sekunden überhaupt nichts. Der Mann, der vor mir stand, der höfliche Mann, der die Melodie gepfiffen hatte, nickte den beiden anderen zu, nach oben zu gehen.

Deine Mutter rannte zur Tür und verstellte ihnen den Weg. Ihre Hände umklammerten den Türrahmen. »Lasst meine Kinder in Frieden!«, fauchte sie. Ihre Stimme klang wütend und angstvoll zugleich. Wilder Blick, gebleckte Zähne. Wie eine Löwin, die ihre Jungen verteidigt. »Lasst sie in Ruhe!«

Ich stand wie angewurzelt, dachte zu schnell und handelte zu langsam. Und jede potenzielle Handlung, die ich mir vorstellte, endete in einem Gewaltakt, den es unbedingt zu vermeiden galt.

Aber natürlich kam es trotzdem zu Gewalt.

Einer der Männer streckte seine behandschuhte Hand nach deiner Mutter aus, als sei ihr Kopf eine Vase in einem Regal, ein kostbares Objekt, das er zerstören wollte. Es war der Mann mit dem Schnurrbart und den dunklen Augen. Er stieß deine Mutter beiseite, schleuderte sie durchs halbe Zimmer. Ihr ganzes Ich – diese unendliche Menge an Emotionen und Erfahrungen – richtete nichts aus gegen dieses Maß an physischer Gewalt.

Damals stand mitten im Laden eine Bastardtruhe aus Kiefernholz. Deine Mutter hatte sie nicht gewollt. Sie bezweifelte, dass sich die Kaufsumme von elfhundert Pfund je amortisieren würde. Ich jedoch hatte auf dem Kauf bestanden, weil ich fand, die Truhe eigne sich gut zur Präsentation. Und tatsächlich standen allerlei Gegenstände drauf – Figuren, Glasgefäße, zwei Blumenschalen –, auch wenn sich für die Truhe selbst nur wenige Kunden interessierten.

Deine Mutter schlug mit dem Kopf gegen die harte Holzkante der Truhe. Sie stürzte zu Boden und lag reglos da, die Ärmel hochgekrempelt für irgendeine Tätigkeit, die sie nie vollenden würde. Ich wusste, dass er sie getötet hatte, und die anderen wussten es auch, und in ihren Augen stand ein Schrecken, der sich elementar von meinem Schrecken unterschied.

Draußen ertönte eine Polizeisirene.

Mr. Nair, ein Pakistaner, dem damals der Zeitungskiosk nebenan gehörte, hatte das Splittern des Fensters gehört und die Polizei alarmiert.

Die Einbrecher flohen, wurden aber sofort gefasst. Das erfuhr ich erst später. Damals bekam ich fast gar nichts mit. Ich stand unter Schock. An jenem Abend konnte ich mit niemandem reden – weder mit der Polizei noch mit den Sanitätern, nicht einmal mit Cynthia (diesen Anruf übernahm eine sehr fähige Polizistin).

Ich erinnere mich noch, dass ich zwischendurch oben bei euch war. Bei dir und deinem Bruder. Ich erinnere mich, dass du noch schliefst, ohne dich von seinem endlosen Gebrüll stören zu lassen. Ich erinnere mich, dass ich mir verzweifelt die Ohren zuhielt, weil es mir vorkam, als sei dieses Gebrüll an allem schuld. Fürchterliche Dinge wünschte ich an jenem Abend herbei. Schreckliche Schicksalswendungen. Tage-, wochen-, ja monatelang traute ich mir selbst nicht über den Weg, wenn ich in seiner Nähe war. Es gab Zeiten, in denen er weinte und schrie, und ich wusste, dass er dies aus Hass gegen mich tat, weil er etwas Böses in sich trug, das sich gegen sein eigenes Leben und das aller anderen Menschen richtete. Es gab Zeiten, in denen ich Cynthia anrief und herüberbat, um mich dann auf dem Dachboden einzuschließen oder hinter den Ladentisch zu kauern, aus Angst vor meinen eigenen dunklen Seiten. Eines Abends holte ich sie sogar aus einer Theateraufführung. Ich rief in der Pause an, und sie musste die laufende Tennessee-Williams-Vorstellung verlassen. Ach, das waren schreckliche Zeiten.

Natürlich hätte ich ihm nie wehgetan. Aber damals traute ich mir selber nicht. Irgendetwas in mir wollte ein schreiendes Baby für ein Geschehen verantwortlich machen, für das ich selbst die Verantwortung trug.

»Tu was«, hatte sie geflüstert. Tu was. Tu was. Tu was. Aber ich hatte nichts getan. Ich hatte nur dagestanden und nichts getan und sie sterben lassen. Bis dahin hatte ich gar nicht gewusst, was für ein Mensch ich war. Ein Feigling. Ein Mann voller Angst und Selbstsucht. Welche Seiten würde ich noch an mir entdecken müssen? Welche Schatten konnten sich noch auf mein Gewissen legen? Solche Fragen führten zu vielerlei Ängsten. Ängsten, die sich auch dann nicht legten, als Andrew Hart, der Mörder deiner Mutter, für seine Verbrechen bestraft wurde.

Er war ein Mensch. Das war kaum zu ertragen. Ein Mensch mit einem menschlichen Namen. Im Gerichtssaal, ohne seine Sturmhaube, musste ich erkennen, dass er zur selben Spezies gehörte wie ich, ein Mann, der seltsamerweise herzlich und gelassen wirkte. Wie er da saß, mit seinen dunklen Augen, die jetzt nicht mehr stechend wirkten, wusste ich, dass ich künftig keinem menschlichen Gesicht mehr trauen würde. Noch hinter dem liebenswürdigsten Lächeln konnte ein Mörder lauern.

Sie schickten ihn nach Ranby. Ins dortige Gefängnis.

Und ich? Ich war zwar angeschlagen, hatte es aber durchgestanden. Auch wenn ich seitdem nie mehr in die Augen meines weinenden Sohns blicken konnte, ohne an den Tod seiner Mutter zu denken.

Ich habe das Leid nie als tiefe Traurigkeit erfahren, was viele Menschen ja von sich behaupten. Traurigkeit verlangsamt alles, presst dich ins Sofa und dehnt den Tag endlos in die Länge. Beim Leid ist das anders. Das Leid schleudert dich aus einem Flugzeug. Leid ist Schrecken in seiner konzentriertesten Form. Der Moment, wo dir mitten im freien Fall klar wird, dass du keinen Fallschirm auf dem Rücken trägst. Du ziehst die Reißleine, aber da ist nichts. Du ziehst und ziehst und ziehst, und obwohl du weißt, dass es sinnlos ist, kannst du nicht aufhören zu ziehen, weil du sonst die entsetzliche Tatsache akzeptieren müsstest, dass unten der Boden wartet, der dir mit aberwitziger Geschwindigkeit entgegenrast und auf dem du zerschmettern wird. Und du willst doch heil bleiben, unverletzt. Aber du fällst und fällst, und so bleibt dir nichts anderes übrig als der Glaube an diesen Fallschirm.

Also zog ich zwei Monate nach dem Tod deiner Mutter die Reißleine. Ich war nach Nottinghamshire zur Newark Antiques Fair gefahren und fand mich plötzlich vor einem Stand mit Waffen und sonstigen Militaria wieder. Neben Entermessern, Helmen aus dem Bürgerkrieg und schottischen Langdolchen die übliche Kollektion an Feuerwaffen, ordentlich aufgereiht im vorderen Bereich des Tisches. Normalerweise wäre ich vorbeigelaufen und hätte die übel riechenden Subjekte, die solche Stände normalerweise umlagern, tunlichst gemieden. Diesmal jedoch blieb ich stehen und betrachtete staunend die reichhaltige Auswahl an schönen Pistolen.

Vor allem eine Waffe hatte es mir angetan, die in einer offenen Vitrine auf burgunderrotem Samtfutter lag. Eine massive, funktionsfähig wirkende Perkussionspistole aus dem amerikanischen Bürgerkrieg, auf deren Messingrahmen aufwendige Blattmotive eingraviert waren. *New Haven Arms Co. No. 1. Pocket Volcanic Pistol with cartridges* stand in Wildwestlettern auf dem vergilbten Zertifikat. Die Patronen lagen unberührt in einer Lackdose und warteten geduldig auf ihren Einsatz.

»Ein Prachtexemplar, nicht wahr?«, sagte der Standbesitzer. Ein übergewichtiger Kerl im Holzfällerhemd, der aus dem Plastikbecher einer Thermoskanne heißen Kaffee trank.

»Ja«, sagte ich. »Ein Prachtexemplar.«

»Eine Rarität. Man findet selten eine amerikanische Pistole aus den 1860er-Jahren in diesem Zustand. Seriennummer 28, wenn Sie mal auf den Griff schauen wollen. Ein echtes Sammlerstück.«

»Dann ist sie also voll funktionsfähig?« Ich sah ihm direkt in die Augen und brachte ihn mit meinem eindringlichen Blick in Verlegenheit.

»Ja. Ja. Durchaus.«

Ich wog sie in der Hand, ihr Gewicht beruhigte mich. »Wenn ich, sagen wir mal, aus fünfzig Schritt Entfernung einen Hasen erlegen wollte, wäre das also kein Problem?«, erkundigte ich mich.

Er lachte unbehaglich. »Ich denke, das hängt immer vom Ziel ab. Aber natürlich würde ich nie dafür plädieren, die Waffe wirklich zu benutzen.«

»Aber es wäre möglich?«, fragte ich und starrte auf die Dose mit den Patronen. »Rein hypothetisch: Wenn Abraham Lincoln heute erschossen würde, im gleichen Theater wie damals, mit dieser Pistole, dann würde er immer noch sterben? Ist das korrekt?«

Er kratzte seine Bartstoppeln. »Ja. Klar.« Selbst dieser zwielichtige Waffensammler im Holzfällerhemd schien mich für einen höchst suspekten Kunden zu halten.

»Aha«, sagte ich. »Sehr gut.«

Bitte, glaub mir, ich rechnete fest damit, dass es wieder einen Einbruch geben könnte. Ich rechnete damit, dass irgendwann wieder Männer in Sturmhauben ins Haus eindringen und mein Liebstes bedrohen würden. »Tu was, Terence!« Und während ich in Gedanken ihre Stimme hörte, ließ ich mir von dem Mann zeigen, wie man den Lauf reinigt und die Waffe lädt. Und auch als ich mein Scheckbuch zückte und den Kauf abschloss, hatte ich die Worte deiner Mutter im Ohr.

»Aber gehen Sie behutsam mit ihr um«, mahnte der Mann, als verkaufe er mir seine Tochter.

»Klar«, antwortete ich, während sich der freie Fall meiner Seele etwas verlangsamte. »Natürlich.«

Du hattest schon immer einen tiefen Schlaf. Dies war der erste Unterschied zwischen dir und deinem Bruder, der uns auffiel. Du schliefst, er schrie. Trotzdem war es ein Risiko, das Babyfon in deinem Zimmer zu installieren, während du im Bett lagst.

Allmählich fragte ich mich, ob ich solche Risiken bewusst einging – als wollte irgendetwas Verborgenes in mir ertappt werden. Etwas, das meinen bewussten Absichten stets entgegenwirkte, auch wenn Reuben nicht da war.

Aber du bist nicht aufgewacht. Ich schloss das Babyfon hinter deiner Garderobe an und versteckte es unterhalb davon, direkt hinter deinem zusammengerollten Pablo-Casals-Plakat. Einmal hast du dich im Bett auf die andere Seite gewälzt, und ich blieb an der Tür stehen, bis du wieder still lagst.

Gleich danach testete ich den Lautsprecher in meinem Zimmer. Ich hörte dich, da war ich mir ganz sicher. Den beruhigenden Rhythmus deines Atems, der aus demselben Lautsprecher drang wie einst das fatale Gebrüll deines Bruders.

Ich hörte deine Stimme durchs Babyfon. Du warst am Handy und sprachst mit Imogen über mich und den Jungen.

»Er ist vorbeigekommen«, sagtest du. »Aber mein Dad hat ihn nicht zu mir gelassen.«

»Das ist, als würde man mit Hitler zusammenleben«, sagtest du. »Oder Stalin.«

»Wenn es eine Suchmaschine für Gehirne gäbe, dann würde er mein Hirn genau jetzt in diesem Moment durchsuchen«, sagtest du. »Wenn er nicht zu altmodisch wäre, um überhaupt einen Computer zu bedienen.«

»Ich muss Denny sehen«, sagtest du.

»Das verstehst du nicht. Ich muss«, sagtest du.

»Na gut, ich erklär's dir. Mir kommt es vor, als würde ich ihn schon mein Leben lang kennen«, sagtest du. »Wenn ich mit ihm zusammen bin, wird alles andere unwichtig. Wie wenn ich Beethoven spiele oder so. Als wäre nur das real. Als wäre die ganze Welt ein böser Traum, und wenn ich mit ihm zusammen bin, erwache ich zu mir selbst und weiß, dass alles gut ist«, sagtest du.

»Lach nicht, ich empfinde es nun mal so«, sagtest du.

»Ist mir egal«, sagtest du.

»Sei still!«

»Nein«, sagtest du. »Nein.«

»So ist es nicht«, sagtest du.

»Du bist fies«, sagtest du. »Einfach nur fies.«

»Ist mir egal, wo er wohnt«, sagtest du.

»Ich werde schon Wege finden«, sagtest du. Du sprachst jetzt leiser.

»Letzte Woche«, sagtest du, noch leiser.

Jetzt vernahm ich nur noch ein Knistern, weil es wohl um Geheimnisse ging. Aber ich war entschlossen, diese Geheimnisse aufzudecken.

Am nächsten Abend, zwei Tage nach deinem Geburtstag, ließ ich dich an der Musikschule aussteigen, fuhr aber nur ein paar Meter weiter und parkte in Sichtweite des Eingangs. Nach dem Vorfall an deinem Geburtstag wusste ich, dass ich nicht misstrauisch genug sein konnte.

Zwei Minuten später sah ich dich schon wieder aus dem Gebäude kommen, stieg aus dem Wagen und folgte dir. Wo hattest du dein Cello gelassen? Offenbar in der Musikschule. Half dir eine andere Schülerin? Hattest du überhaupt kein schlechtes Gewissen oder wenigstens Bedenken, wo doch das *York Drama and Music Festival* unmittelbar bevorstand? Keine Ahnung. Ich konnte mich nur auf das verlassen, was ich mit eigenen Augen sah. Und jetzt sah ich dich Richtung Clifford's Tower laufen.

Ich stand in einem halbdunklen Ladeneingang in der Tower Street und sah dich in deinen neuen Klamotten auf dem Grashang sitzen und auf ihn warten. Nach zehn Minuten erschien er, in einer wattierten Jacke, und gab dir das Päckchen, das er schon am Vortag dabeigehabt hatte. Du machtest es auf. Es enthielt ein gerahmtes Bild. Denny setzte sich neben dich ins Gras. In der beginnenden Dämmerung konnte ich euch nicht genau erkennen, aber ich sah, dass er etwas zu dir sagte.

Was wohl? Ich hatte keine Ahnung. Vielleicht lobte er sich noch einmal für sein »heroisches« Einschreiten im Reitstall. Vielleicht hatte er mit dieser Aktion dein Herz erobert. Denn was hätte er sonst zu bieten gehabt? Ich betete, du mögest den Zauber durchschauen, mit dem er dich in seinen Bann gezogen hatte. Wahre Helden fordern keine Belohnung, dachte ich. Wahre Helden beschützen dich aus der Ferne, aus einem halbdunklen Ladeneingang heraus, und bleiben unsichtbar.

In dieser Stadt natürlich ein unrealistisches Ziel.

Ich hörte Schritte und Stimmen hinter mir, als nähere sich eine Prozession. Als ich mich umdrehte, erblickte ich einen Mann mit wildem blondem Bart. Er trug einen langen, altertümlichen Mantel und eine Laterne. Ihm folgten im Gänsemarsch, paarweise oder einzeln, etwa zwanzig Touristen.

Ich hörte seine Stimme, während der Zug näher kam. »Vor uns sehen Sie Clifford's Tower. Im Lauf der letzten hundert Jahre ertönten aus dem Turm, mindestens dreißig Ohrenzeugenberichten zufolge, immer wieder Schmerzensschreie. Oft waren diese fürchterlichen Schreie vom Geräusch prasselnden Feuers begleitet, was die Vermutung nahelegt, dass es sich um die vor Jahrhunderten ermordeten Opfer des März-Massakers handelte.«

Ich zog mich tiefer in den Eingang zurück, weil mir klar war, dass die Laterne und die Stimme des Touristenführers deinen Blick jeden Moment Richtung Tower Street lenken konnten. Irgendwie kam mir die Stimme bekannt vor, doch vor lauter

Angst, dass du mich entdecken könntest, kam ich nicht darauf, wer der Mann war.

Seltsam, wie tief diese Angst saß! Jeder andere Vater wäre hinübergerannt, hätte dich am Schlafittchen gepackt und nach Hause befördert. Aber genau das hatte ich an jenem Abend auf dem Feld ja versucht, nicht wahr? Und was hatte es gebracht? Nichts. Nein, ich musste unsichtbar bleiben und dich ungestört beobachten. Wenn du gewusst hättest, dass ich hinter deine Geheimnisse gekommen war, hättest du mir noch raffiniertere Lügen aufgetischt, und ich wäre ins Hintertreffen geraten. Nun aber war ich dir immer einen Schritt voraus. So habe ich mir das damals rational zu erklären versucht. Aber gab es da nicht noch etwas anderes in mir, das nicht so rational agierte und dich beobachten musste, damit …?

Egal.

Die Geistertour war jetzt nur noch wenige Meter von mir entfernt. Ich hielt den Atem an, als der Mann mit dem blonden Bart an mir vorbeiging. Er erzählte gerade, wie die Juden im zwölften Jahrhundert unter der antisemitischen Politik Richards I. zu leiden gehabt hatten und deshalb beschlossen, sich lieber im Turm zu verbrennen, als vom Mob gelyncht zu werden.

Und dann, als ich mich schon in Sicherheit wähnte, hörte ich eine andere Stimme.

»Was ist denn das? Auch ein Gespenst?« Lachend zeigte ein amerikanischer Junge auf mich, bevor seine Mutter ihn zurechtwies. Zu spät.

Der Leiter der Tour hob die Laterne und blickte in meine Richtung zurück. Ich sah, dass er mich im Lichtschein erkannte. »Ach, Sie sind es!«, sagte er, und aus seinem Bart stahl sich ein Lächeln.

»Nein«, erwiderte ich. »Nein, ich bin's nicht.«

»Mr. Cave?«

»Nein.«

»Mr. Cave?«

»Bitte«, sagte ich. »Gehen Sie einfach weiter. Lassen Sie mich in Ruhe.«

»Terence Cave?«

Ich fühlte mich so schwach, so verletzlich, als mein Name von diesen mittelalterlichen Mauern widerhallte. Seine Stimme dröhnte so laut, dass ich sicher war, halb York und vor allem du mussten sie gehört haben.

Es war Mr. Weeks. Georges Vater. Reubens gefürchteter Geschichtslehrer. Ich war ihm zweimal zuvor begegnet. Einmal bei einem Elternabend, wo er mir sein Mitgefühl wegen meines schwierigen Sohns bekundete. Und das zweite Mal im Laden, zusammen mit Mrs. Weeks, als sie die Kiefernholztruhe kauften, durch die deine Mutter zu Tode gekommen war. Ich hatte die Truhe gerade wieder zum Verkauf angeboten. Ich erinnere mich noch, wie still Mrs. Weeks sich in seiner Gegenwart verhielt, ganz eingeschüchtert, ohne wie sonst Interesse an den Antiquitäten zu äußern. Was für ein seltsames Paar, hatte ich damals gedacht. Der riesige haarige Yeti und die adrette goldblonde Feldmaus.

Natürlich hatten sie sich scheiden lassen. Ich war nicht überrascht, als Mrs. Weeks mir das mitteilte. Sie hatte ja schon manchmal sein unzumutbares Verhalten erwähnt – anscheinend kam es immer wieder vor, dass er sie und George schikanierte –, und dann hatte es ja diesen geheim gehaltenen »Vorfall« gegeben, der ihn seinen Job als Lehrer an St John's kostete. Und doch war es eine Überraschung, ihm hier auf der abendlichen Straße zu begegnen, als Leiter einer Gruseltour.

Er beugte sich mit der Laterne vor, und ich trat in den Hauseingang zurück.

»Nett, Sie zu sehen«, sagte ich, »aber offenbar sind Sie sehr beschäftigt, und ich möchte Sie wirklich nicht aufhalten.«

Er lächelte mich an und entblößte dabei eine Lücke in den Vorderzähnen, die mir zum ersten Mal auffiel. »Wie ich höre, hatten Sie ein kleines Problem mit George, Mr. Cave.«

»Ach«, erwiderte ich, »nicht der Rede wert. Wirklich.«

»Da habe ich aber etwas anderes gehört, Mr. Cave.« In seiner Stimme schwang Bitterkeit mit, eine nur mühsam beherrschte Wut. Ich erinnerte mich an den Brief, den ich in Reubens Schultasche gefunden hatte.

»Na ja, das ist vorbei.« Die Touristen verfolgten die Szene mit neugierigem Staunen, und ich lächelte ihnen freundlich zu.

»Es ist nicht leicht, Kinder großzuziehen, stimmt's, Mr. Cave? Vor allem Jungs. Wir verstehen sie einfach zu gut.« Er pochte sich gegen die Stirn. »Aber über schwierige Jungs brauche ich Ihnen ja nichts zu erzählen.«

Ich schloss die Augen und versuchte ruhig zu bleiben, spürte jedoch, dass Reuben von mir Besitz ergriff. Rasch vollzogen sich die üblichen Veränderungen. »Mein Sohn ist tot«, brachte ich gerade noch heraus.

»Ja, Mr. Cave«, sagte er, als hätte ich mit meiner Bemerkung das Thema verfehlt. »Ich weiß.«

Als sein Lächeln wieder im Bart verschwand, senkte sich der schwarze Schleier herab.

»Du jämmerlicher Taugenichts!« Er schrie, ohne die Lippen zu bewegen. »Bei dir ist Hopfen und Malz verloren! Jemand hat dir deine Hausaufgaben geklaut, und du weißt nicht, wer? Das soll ich dir glauben? Für wie blöd hältst du mich eigentlich? Pardon? Wie bitte? Sprich lauter, Junge! Sprich lauter! Du bist ein hoffnungsloser Fall. Ein hoffnungsloser Fall! Dir wird das Grinsen schon noch vergehen. Warte draußen, wir sprechen uns später. Und ihr anderen, hört auf zu lachen!«

Und dann bewegte er wieder die Lippen: »Auf Wiedersehen, Mr. Cave. – Okay, es geht weiter mit der Tour!«

Rasch ging eine letzte dunkle Woge über mich hinweg, dann sah ich ihn wieder. Das Lächeln, den Bart, die Zahnlücke. Reuben hatte sich aus mir zurückgezogen, hatte nicht bleiben können oder wollen.

Mr. Weeks drehte sich um und forderte die Gruppe mit einem energischen Wink auf, ihm zum Turm zu folgen.

»Tschüss, Gespenst!«, sagte der amerikanische Junge, als er an mir vorbeiging.

Ich schwieg. Ich trotzte den neugierigen Blicken und blieb genau dort stehen, wo ich war.

Ein kleiner Schritt vorwärts, und du hättest mich wohl gesehen. Bestimmt schautest du jetzt in meine Richtung. Ich musste eine ganze Weile warten, bevor ich es wagen konnte, den Kopf aus dem holzverschalten Eingang zu stecken, und als ich es tat, wurde mir der Blick durch die Geisterjäger verstellt, die zum Turm hinaufstiegen.

Zwischen den Menschen hindurch sah ich immer wieder kurz dich und Denny, so eng beieinander, als wärt ihr eins. Bestimmt küsste er dich gerade. Vermutlich glitt gerade seine Hand über deinen Körper. Über sein neu entdecktes Land. Obwohl ich Schrecken und Ekel empfand, schaute ich weiter tatenlos zu, starrte angestrengt zu euch hinüber. Als die Prozession schließlich an euch vorbeigezogen war, wart ihr beide aufgestanden und gingt den Hang hinunter.

»O nein«, murmelte ich. Ich sah euch die Straße überqueren, Richtung Tower Street. Panisch stürzte ich aus meinem Versteck und stand jetzt mitten auf dem Gehweg, auffällig wie ein Fuchs. So schnell es ging, bog ich in eine Gasse. Mein Herz pochte dumpf, während ich eure Stimmen näher kommen hörte.

Euer Gespräch drehte sich ums Boxen. Er boxte. Meine Tochter mit einem Boxer – das wurde ja immer schlimmer! Wenigstens warst du noch so klar bei Verstand, dass du ihm sagtest, du könntest nicht verstehen, warum ihm das Spaß mache. Ich hielt die Luft an, als würde ich sichtbar, sobald ich ausatmete, und tatsächlich drehtest du dich nicht um. Als ihr weitergingt, folgte ich euch in einiger Entfernung und sah, wie er seinen Arm um dich legte, hörte eure Stimmen, ohne etwas zu verstehen, die Spurriergate entlang und über St Sampson's Square, bevor du wieder in der Musikschule verschwandest.

Ich ging zum Wagen zurück und setzte mich hinein, immer noch erschöpft von der Begegnung mit Mr. Weeks.

Nach einer Weile kamst du heraus, ein unschuldiges Mädchen mit Cello, das von seinem Vater abgeholt wurde. Du logst mich an, und ich ließ dich lügen, denn hätte ich dich bloßgestellt, wärst du auf noch raffiniertere Tricks verfallen. Nein. Das durfte nicht geschehen. Reuben war gestorben, weil ich nicht genug gewusst hatte. Über dich würde ich alles in Erfahrung bringen, deshalb war es im Grunde egal, ob ich die entsprechenden Informationen direkt von dir erhielt oder nicht. Und was würde ich tun, wenn ich alle nötigen Informationen beisammen hatte? Nun, ich würde den Fehler korrigieren, den ich damals, als deine Mutter starb, begangen hatte. Diesmal würde ich auf sie hören. »Tu was, Terence.«

Nur tat ich dann letztlich viel mehr als ursprünglich beabsichtigt.

Ich weiß noch, wie ich im Regen stand, mitten in der Nacht, und vergessen hatte, warum ich draußen war.

Meine Uhr zeigte 4:05 Uhr, und ich zitterte am ganzen Körper, nicht nur vor Kälte. Anfangs hatte ich nicht die geringste Ahnung, wo ich mich befand. Ich stand an einem Punkt, wo sich mehrere stille Straßen kreuzten. Ich sah ein Schild. *Winchelsea Avenue*. Diese Straße kannte ich. Wir hatten sie erst kürzlich als Abkürzung zu Cynthia benutzt. Aber was wollte ich hier? War ich fast einen Kilometer weit geschlafwandelt? Obwohl ich Straßenkleidung trug, erinnerte ich mich nicht daran, dass ich mich angezogen hatte.

Ich bemerkte etwas Kaltes an meinem Bauch, einen Gegenstand, der in meinem Hosenbund steckte.

Ich zog ihn heraus und hielt ihn in der Hand: die antike Perkussionspistole, die ich nach dem Tod deiner Mutter gekauft und hinter dem Ladentisch aufbewahrt hatte. Hastig versteckte ich sie wieder und lief schnell nach Hause zurück, wobei ich unbelebte Straßen wählte. Grauen stieg in mir auf, als ich daran dachte, vor welchem Haus mich auf dem Weg zu Cynthia jenes seltsame Gefühl beschlichen hatte – Nummer 17.

Was hatte ich getan? Oder was hatte dein Bruder getan?

Ich wusste es nicht, aber die Frage begleitete mich den Rest der Woche über. Ständig rechnete ich damit, dass Polizisten in den Laden kommen und mich zum Verhör mitnehmen würden, aber das geschah natürlich nicht. Vielleicht hätte ich zu dem Haus zurückgehen sollen, 17 Winchelsea Avenue, um dort die Antwort zu finden. Ich tat es nur deshalb nicht, weil ich wusste, dass ich meine Seele nicht mehr unter Kontrolle hatte. Ich wollte keinen weiteren Blackout riskieren.

Außerdem quälte mich eine noch größere Sorge: Falls ich etwas getan hatte, falls meine Hände etwas begangen hatten, von dem mein Bewusstsein nichts ahnte, wollte ich mich keinesfalls verdächtig machen. Diese Angst entsprang nicht der Selbstsucht, das kann ich dir versichern. Im Gegenteil, meine Angst war vollkommen selbstlos.

Denn wer hätte sich ohne mich noch um dich, mein Herzblatt, gekümmert, um deine Sicherheit?

Cynthia und ich schafften es nur mit allergrößter Mühe, die Walnusskommode näher ans Fenster zu rücken.

Es war die Idee deiner Großmutter gewesen. Du weißt ja, wie das immer war, wenn sie das Schaufenster dekorierte. Wie sie dann immer einen Schritt zurücktrat, sich auf die Lippe biss und das Arrangement so konzentriert analysierte, als führe sie Regie bei einem Tschechow-Stück.

»Hör mal«, hatte sie an jenem Morgen zu mir gesagt, »wir sollten da ein bisschen mehr Dynamik reinbringen. Findest du nicht auch, Terence? Es sieht irgendwie öde aus.«

»Ich weiß nicht«, hatte ich matt erwidert. Ich fühlte mich nach dieser Nacht, in der ich mich zu meiner Verwirrung unvermittelt in der Winchelsea Avenue befunden hatte, noch erschöpft, und so fiel mir nicht viel mehr dazu ein. Außerdem wirkte in letzter Zeit ohnehin alles »irgendwie öde«, und es wurde zunehmend schwieriger, all die öden Anblicke voneinander zu unterscheiden.

»Definitiv, Terence. Definitiv. Dir fehlt einfach die Laufkundschaft, und das liegt daran, dass das Schaufenster niemanden anspricht. Da steht dieser riesige Eichenschreibtisch, der dem Laden eigentlich nur das Licht nimmt. Ehrlich gesagt fühlt man sich wie in einer … in einer …«

»Höhle?«, schlug ich müde vor.

»Ja, Terence. Wie in einer Höhle.«

»Das passt doch gut zu Cave Antiques.«

»Mag sein, dass es passt, aber kein Mensch wird Geld ausgeben für ein Produkt, das er nicht sieht. Ich finde, wir sollten eher die Figuren in den Mittelpunkt rücken.«

Ihr Plan sah folgendermaßen aus. Statt des riesigen Eichenschreibtisches sollte die Frisierkommode aus Walnussholz ins Schaufenster, und auf dieser Kommode wollte sie die Figuren arrangieren, in einer dynamischen Choreografie. Im Mittelpunkt sollte die Barrias-Figur stehen. Sie hieß *Natur enthüllt sich der Wissenschaft*. Ein halb pornografisches Werk, das ich nur auf Drängen deiner Großmutter gekauft hatte. Sie hatte es im Katalog eingekreist, neben der *rientalischen Tänzerin*, und als kleine Notiz hinzugefügt: *VERGISS MAL DEINE PRÜDERIE UND ERFREUE DICH AN DER SCHÖNHEIT!!*

Ich glaube, derlei Statements fallen einer Frau leichter. Könnten Frauen die Welt durch die Augen der Männer sehen, dann würden sie begreifen, dass Schönheit die männliche Seele schneller korrumpiert als jede Droge oder Doktrin. Zu viel irdische Schönheit treibt die Seele eines Mannes in den Wahnsinn, weil sie ihn ständig daran erinnert, was er eines Tages zurücklassen muss. Und da Männer immer kleine Jungs bleiben, ertragen sie es nicht, wenn man ihnen etwas wegnimmt.

Ein Mann sieht Schönheit und möchte sie besitzen, im allumfassenden Sinn, oder sie andernfalls zerstören. Aber ganz bestimmt möchte er sich niemals nur an ihr erfreuen. Und deshalb existiert dort, wo Schönheit ist, auch Gewalt, um das

Gleichgewicht wiederherzustellen. Wir müssen, um uns auf Erden zu Hause zu fühlen, unsere hässlichen Spuren auf ihr hinterlassen. In Kriegszeiten muss es geplünderte Paläste geben, so wie die Schönheit des kaiserlichen Roms zum Ausgleich das mörderische Schlachthaus des Kolosseums brauchte und Helenas hinreißende Schönheit zwangsläufig zum Trojanischen Krieg führte.

Ich hatte keine Ahnung, was es bringen sollte, dass sich eine sinnliche Bronzefigur, die die *Natur* darstellte, bis in alle Ewigkeit zum Ergötzen der *Wissenschaft* entkleidete; da ich aber aus Erfahrung wusste, dass Cynthia einen Blick für so etwas hatte, unterwarf ich mich ihrem Urteil.

Zudem hatte sie beschlossen, dass die vollbusige *Natur* von zwei weiteren, wenn auch etwas schamhafter platzierten Nackten flankiert wurde, und dass die drei Figuren im Licht eines vergoldeten Toleware-Kerzenhalters baden sollten. Irgendwo im Hintergrund, als themenbezogene Kulisse, sollte der große bemalte Teller stehen: Adam und Eva mit Feigenblatt, links und rechts vom Baum der Erkenntnis. Die Kommode selbst sollte auf einer Seite von der Seidenholzgarderobe flankiert werden und auf der anderen von der verführerisch geformten Art-déco-Standuhr, die beim Betrachter weitere Boudoir-Assoziationen erweckte.

Ich hatte dafür plädiert, auch eine voll bekleidete Figur miteinzubeziehen, nämlich das *Mädchen mit Tamburin,* doch Cynthia bestand darauf, dass diese Figur auf der Hochkommode beim Ladentisch verblieb. Ich war zu müde zum Streiten, so wie ich auch eigentlich zu müde war, diese verdammte Kommode ans Fenster zu schieben. Trotzdem hatten wir es im Lauf des Vormittags bis zur Mitte des Raums geschafft, als Cynthia plötzlich aufschrie.

»Cynthia? Alles okay mit dir?«

Sie krümmte sich vor Schmerzen. »Geht schon wieder«, meinte sie und hielt sich die linke Seite. »Es ist nichts. Das spielt schon seit Wochen verrückt.« Sie wollte mir helfen, indem sie die Kommode lenkte, während ich schob, gab aber sofort wieder auf.

»Jetzt stell dich mal nicht so an!«, rügte sie sich selbst. »Was ist denn los mit dir?«

Was los war? Sie hatte einen Leistenbruch, der erst einige Tage später diagnostiziert wurde, als sie sich untersuchen ließ.

»Schon gut«, beschwichtigte ich sie, bevor ich die Frisierkommode direkt gegen einen Tisch schob und dabei eine Doulton-Vase bedrohlich ins Wanken brachte.

Und genau in dem Moment, als der Vasensockel wieder fest auf der flachen Mahagonioberfläche stand, ging die Ladentür auf, und Mrs. Weeks kam herein. Mir war, als liege der Tag, an dem ich sie mit dem Hinweis auf das Verhalten ihres Sohnes so verstört hatte, schon Jahre zurück. Ich hatte nicht damit gerechnet, dass sie den Laden je wieder betreten würde. In meinem benebelten Zustand wirkte sie auf mich wie eine Erscheinung, in ihrer frisch gestärkten Bluse und ihrem Faltenrock, den Einkaufskorb am Arm. Tatsächlich wirkte ihre adrette goldene Schönheit so wohltuend auf das hässliche Gedankenchaos in meinem Kopf, dass ich George erst Sekunden später bemerkte.

»Oh, Mrs. Weeks, bitte entschuldigen Sie die Unordnung«, wandte ich mich an sie. »Wir dekorieren gerade das Schaufenster um.«

Worauf sie lächelte wie eine traurige Königin und erwiderte: »Ach, verstehe. Das macht gar nichts, Mr. Cave. George ist hier, weil er Ihnen etwas sagen möchte. Nicht wahr, George?« Ihre Stimme klang zart, und der Blick, mit dem sie zu ihrem Sohn aufsah, spiegelte hoffnungsvollen Stolz.

George hatte sich seit unseren beiden letzten Begegnungen komplett verändert. Er war schick gekleidet, das dunkelblaue Hemd steckte in der Cordhose. Sein blondes Haar, jetzt ohne die pinken Ponyfransen, lag seitlich gescheitelt glatt am Kopf an. Im Grunde war von früher nur noch die Brille übrig. Und doch dachte ich bei seinem Anblick sofort an die Begegnung am Vorabend mit seinem Vater, und es lief mir kalt den Rücken hinunter.

»Tut mir leid«, sagte George zu einer Keramikschüssel. »Ich wollte Ihnen kein Bein stellen. Neulich auf dem Feld. Ich wollte einfach nur vor meinen Freunden angeben.«

Mrs. Weeks flüsterte ihrem Sohn lächelnd zu: »Schau Mr. Cave an, wenn du mit ihm sprichst, George. Sag ihm das ins Gesicht.«

Und er sagte es mir ins Gesicht, und ich bemühte mich redlich, ihm zu zeigen, dass ich ihm verzieh. »George, mach dir keine Sorgen. Das ist Vergangenheit. Aber dir muss klar sein, dass du nicht einfach so den starken Mann markieren kannst. Nicht jeder wäre so tolerant gewesen wie ich.« Schuldbewusst dachte ich eine Sekunde lang an meine Hand, die Uriahs Kehle umklammert hatte.

Cynthia stand immer noch nach vorn gebeugt und hielt sich die Seite. Als sie aus meinem Mund das Wort »tolerant« vernahm, lachte sie leise auf.

»Es tut ihm wirklich sehr leid, Mr. Cave«, sagte Mrs. Weeks, und ihre schönen Augen umflorte ein ganz eigener Kummer. »Tatsächlich war es Georges Idee, hierher zu kommen und sich persönlich bei Ihnen zu entschuldigen. Wir haben eine Weile im Südwesten Englands verbracht. In einem reizenden Ort nahe St Ives. Das hat uns sehr gut getan, nicht wahr, George?«

»Oh ja, ist St Ives nicht – äh – wundervoll?«, sagte Cynthia.

George brachte ein verlegenes »Ja« heraus, das beide Fragen beantwortete.

»Ich versichere Ihnen, dass er sich im letzten Monat sehr verändert hat, Mr. Cave«, fügte Mrs. Weeks hinzu. »Er möchte es wiedergutmachen.«

Diese Tatsache, in Verbindung mit Georges verändertem Verhalten und Auftreten, war wirklich beeindruckend. Ich schöpfte neue Hoffnung. Wenn George sich innerhalb weniger Wochen so stark verändert hatte, war dies vielleicht auch bei dir möglich.

»Wenn ich es irgendwie wiedergutmachen kann«, sagte George, und seine Augen hinter den Brillengläsern wirkten so schüchtern, dass er mir fast leidtat, »dann sagen Sie es bitte, Mr. Cave.«

»Nun ...«, erwiderte ich und erwog die Möglichkeiten.

Cynthia reagierte schneller. »Du könntest uns helfen, äh, diese Frisierkommode hier ans Fenster zu schieben«, sagte sie.

George war einverstanden und schob die Kommode unter Einsatz seines beträchtlichen Körpergewichts an die vorgesehene Position. Und Cynthias nachgezogene Augenbrauen signalisierten mir die ganze Zeit, ich solle mich dankbar erzeigen.

»Danke, George«, sagte ich schließlich. »Wirklich nett von dir.«

»So einen netten jungen Mann wie dich könnten wir gut als Hilfe im Laden gebrauchen«, sagte Cynthia und wirkte schon nicht mehr ganz so schmerzgeplagt.

Mrs. Weeks' strahlendes Lächeln blitzte auf, wie ein Fisch, der schimmernd durch einen Strom gleitet. »Oh, das fände George wunderbar, nicht wahr, George?«, sagte sie.

»Ja«, erwiderte George und sog an seinem Inhalator.

Ich ließ mir einen Moment Zeit, als würde ich ernsthaft über die Sache nachdenken, wusste aber schon, dass die Geschäftslage es nicht erlaubte. »Nun, leider suchen wir im Augenblick niemanden. Wir können es uns einfach nicht leisten, einen –«

Mrs. Weeks sah mich an. Jetzt lächelte sie nicht mehr. »Ja, Mr. Cave, das verstehen wir vollkommen. Nicht wahr, George? George?«

»Ich würde auch umsonst arbeiten«, sagte er, was sogar seine Mutter überraschte. Jetzt, wo er wieder Luft bekam, wirkte seine Stimme selbstsicherer. »Ich könnte praktische Erfahrungen sammeln.«

Seine Mutter nickte rasch. »Er will nämlich in die Antiquitätenbranche.«

»Aber was ist mit der Schule? Muss er denn nicht –«

»Er ist sechzehn«, sagte Mrs. Weeks, »und strebt nicht das Abitur an. Er hatte es noch nie so mit dem Lernen.«

Sie seufzte gedankenverloren, und plötzlich empfand ich tiefes Mitleid mit ihr. Ich dachte an ihren grässlichen Ehemann und an die Trennung. Ich hätte ihr gerne irgendwie geholfen, wie eben der eine gestrandete Mensch dem anderen hilft. Mein Blick wanderte hin und her – zwischen Cynthia, die jetzt wieder zusammenzuckte und sich die schmerzende Seite hielt, und der Frisierkommode, die nun perfekt am Fenster platziert war.

Ich dachte daran, dass George womöglich einen guten Einfluss auf dich haben konnte. Vielleicht würde dir seine offensichtliche Veränderung den Weg zurück zu deinem alten Selbst aufzeigen. Immerhin gehörte er ja zu deiner Clique. Oder hatte zumindest mal dazugehört. Und vielleicht war er in die Geheimnisse dieser Clique eingeweiht. Vielleicht wusste er Dinge über dich, die ich nicht wusste, und konnte mir helfen, dich wieder auf den rechten Weg zurückzuführen.

»Na gut«, sagte ich. »Versuchen wir's am Donnerstag. Komm um neun Uhr, dann werde ich dich einarbeiten.

Mrs. Weeks lächelte dankbar. »Ich danke Ihnen«, sagte sie. »Bedanke dich, George!«

George sah Richtung Flur, in Richtung unserer Wohnung, die hinter dem Laden lag. »Danke«, sagte er, während mein Spiegelbild geisterhaft über seine Brillengläser glitt. »Donnerstag. Neun Uhr.«

Das Spiel ging weiter. Du tatest so, als würdest du dich an die Regeln halten, und ich tat so, als würde ich dir glauben. Gemäß Regel Nummer eins besuchte Imogen dich manchmal abends an Schultagen, und hinterher roch es im ganzen Haus nach kaltem Rauch.

Immer wenn du dachtest, ich sei mit der Buchhaltung, den Auktionslisten oder Reparaturen beschäftigt, hielt ich mir den Lautsprecher des Babyfons ans Ohr und lauschte deinen Gesprächen mit Imogen.

Geisterhaft leise drangen eure Stimmen durch das Knistern und Knacken:

DU: Ich habe ihn geküsst.
SIE: Igitt!
DU: Es war schön.
SIE: Oh, mein Gott! Igitt. Tut mir leid. Aber es ist einfach … igittigitt …
DU: Ich hab gesagt ein Kuss! Sonst nichts. Ich mag ihn. Mehr als das.
SIE: Vermutlich habt ihr Mozart gehört, als du ihn geküsst hast.
DU: Hör auf.
SIE: Tut mir leid. Es ist einfach …
DU: Was?
SIE: Er ist nun mal –
DU: Was? Du meinst, weil er nicht in einem hochherrschaftlichen Anwesen wohnt? Wir sind doch hier nicht in einem Jane-Austen-Roman!
SIE: Erzähl mal, wie ist er denn so?
DU: Ach, egal. Du hast sowieso nur Vorurteile.
SIE: Ha! Stolz und Vorurteil.
DU: Sehr witzig.
SIE: Ich bin kein Snob. Ich stehe nur nicht so auf Jungs in Sportklamotten. Das turnt mich nicht an.
DU: Er ist Boxer. Deshalb trägt er –
SIE: Na toll.
DU: Hör auf. Er ist nett, er ist lieb. Das sieht man. In seinen Augen. Die haben Tiefe. Es ist nicht das, was er sagt, sondern –
SIE: Bryony, manchmal bist du echt total schräg. Weißt du überhaupt, auf was er steht?
DU: Wie jetzt?
SIE: Na ja, Musik und so. Mein Gott, könntest du ihn dir im COCKPIT vorstellen?

Deine Antwort entging mir, weil in diesem Moment Higgins aufs Bett sprang und mich maunzend an sein vergessenes Abendessen erinnerte.

SIE: Was für Bands mag er denn?
DU: Keine Ahnung. Darüber haben wir nicht gesprochen.
SIE: Ich könnte keinen Jungen küssen, ohne zu wissen, auf was er steht. Das wär doch so, als würde man … keine Ahnung … in die Kirche gehen, ohne die Religion zu kennen.
DU: Der Kuss war nicht geplant. Es ist einfach passiert.
SIE: O mein Gott. Dieser verschleierte Blick – du bist total verknallt!
DU: Nein, bin ich nicht. Garantiert nicht.
SIE: O Denny, warum denn Denny? Schwör dich zu meinem Liebsten …
DU: Ich warne dich!
SIE: Komm, gib mir meinen Denny! Und stirbt er einst, nimm ihn, zerteil in kleine Sterne ihn …
DU: Hör auf. Hör auf!

Ich hörte den dumpfen Aufprall eines Kissens und Gelächter, und dann hörte ich, dass sie dir etwas anbot und das Fenster geöffnet wurde, und in diesem Moment klopfte ich. Die Tür ging auf, und du seufztest bei meinem Anblick.

»Bryony, könntest du bitte Higgins füttern, während ich mich ums Abendessen kümmere?«, sagte ich, meiner Erinnerung nach.

In deinem Blick stand Abscheu, aber kein Argwohn, und Imogen ging mit ihren ungerauchten Zigaretten nach Hause.

Mir ist klar geworden, dass es im Leben zwei grundlegende Arten von Gemeinschaft gibt, nämlich die Gemeinschaft, in die man hineingeboren wird, und die Gemeinschaft, in der man sich ständig beweisen muss. Das ist der Unterschied zwischen Familie und Clique. Die Familie verlangt keine Bewährungsprobe, wogegen die Clique gerade von Außenseitern immer wieder neue Beweise ihrer Zugehörigkeit verlangt.

Vermutlich hat Reuben dieses unerlässliche innere Zugehörigkeitsgefühl gefehlt, das wir, insbesondere ich, ihm hätten vermitteln müssen. Deshalb war das Wichtigste für ihn immer die Clique. Und welchen Zugehörigkeitsbeweis forderte diese Clique, zu der ja auch Denny gehört hatte? Was musste Reuben tun, um seine Loyalität zu beweisen, um zu zeigen, dass er sich, als Junge aus gutbürgerlichem Hause, nicht bei der nächstbesten Gelegenheit von der Clique distanzieren würde? Nun, einen Teil der Antwort kannten wir ja schon, nicht wahr? Doch der *York Daily Record* lieferte neue Informationen und flutete mein Gehirn mit einem Haufen seltsamer Gedanken.

Das Gesicht des Jungen starrte mir von der zweiten Seite entgegen. Der kahl rasierte Kopf, der harte Blick aus zusammengekniffenen Augen. Es war der Junge, der damals nach Reubens Sturz auf die Straße zurückgetaumelt war. Und darunter in fetten Lettern: *ALBTRAUM TEENAGER-SELBSTMORD*. Ich überflog den Text, bekam nur die Schlüsselwörter mit. »Aaron Tully«, »Überdosis«, »Nachtschicht seiner Mutter in der Wochenmitte«, »Abschiedsbrief«, »es tut mir leid«, »Antidepressiva«, »alleinerziehende Mutter«, »verzweifelt«, »Albtraum«, »Polizei«, »kein Verdacht«. Und dann seine Adresse, eingebettet in die letzte Zeile, was meinen Schrecken wahrlich nicht minderte: »17 Winchelsea Avenue«.

Ich schloss die Augen und sah diesen Jungen. Er drückte mir eine Flasche gegen die Brust. »Na los, Teefleck, trink!«

»Ich will nicht«, sagte ich. »Ich will das nicht trinken.«

Wir befanden uns in einem Wohnzimmer, auf dessen Boden Spielzeug verstreut lag. Wir trugen unsere Schuluniform. Draußen heller Tag. Es waren noch andere Jungs da. Ihr Gelächter umflatterte meinen Kopf wie ein Schwarm Fledermäuse.

»Trink.«

»Der doch nicht!«, höhnte ein anderer Junge. Der Kleine, der am Abend von Reubens Tod bei Denny und Aaron gestanden und sich aufs Pflaster erbrochen hatte. »Meine Mami bringt mich um!«

»Schnauze, Cam«, sagte Aaron, und wieder zu mir: »Trink!«

Da mir sein harter Blick keine Wahl ließ, griff ich nach der Flasche und las das Etikett. *Hierbas Ibicencas.* Ein billiger Likör, wohl ein Souvenir aus einem Pauschalurlaub.

In der dunkelgrünen Glasflasche sah ich einen Kräuterzweig, mit Nadeln statt Blättern dran. Ich legte den Kopf in den Nacken und kippte das Zeug hinunter. Es schmeckte widerlich. Herb, brennend und uralt, eine bernsteingelbe Flüssigkeit aus den Eingeweiden der Erde. Ich wollte das nicht trinken. Ich war es nicht gewöhnt und vertrug es nicht. Aber alle starrten mich an, und ich wusste, hier konnte ich mich meiner Clique endlich einmal beweisen. Hier konnte ich endlich einmal dazugehören.

Der Alkohol brannte mir in der Kehle, aber ich zwang mich weiterzutrinken, Schluck für Schluck, während einige Jungs auf den Möbeln Trommelwirbel schlugen. Es gab immer mehr Beifall, außer von Aaron, und der Lärm verschmolz mit dem ekligen Geschmack und dem Brennen in der Kehle, als ich das Gebräu hinunterwürgte. Und dann war es vorbei, das Zimmer drehte sich um mich, ich sah die anderen Jungs, ihre Gesichter groteske Fratzen und Larven, die sich anstießen und gegenseitig zum Lachen brachten.

Das Lachen zielte auf mich. Auf Reuben.

Er beugte sich über mich. Aaron Tully.

»Hey, Teefleck muss gleich kotzen. Hat sich wohl selber im Spiegel gesehen. Sieht ja auch echt zum Kotzen aus!« Er ließ seine Finger über meine Wange wandern, zum Muttermal. »Reisen wir mal nach Australien.«

Noch lauteres Gelächter, und ich sah Denny. Der Einzige, der nicht lachte. Er verblasste, verschwand von der Bildfläche, als ich mich auf einen Stuhl setzte.

Jemand hämmerte wild auf einem Keyboard herum. Ein billiges Kinderspielzeug.

»Dieser Lärm«, murmelte ich (wie wohl auch er damals gemurmelt hat), »bin ich.«

Das ätzende Lachen wollte nicht enden, und so schloss ich die Augen und verlor mich in den lauten chaotischen Klängen unserer Existenz.

Wir Menschen stellen uns so gerne vor, dass sich die Gedanken in unserem Kopf wie in einem tiefen persönlichen Brunnen sammeln und jeder Brunnen mit einem einzigen Eimer ausgestattet ist, aus dem nur wir allein trinken dürfen. Wir gehen durchs Leben, sehen Erfahrungen in unseren Brunnen regnen, lassen täglich den Eimer hinunter und sind uns ganz sicher, dass dieses Wasser durch einen steinernen runden Brunnenschacht geschützt ist. Auch wenn uns eigentlich klar ist, dass dieselben hellen oder dunklen Wolken auch noch in andere Brunnen abregnen, stellen wir uns lieber vor, das Wasser in unserem Brunnen sei unser persönlicher Vorrat.

Aber denkst du je daran, wie Tristram Shandy, dass dein Kopf voller geborgter Gedanken steckt?

Fließen dir auch manchmal von irgendwo anders her Ideen und Bilder zu?

Nun, ich weiß ja, dass es so ist. Oder dass es zumindest früher so war. Damals, zu jener friedlichen Zeit, als du mir noch mit Respekt begegnet bist und dich immer wieder über so seltsame Zufälle ausgelassen hast: Kaum hast du ein ungewöhnliches Wort verwendet, schon kam es zwei Sekunden später im Radio. Kaum dachtest du an Cynthia, schon rief sie an.

Jetzt stell dir vor, dass diese flüchtigen kleinen Eindrücke sich zu einem Panorama verdichten. Stell dir vor, du könntest den Schmerz eines anderen Menschen spüren wie deinen eigenen. Mach dann den nächsten kleinen Schritt und stell dir vor, du würdest auf einmal, gegen deinen Willen, über fremde Erfahrungen verfügen, derart komplexe Erfahrungen, dass sich plötzlich die Erlebnisse eines anderen Menschen bruchstückhaft in deiner eigenen Gegenwart wiederfinden. Stell dir vor, die künstlichen Schranken, die wir zwischen uns errichtet haben – ja sogar die Schranke zwischen Leben und Tod –, würden eines Tages weggeschwemmt, und wir könnten uns dort, wo die unsterblichen Seelen verschmelzen, plötzlich an Dinge erinnern, die wir gar nicht erlebt haben, und würden einen Schmerz empfinden, den wir selbst niemals empfunden haben können.

Oh, Bryony, ich schwöre dir, es waren seine Erinnerungen, in meinem Kopf. Alle. Aaron Tully. Mr. Weeks. Uriah Heep. Ich hätte mir das alles gar nicht selber ausdenken können. Sie waren da und wurden in den Brunnen gespült, jedes Mal, wenn Reuben in mein Bewusstsein drang. Ich hatte Mühe gehabt, mich richtig an ihn zu erinnern, und so bestrafte er mich, indem er meine Erinnerungslücken mit den Bildern seiner Erfahrungen füllte. Und auf den gleichen Stand brachte. Die Balance herstellte. Alles vorbereitete für die finale Flut.

Du warst in der Schule.

Ich hatte noch nicht geöffnet, saß jedoch an der Ladentheke und kümmerte mich mit Benzol und Putzlappen um eine spätviktorianische Stutzuhr, die ich in ihre Bestandteile zerlegt hatte. Gerade war ich dabei, eins der Zahnrädchen zu reinigen, da spürte ich, dass draußen jemand stand, hob den Kopf und erblickte vor dem Schaufenster George Weeks' hünenhafte Gestalt. Bleich starrte er zu mir herein, mit einem konzentrierten Gesichtsausdruck, den ich nicht recht deuten konnte. Wie lange mochte er dort schon gestanden haben? Ich hatte keine Ahnung, da die Stutzuhr seit mindestens zehn Minuten meine volle Aufmerksamkeit gefordert hatte. Jetzt stand ich auf, ging zur Tür und ließ ihn herein.

»Hallo«, sagte er mit einer Stimme, die gar nicht aus dem Mund, sondern irgendwo aus der Tiefe seines Körpers zu kommen schien.

Er war korrekt gekleidet, ordentlich frisiert, trug ein kariertes Hemd mit Krawatte und entschuldigte sich leise für sein frühes Erscheinen. Ich winkte ihn herein, begann ihm alles zu erklären, und er lauschte stumm.

Als Letztes zeigte ich ihm die Auktionskataloge hinter dem Ladentisch. »So, George, gibt's noch irgendwelche Fragen?«

Er nickte und zeigte zu dem Holzkasten hinüber, in dem die Perkussionspistole lag. »Was ist da drin?«

»Oh«, sagte ich. »Nur so alter … Kram. Nähzeug. Manchmal muss ich Polster reparieren … Stoffe …«

»Kann ich mal sehen?« Er streckte die Hand aus.

»Nein«, erwiderte ich, und er zog seine Hand wieder zurück. »Nein, George, das geht nicht.«

Ich hielt das Ganze schon für einen Fehler. Ich hätte nie zustimmen sollen. Hätte Cynthia sich doch nur keinen Bruch zugezogen! Hätte Mrs. Weeks doch nur nicht diese Wirkung auf mich gehabt!

In Gedanken probte ich schon das Gespräch, das ich mit seiner Mutter führen würde (»Mrs. Weeks, ich glaube ernstlich, dass sich Georges Talente woanders besser entfalten könnten.«). Doch diese anfänglichen Zweifel legten sich im Lauf des Tages. George erwies sich als ein sehr wissbegieriger und anstelliger junger Mann. Er hatte die Ladenkasse im Griff und profitierte vom Wissen seiner Mutter, wie sich bei verschiedenen Kundenfragen zeigte (nach Royal-Worcester-Porzellan, nach der richtigen Anwendung von Schellackpolitur, nach einer Methode zum Erkennen von Kalbsleder), und er half mir sogar bei der Reinigung und Reparatur der Stutzuhr, mit der ich mich morgens beschäftigt hatte.

Zugegeben, er wirkte etwas tollpatschig, und sein asthmatisches Keuchen irritierte Higgins, aber wir hatten erfreuliche Einnahmen, sicherlich ein gutes Omen. Sogar seine Tollpatschigkeit wuchs mir irgendwie ans Herz. Seine langen Sprechpausen und den unsteten Blick interpretierte ich als Zeichen von Verlegenheit, weil er sich immer noch dafür schämte, dass er mir damals auf dem Feld ein Bein gestellt hatte. Ich vertraute ihm sogar so sehr, dass ich ihn zwanzig Minuten lang allein im Laden ließ, während ich dich von der Schule abholte.

»Ich kann es kaum erwarten, bis du meinen neuen Assistenten siehst«, sagte ich zu dir. Du lehntest den Kopf ans Wagenfenster.

»Wer soll das sein?«, war deine gleichgültige Antwort.

»Du wirst schon sehen.«

Du blicktest auf die Straße und den vorbeigleitenden Verkehr und schwiegst.

Es wurde auch dir immer klarer, nicht wahr? Deine Verachtung für mich wuchs mit deiner Zuneigung zu Denny. Verachtung und Zuneigung waren Zwillingskräfte, und weder milderte sie der Hausarrest, noch verstärkte er sie. Dieser verdammte Bursche hatte an dem Abend im Stall drei Minuten seines Lebens investiert, um dich zu beschützen, und schon war die Sache gelaufen, nicht wahr? Drei Minuten! Ich hatte mich dein ganzes Leben lang genau der gleichen Aufgabe gewidmet, hatte dich fünfzehn Jahre lang mit aller Kraft beschützt und konnte trotzdem nicht mithalten. Was sagte das über mich aus? Oder über dich? Ich war ratlos.

»Das ist doch nicht real«, meinte ich, als wir an der Kreuzung warteten. »Was du für diesen Jungen empfindest.« Ich sah deinen argwöhnischen Blick und beschloss, etwas vorsichtiger zu Werke zu gehen. Du durftest ja nicht ahnen, dass ich dein Gespräch mit Imogen belauscht oder dich und Denny am Clifford's Tower gesehen hatte. »Diesen Jungen, der dich neulich besuchen wollte, habe ich nur weggeschickt, damit alles einfacher wird. Er hat sich offenbar Chancen bei dir ausgerechnet, aber ich glaube, wir sollten das im Keim ersticken. Findest du nicht auch, Bryony?«

Und wieder wagte ich mich auf gefährlicheres Terrain. »Du wirst sehen, das geht ganz schnell vorbei. Wenn du ihn nur ein paar Tage nicht triffst, wirst du wieder zur Vernunft kommen und dich bei mir entschuldigen. Und du wirst mir dankbar sein, dass ich auf dich achtgebe.«

Du machtest die Augen zu, entschlossen, nicht zu reagieren. Ich wechselte das Thema, fragte nach dem bevorstehenden Festival, erntete aber nur noch Schweigen. Vielleicht machtest du dir jetzt doch Sorgen wegen der geschwänzten Cellostunde. Ich weiß es nicht. Selbst George Weeks' Anblick bei unserer Rückkehr in den Laden rief keine sichtbare Reaktion bei dir hervor.

»Hallo, Bryony«, sagte er und strich sich mit der Hand über den Hinterkopf.

»Bryony, sag Hallo!«, mahnte ich.

Jetzt versuche ich, mich an deine Reaktion zu erinnern. Ist mir damals etwas in deinem Gesichtsausdruck entgangen? Du schwiegst. So viel weiß ich noch. Du hast uns beide stehen lassen und bist nach oben gegangen, um Cello zu üben und die geschwänzte Stunde nachzuholen.

Kann sein, dass ich George gegenüber eine mürrische Bemerkung über dich machte.

Ein Fehler, wie ich jetzt erkenne, ein weiterer Fehler, für den ich dich um Verzeihung bitten muss.

Im Lauf der Jahre habe ich einen Blick dafür entwickelt, ob es sich um eine Fälschung oder das Original handelt. Durch meine Besuche bei Möbelhändlern weiß ich, wie künstlich gealtertes Holz aussieht. Ich erkenne eine Patina, mit ihrem satten, aparten Holzglanz, ebenso zuverlässig wie den Stempel auf einem alten Silberlöffel.

Ich brauche ein Objekt nur anzuschauen und zu berühren, dann weiß ich, ob es echt ist. Manchmal sind sämtliche Erkennungszeichen vorhanden, und doch spürt man, dass irgendetwas nicht stimmt, als dünste der betreffende Gegenstand eine unsichtbare Scham aus, die nur derjenige wahrnimmt, der die Originale kennt und liebt.

Ach, hätte ich diese Gabe doch auch bei Menschen besessen!

Hätte ich doch durch einen Blick in die Augen eines Menschen seinen Wesenskern erkannt, statt mich durch vielerlei Vorurteile blenden zu lassen. Hätte ich doch nur immer die Wahrheit erkannt.

Mein fataler Fehler bestand aber nicht nur darin, dass meine Seele kraftlos erschlaffte und zeitweise völlig besessen war. Das ist nur ein Aspekt dieser Tragödie. Die Besessenheit kam wohl auch nur teilweise von außen. Das andere Übel entspross einzig und allein meiner Persönlichkeit und begleitet mich schon, seit ich denken kann.

Kurz gesagt, ich habe mir selber noch nie so recht über den Weg getraut, und das blockiert und verbiegt meine Beziehungen zu anderen Menschen. Selbst Reubens Attacken wurzeln wohl im fruchtbaren Boden meines eigenen defizitären Wesens. Hatte ich nicht schon immer meine Schuld am Tod deiner Mutter (eine Schuld, die herrührte aus dem früheren, ungerechtfertigteren Gefühl, für den Suizid meiner Mutter verantwortlich zu sein) auf deinen Bruder übertragen? Hatte nicht alles seinen Ursprung in mir?

War ich nicht schon immer anfällig dafür, Wahrheiten mit Unwahrheiten zu verwechseln, einen Jago mit einem treuen Horatio?

Lag nicht hier der Grund, warum sich alles derart verzerrte? Und warum mein eigener Wille, dich zu beschützen, dir ebenso gefährlich wurde wie *sein* Wille, dir zu schaden?

Und lief es letztlich nicht auf das Gleiche hinaus? Entsprang das nicht alles dieser unausgewogenen Liebe? Doch. Jetzt kenne ich die Antwort. Doch, so war es. So war es.

Ach, Bryony, so war es.

Du saßt vorn auf dem Podium, und wir wandten dir alle erwartungsvoll unsere alten Gesichter zu. Gleich würde dein Cellospiel ertönen.

»Schau nur, Terence«, flüsterte Cynthia. »Ist sie nicht wunderbar?«

Mich beschlich die Sorge, dass dich unter dem Erwartungsdruck des Publikums deine Nerven im Stich lassen könnten. All diese Menschen, die dich beobachteten und unbehaglich auf ihren Stühlen herumrutschten, als sich die Stille immer mehr in die Länge zog.

Du warfst deiner Großmutter einen kurzen Blick zu. Cynthia bemühte sich, dir trotz der Schmerzen, die ihr der Leistenbruch bereitete, mit ihren dunkel geschminkten Lippen herzlich und beruhigend zuzulächeln.

Du machtest die Augen zu, wie Pablo Casals das immer getan hatte, und fingst an zu spielen. Auch ich schloss die Augen, um vom selben Dunkel umfangen zu sein, das Gleiche zu empfinden wie du. Und in diesem freiwilligen Dunkel lauschte ich den ersten Takten und stellte mir vor, die Musik würde zu einer unsichtbaren Festung, die dich vor dem Publikum und deinen eigenen Ängsten schützte und dir das nötige Selbstvertrauen schenkte.

Was empfanden all diese Menschen jetzt? Das Erwachen zur Verzweiflung, das Beethoven gemeint hatte, oder einfach nur tröstliche Freude, weil hier ein fünfzehnjähriges Mädchen ein klassisches Musikstück vortrug?

Jemand betrat den Saal und blieb hinten stehen. Ich öffnete die Augen, wie du auch. Als ich mich umdrehte, sah ich sein Boxergesicht. Und die dunklen Augen eines sehr hungrigen kleinen Jungen, der ein köstliches Festmahl bestaunt, das für ihn unerreichbar bleibt. Du sahst ihn unverwandt an, und er lächelte und kratzte sich an der Stirn.

Ich empfand damals unglaublichen Hass auf ihn und wünschte, ich hätte die Botschaften, die deine Musik ihm zutrug, abfangen können. Für mich war seine Gegenwart ein Fluch, der alles besudelte. Und ich war sehr erleichtert, als schließlich Applaus losbrach und wir dich diesem gierigen Blick entziehen und nach Hause bringen konnten. Ohne zu ahnen, welche Gefahr gerade dort lauerte.

Während ich dies niederschreibe, fallen mir allerlei seltsame Wiederholungen, Echos und Symmetrien auf. Etwa dein Treppensturz. Ein Unfall, der mich so lebhaft an den letzten Anblick deiner Mutter erinnerte, als sie im Laden auf dem Boden gelegen hatte. Ein Unfall, der meiner festen Überzeugung nach alles andere als ein Unfall war.

Du hast damals vielleicht geglaubt, es sei Zufall gewesen, dass Higgins sich ausgerechnet am Abend deines Cellokonzerts gegen dich wandte, aber ich interpretierte das ganz anders.

Natürlich kenne ich das launische Wesen unserer felinen Freunde. T. S. Eliots Vorschlag, wir sollten unseren Katzen drei verschiedene Namen geben, fand ich schon immer großartig, aber selbst du musst zugeben, dass Higgins eigentlich immer nur der gute alte Higgins war. Ganz anders als unsere längst verstorbene Mathilda, bei der auf jede Minute als Mathilda zwei Minuten als Königin von Saba oder Die Irre im Mansardenzimmer kamen. Du weißt ja, Higgins war da immer ganz anders. Natürlich machte er sich bemerkbar, wenn er Hunger hatte, aber die meiste Zeit besaß er ein ausgeglichenes, sanftes Temperament und blieb für sich. Dies machte seine plötzliche Verwandlung umso unbegreiflicher.

Ich kam ins Wohnzimmer und wusste gleich, dass irgendetwas nicht stimmte.

»Bryony, was ist denn los?«

Du bist zusammengezuckt und hieltest deine Hand umklammert. Ein Blutstropfen rann wie eine Träne auf deinen Daumen zu. »Higgins hat mich gekratzt.«

Der Übeltäter saß stillvergnügt daneben, ohne das geringste Schuldbewusstsein. »Komm«, sagte ich zu dir. »Gehen wir ins Badezimmer. Das muss desinfiziert werden, du brauchst ein Pflaster.«

Ich versorgte deine Wunde. Ein Tropfen Blut fiel genau auf den Fleck, den dein Bruder bei dem Versuch, sich mit der Zahnbürste das Muttermal wegzuscheuern, auf dem Teppich hinterlassen hatte. (Siehst du: schon wieder ein Echo.)

»Danke«, sagtest du, als ich sanft das Pflaster festdrückte.

Solche Augenblicke der Zärtlichkeit wurden immer seltener zwischen uns, wie Früchte gegen Ende der Erntezeit, und ich erlebte sie ganz bewusst.

»Was ist bloß in diesen Kater gefahren?«, fragte ich, obwohl ich durchaus eine Theorie hatte.

Doch erst bei dem, was dann zehn Minuten später passierte, schrillten sämtliche Alarmglocken bei mir. Als dein Schmerzensschrei ertönte, telefonierte ich gerade zu später Stunde mit einem Möbellieferanten. Ich sprang auf, rannte aus meinem Arbeitszimmer und sah dich unten an der Treppe liegen. Genauso waren deine Mutter und Reuben gestorben. Jäh, durch einen Sturz. Jetzt also warst du an der Reihe. Es kam mir wie ein unentrinnbares Muster vor, und ich befürchtete schon das Schlimmste.

Erst lagst du ganz still und reglos da. Sicher hast du meiner Stimme den Schrecken angehört. »Bryony?«

Du hobst den Kopf, sahst mich hoch oben an der Treppe stehen und begannst vor Schmerzen zu wimmern.

»Mein armes Mädchen!«, rief ich und eilte zu dir hinunter. »Mein armes, süßes Herzblatt!« Ich half dir, dich aufzurichten. Ich küsste dich auf die Stirn.

»Kannst du aufstehen?«

In deinem Schockzustand warst du wieder wie ein Kind. »Ich weiß nicht«, sagtest du.

»Versuchen wir's mal. So. Schau, es geht. Alles gut, alles gut.«

»Mein Handgelenk! Es tut wahnsinnig weh!«

»Ich glaube, du musst ins Krankenhaus.«

Im Wagen hast du mir dann erzählt, was passiert war: Du warst die Treppe hinuntergegangen, um dir aus der Küche einen Saft zu holen, und da kam Higgins angerannt, wie aus dem Nichts, und lief dir direkt vor die Füße. Du warst besorgt, ob du ihm vielleicht wehgetan hattest, aber *meine* Befürchtungen waren ganz anderer Natur.

Konnte es sein, dass irgendetwas von Higgins Besitz ergriffen hatte? War das eine Heimsuchung des Bösen? Nein, unmöglich. Und doch – war mir nicht das Gleiche passiert? Und Turpin? Falls dein Bruder versuchte, dir zu schaden, wusste er, dass er gegen meine Liebe zu dir ankämpfen musste – vielleicht wählte er deshalb für seine Attacken weichere Ziele aus. Stille, friedliche Tierseelen, die ihm wehrlos ausgeliefert waren.

Ich weiß, was du jetzt denkst.

Dass mir offenbar die Vernunft abhandengekommen war.

Und du hast recht. Aber im Grunde hatte ich den Glauben an die Vernunft schon an dem Tag verloren, als ich von meinem Fenster aus deinen Bruder an diesem verfluchten Laternenpfahl hängen sah, unmittelbar vor dem Sturz.

Nein, eigentlich hatte ich meinen Glauben an die Vernunft schon viel früher verloren. Man braucht ja nur geschichtliche Zusammenhänge zu studieren, um zu sehen, dass es so etwas wie Vernunft gar nicht gibt in dieser Welt. Alle Zivilisationen, von der Antike bis zum heutigen Tag, haben versucht, die menschliche Existenz zu erklären. Götter kamen und gingen, man kämpfte in blutigen Schlachten um Glaubensrichtungen und Ideologien, und trotzdem sind wir immer noch in diesem Rätsel gefangen. Wie Sokrates wissen auch wir nur, dass wir nichts wissen. Vielleicht habe ich an jenem Abend, als ich Turpin folgte und Reubens Geist begegnete, nur halluziniert. Vielleicht habe ich mir damals, im COCKPIT, nur *vorgestellt*, dein Bruder sei in mein Bewusstsein eingedrungen. Woher hätte ich es auch sicher wissen sollen? Wem können wir trauen außer unserem eigenen Verstand? Es gibt keine Wahrheit in dieser Welt, Bryony, nur Interpretation. Wir wissen immer noch nicht, wo unsere Seele hingeht, wenn wir gestorben sind, und deshalb wissen wir gar nichts. Derlei Gedanken hing ich nach, während ich dich in unserem lahmen alten Volvo zur Klinik fuhr, und wurde erst durch dein nervöses Kommando unterbrochen: »Dad? Fahr langsam! Wir sind da! Notaufnahme.«

Wir warteten Stunden, weißt du noch?

Stundenlang starrten wir zu dem Nachrichtenmix auf dem Monitor hinauf, während du dein Handgelenk umklammert hieltest. Stundenlang saßen wir inmitten der verletzungsgefährdeten Angehörigen unserer Unterschicht. Erinnerst du dich noch an den Betrunkenen uns gegenüber, der Typ mit dem zerschundenen Gesicht, der uns dauernd fragte, ob wir seinen Kumpel Melvyn gesehen hätten? Irgendwann rief dich dann endlich die untote Rezeptionistin auf. Ein indischer Arzt diagnostizierte eine Colles-Fraktur und legte dir einen Stützverband an. Ich dachte an Pablo Casals und den Felsen, der ihm die Hand zerschmettert und ihn am Cellospielen gehindert hatte. Natürlich, genau dies war Reubens Plan gewesen. Er hatte dich voller Neid beim Konzert beobachtet. Ja, davon war ich überzeugt.

»Meine Tochter spielt Cello«, sagte ich. »Wird sie je wieder musizieren können?«

»Ganz sicher«, erwiderte der Arzt. »In etwa einem Monat ist alles wieder in Ordnung. Es ist keine komplizierte Fraktur.«

Er lächelte dich an, und sein Lächeln wurde erwidert. Es war ein junger, gut aussehender Arzt, und ich merkte, dass sein freundlicher, behutsamer Umgang mit dir nicht rein professioneller Natur war. »Es hätte viel schlimmer kommen können«, sagte er, und mir schien, als zwinkere er dir zu.

Viel schlimmer. Dieser Satz bedeutete ganz klar eine Warnung. Der Arzt war nur ein Medium, ein Schicksalsbote. Ich musste auf ihn hören, trotz seiner geschmacklosen Sympathiebekundungen für meine fünfzehnjährige Tochter. Und ich musste entsprechend handeln. Du warst das Einzige, was mir geblieben war, ein letztes Hoffnungsflämmchen, und ich war bereit, alles – wirklich alles – zu tun, um dieses Flämmchen zu schützen.

Was mich zu folgendem Geständnis führt:

Higgins ist nicht weggelaufen. Ich war damals nicht überrascht, als er nicht zur abendlichen Fütterung erschien und auch am nächsten Abend nicht in seinem Korb lag. Ich log, als ich zu dir und Cynthia sagte, ich sei völlig ahnungslos. Ich wusste genau, wo er war, verschwieg es euch aber selbst dann noch, als du in Tränen ausbrachst.

Ich muss gestehen, dass mich deine Tränen überraschten. Schließlich hättest du bei dem Treppensturz ums Leben kommen können! Jedenfalls versuchte ich, dich zu beschwichtigen, und versicherte dir, dass er zurückkommen werde.

Jetzt, mein Herzblatt, die Wahrheit.

Im Telefonbuch fand ich eine Frau in Knaresborough, die ausgesetzte Katzen bei sich aufnahm. Ich rief sie an und fuhr hin, während du in der Schule warst. Ich sperrte »Higgins« in seinen durchsichtigen Reisekorb und stellte ihn vor dem Beifahrersitz auf den Boden, damit er nicht sah, wo es hinging.

Ich fuhr sehr schnell und spürte die ganze Zeit, wie diese großen grünen Augen zu mir heraufstarrten.

»Tut mir leid, Higgins, falls das alles nur ein Irrtum sein sollte, aber du musst verstehen, dass ich Bryony beschützen muss. Ich kann einfach keinen weiteren Vorfall dieser Art riskieren. Falls etwas … falls … falls Reuben …«

Dein Bruder hatte sich immer einen Hund gewünscht, nicht wahr? Er hatte nie eine Katze gewollt. »Also, ich meine nur –« Hinter mir ertönte warnendes Gehupe, und ich sah im letzten Moment einen japanischen Wagen, der sich in die Fahrspur einfädelte. Ich wich auf die Mittelspur aus und verhinderte um Haaresbreite, dass es Videoclips meines verstümmelten Leichnams in die Abendnachrichten schafften.

Als ich wieder nach der Katze sah, traf mich ein so grausamer und allwissender Blick, dass ich erschauerte. Jetzt schwieg ich, sah starr geradeaus und fuhr, so schnell es ging, nach Knaresborough.

Die Katzenfreundin war eine rotwangige Frau mit schütterem Haar, Mrs. Janice Cobb. Mit ihrer fleischigen Hand packte sie den Kater am Nackenfell und hielt ihn sich vors Gesicht.

»Na, du kleiner Satansbraten«, sagte sie, während sie in seine aufgerissenen Augen starrte. Und dann wiederholte sie noch einmal etwas leiser, quasi in Klammern »(du kleiner Satansbraten)«.

Ich kriegte vor lauter Staub und Uringestank kaum Luft in diesem Haus. Ich erinnere mich noch, dass ich dort, neben zahllosen echten Katzen, einige der ordinärsten Porzellanfiguren sah, die mir je zu Gesicht gekommen waren. Katzen in menschlichen Posen, mit Zylinderhüten und Häubchen. Higgins sprang gleich ins Regal und setzte sich dazu.

»Runter da! (runter da!)«, rief Mrs. Cobb ziemlich streng. Sie setzte ihn unsanft auf den ekligen Teppich, und er starrte verständnislos zu mir herauf. Er war jetzt wieder Higgins, ein gemütlicher alter Kater, der keine Lust mehr hatte, neue Freundschaften zu schließen. Auf einmal kam es mir grausam vor, ihn dort zu lassen.

»Mrs. Cobb«, sagte ich unschlüssig.

»Ja? (Ja?)« Ein fuchsroter Kater saß ihr wie ein Papagei auf der Schulter.

»Ich hab dich auch lieb, Angus. Ja, Mami hat dich lieb. (Mami hat dich lieb.)«

»Ach, nichts«, sagte ich. »Gar nichts.«

Ich schloss die Augen und kämpfte gegen meine Schuldgefühle an.

»Tschüss, Higgins! Sei brav.«

In dieser Nacht erlebte ich den nächsten Blackout. Ich hatte nicht schlafen können. Mein Mund war ohne einen bestimmten Grund so trocken gewesen, dass ich einen lästigen Schluckzwang verspürte.

Außerdem sah ich ständig Dennys brutales Gesicht vor mir, wie er am Abend in der Aula gestanden hatte. Ich wurde das Bild nicht los. Es hatte sich in mein Bewusstsein eingebrannt, einschließlich seines hungrigen Blicks.

Ich stand auf, holte mir ein Glas Wasser und ging ins Wohnzimmer, um nach einem Buch zu suchen. Und gerade als ich Stevensons *Entführt* aus dem Regal ziehen wollte, einen Roman, den ich als Junge verschlungen und seitdem nicht mehr gelesen hatte, fiel mein Blick auf unsere Familienfotoalben. Vielleicht konnten ja diese Fotos Dennys Gesicht wieder ins Dunkel zurückdrängen.

Ich zog eins der Alben heraus, setzte mich an den Tisch und stellte mein Glas ab. Gleich beim ersten Foto brach ich in Tränen aus. Es zeigte deine Mutter, unmittelbar nach ihrer Rückkehr aus der Entbindungsklinik, in jedem Arm ein Baby. Als wäre seitdem keine Zeit vergangen, blickte sie mir erschöpft und glücklich lächelnd aus dem Foto entgegen.

»Ach, Helen, wärst du doch da!«

Ich blätterte weiter und betrachtete all die Bilder von euch dreien. Die Mutter und ihre Zwillinge. Ein Foto auf der letzten Seite zeigte uns zu viert. Das musste Cynthia aufgenommen haben. Du und dein Bruder, nebeneinander in euren Gitterbettchen, in cremefarbene Decken gewickelt – hätte Reuben nicht geweint, wärt ihr nicht voneinander zu unterscheiden gewesen. Deine Mutter und ich standen über euch gebeugt, mit glücklichem, ahnungslosem Lächeln.

Ich zog ein anderes Album aus dem Regal, in dem mittendrin ein ganzes Jahr fehlte, das Jahr nach dem Tod eurer Mutter. Damals gab es in meinem Leben kaum noch etwas, das ich fotografieren oder für die Nachwelt festhalten wollte. Irgendwann fing ich dann wieder an, fotografierte aber nicht mehr so häufig wie damals nach eurer Geburt. Ich blätterte das nächste und übernächste Album durch, und noch eins, durchlief deine ganze Lebensgeschichte in Bildern. Dein verblüffter Gesichtsausdruck angesichts der Torte, die dir Cynthia zu deinem vierten Geburtstag gebacken hatte. Weißt du noch, die mit den Spielzeugpferdchen und den Pferdeboxen aus Schokosticks? Und ein Bild von dir mit deiner Handwerck-Puppe Angelica im Arm. Ein anderes Bild zeigte dich an Cynthias Hand am Strand von Whitby. Ein lang vergessener Sonntagsausflug. Und während ich das Album durchblätterte, fiel mir auf, dass Reuben allmählich verschwand. Als Kleinkind war er oft neben dir im Bildvordergrund gewesen, doch je größer und selbstständiger ihr wurdet, desto eindeutiger bevorzugte ich dich. Reuben wurde nur noch zufällig mitfotografiert, als ferner blauer Dufflecoat-Klecks irgendwo im Hintergrund. Später dann, als ihr beide ins Teenageralter kamt, tauchte er gar nicht mehr auf. Man sah immer nur dich, wie du Blockflöte, Geige oder Cello spieltest. Oder bei einem Reitturnier, über Turpins Hals gebeugt, beim geglückten Sprung über ein Hindernis. Es gab zwar ein paar Bilder, die ihn im Garten zeigten oder mit unglücklicher Miene neben seinem Fahrrad, aber das war auch schon alles.

Lose zwischen den anderen Bildern lag ein altes Schulfoto von dir.

Du warst zehn Jahre alt und trugst ein Kleid, das wir im Sommer zuvor in der Nähe von Aix-en-Provence gekauft hatten. Blau-weiße Querstreifen, hoher Kragen. Deine Bobfrisur erinnerte an die Tonsur mittelalterlicher Franziskanermönche, unten am Haarrand lugten deine nicht durchstochenen Ohrläppchen hervor.

Dein Lächeln, dein Teint (lilienweiß bis auf den rosa Schimmer deiner Wangen), dein Blick, der glücklich, eifrig, arglos auf mich wirkte. Rein. Der Schulfotograf als niederländischer Meister. Auf diesem Bild, vor irgendeinem blaugrauen Hintergrund, wirktest du wie entrückt, wie nicht von dieser Welt, unantastbar.

Ein ganzes Album war deinem Auftritt bei einem der *York Drama and Music Festivals* gewidmet. Während ich ein Foto betrachtete, wo du Cello spielend mit nachdenklich gerunzelter Stirn auf die Noten blicktest, packte mich plötzlich ein fürchterlicher Schrecken. Das Bild begann sich zu bewegen! Deine Hand bewegte sich, strich langsam und bedächtig mit dem Bogen über die Saiten.

»Nein«, sagte ich. »Nein, das ist nur eine Sinnestäuschung.«

Und plötzlich sah ich mich selbst auf dem Foto, gleichfalls in der Aula. Im seitlichen Profil, den Blick hingebungsvoll nach vorn gewandt. Ich sah mich von unten, aus Reubens Perspektive, der auf dem Stuhl neben mir saß. Dann wieder diese seltsamen Empfindungen. Das Kribbeln im Cerebellum. Die tanzenden Funken unsichtbarer Feuer. Ich trank aus meinem Wasserglas, aber es war zu spät. Schon senkte sich der schwarze Schleier über meine Augen, und ich konnte kaum noch etwas sehen. Summend näherte sich ein Fliegenschwarm.

»Na los, Terence, du bist stärker als er. Reiß dich gefälligst zusammen!«

Kaum hatte ich den Satz ausgesprochen, befand ich mich im Park, immer noch im Pyjama. Ich hielt eine Plastikflasche in der Hand. Die Ammoniakflasche aus dem Laden. Als ich sie umdrehte, bemerkte ich zu meinem Schrecken, dass sie fast leer war.

Ich machte einen Schritt nach vorn und trat mit der nackten Sohle auf einen Zweig. Aus der Ferne fiel der gelbliche Schein von Reubens Straßenlaterne auf einen schwarz verbrannten Gegenstand im Gras.

Als ich mich vorbeugte, um den Fund näher zu betrachten, spürte ich die vom Boden aufsteigende Wärme. Das Objekt hatte die Form eines Ovals, das sich nach oben verjüngte. Wie eine riesige Träne. Ich nahm einen zarten Ahornduft wahr.

»Oh nein«, flüsterte ich leise im Nachtwind. »Was haben wir getan?«

Ich kochte uns Porridge und hörte Radio, als du in die Küche kamst. Ich sah dich an deinem Verband herumnesteln. »Mein Cello«, sagtest du. »Es ist nicht mehr da.«

»Wie bitte?«

Du wiederholtest aufgeregt: »Mein Cello! Es ist nicht mehr da!«

»Was soll das heißen, nicht mehr da?«

»Es ist nicht in meinem Zimmer und auch sonst nirgends.«

Fast wäre ich in Tränen ausgebrochen. Ich war erschüttert. Dein Cello! Ich dachte an den verkohlten tränenförmigen Gegenstand im Park und betete, du mögest ihn nicht entdecken und dir das Ganze zusammenreimen. Was ging hier vor? Warum tat er das? Warum wollte er Dinge zerstören, die deinem früheren Ich, der echten Bryony, so lieb und teuer gewesen waren?

»Ach«, sagte ich, aber meine Stimme klang zu matt und brüchig, um überzeugend zu wirken. »Ach, ich weiß auch nicht, wo es ist. Merkwürdig. Wir müssen dir ein neues kaufen. Ich kaufe dir ein neues. Keine Sorge! Bis dein Handgelenk geheilt ist, haben wir dir längst ein neues Cello gekauft. Ein besseres. Ein richtiges Profiinstrument. Wir fahren nach Manchester, und du kannst dir aussuchen, was du willst.«

»Ich will kein neues Instrument«, sagtest du. Jetzt stahl sich Argwohn in deine Stimme. »Wo ist mein Cello? Es war in meinem Zimmer, und jetzt ist es weg. Das ist doch völlig absurd!«

Da hattest du natürlich recht. Aber was konnte ich tun? Es auf irgendwelche Einbrecher schieben und am Ende noch riskieren, dass du die Polizei einschaltest?

»Woher soll ich wissen, wo dein Cello ist? Im Ernst, Bryony, warum sollte ich dein Cello verstecken? Ich höre dich doch so gerne spielen.«

Ich starrte in den Porridgetopf, deshalb erinnere ich mich nicht an deine Miene. Vermutlich spiegelten sich Wut und Verwirrung in ihr.

Du gabst keine Antwort mehr. Du gingst aus der Küche, und ich stand da und rührte im Porridge, der am Topfboden angebrannt war, während im Radio irgendjemand über das langsame Sterben unserer Sonne sprach.

Ach ja, und noch etwas. Mrs. Weeks kam in den Laden, um sich zu erkundigen, wie es am Donnerstag mit George gelaufen war. Sie wirkte wie immer elegant, mit ihrem glatten Bob, war tadellos gekleidet, machte aber einen aufgewühlten Eindruck. Sie nickte die ganze Zeit, zuckte immer wieder zusammen und klammerte sich an ihren Weidenkorb, während ich ihr berichtete. Ich erzählte ihr, dass George sich trotz meiner anfänglichen Zweifel als erstaunlich fähiger Verkäufer erwiesen hatte, der über hervorragende Kenntnisse verfügte.

»Sie haben ein Wunder vollbracht, Mrs. Weeks«, schloss ich. »Sie haben den alten George wieder in ihm erweckt. Verraten Sie mir Ihr Geheimnis?«

Sie nickte weiter, obwohl ich längst schwieg. Ihre Augen starrten zwar in meine Richtung, schienen aber durch mich hindurchzublicken, als stehe einen Meter hinter mir ein weiterer Terence, dem sie immer noch zuhörte.

»Jemand hat Stuart attackiert«, sagte sie.

»Stuart?«

Sie schloss die Augen und schluckte. »Georges Vater. Er war auf dem Heimweg. Es ist vor seiner neuen Wohnung passiert. Jemand hat ihn aus heiterem Himmel angegriffen.«

Mich überlief es kalt vor Angst. Ich dachte an die Begegnung mit Mr. Weeks und den Touristen auf dem Weg zum Clifford's Tower. Ich dachte an seine wütende Stimme und die unbeweglichen Lippen, im Bart verborgen, während ich im Ladeneingang gestanden hatte.

»Oh«, sagte ich matt. »Wie schrecklich. Geht es ihm …«

»Ja. Er war stundenlang bewusstlos, und wir hatten eine fürchterliche Nacht, aber jetzt geht es ihm wieder gut. Die Ärzte sagen, er hatte großes Glück, dass er sich von einer so schlimmen Verletzung so schnell erholt hat.«

Ich fragte mich, warum sie den ganzen Weg auf sich genommen hatte, um mir diese Nachricht zu überbringen. (Natürlich rangieren Antiquitätenhändler als gute Zuhörer gleich hinter Priestern und Psychotherapeuten. Ich glaube, das hat mit all diesen alten Dingen zu tun, die als stumme Zeugen im Lauf der Jahrhunderte so viel gesehen haben. Doch hatte mich Mrs. Weeks noch nie zuvor mit ihren Problemen behelligt, egal, wie groß manchmal die Versuchung gewesen sein mochte. Normalerweise hatte sie die Situation so fest im Griff wie jetzt ihren Korb.)

Dieser Gedanke beunruhigte mich und drängte mich zu einer Frage. »Wer um alles in der Welt würde denn so etwas tun? Hat man den Täter gefasst?«

Als Mrs. Weeks rasch den Kopf schüttelte, empfand ich, ohne mir das eingestehen zu wollen, eine gewisse Erleichterung. »Nein. Er hat nichts gesehen. Die Polizei sagt, dass man den Angreifer vermutlich nie erwischen wird. Wegen der Uhrzeit, und weil es weder Zeugen noch Videokameras gab. Ach, Mr. Cave, ich habe solche Schuldgefühle!«

Ihre Worte klangen wie ein Echo meiner eigenen Ängste. »Schuldgefühle?«

Sie holte tief Luft, es hörte sich an wie ein umgekehrter Seufzer, bevor sie versuchte, sich ihre Schuldgefühle von der Seele zu reden. »Wissen Sie, er wollte eigentlich gar nicht ausziehen, aber ich hatte, vor allem George zuliebe, darauf bestanden, dass er seine Entscheidung noch einmal überdachte. Wäre er auf dem Heimweg zu uns gewesen, wäre das nie passiert.«

»Oh, verstehe«, erwiderte ich. »Aber seien Sie nicht zu streng mit sich selbst. Sie konnten das ja nicht ahnen, oder? Die Hauptsache ist doch, dass er sich auf dem Weg der Besserung befindet, nicht wahr? Mrs. Weeks?«

Ihr Gesicht wurde ganz faltig, schrumpelte zusammen wie eine welkende Frucht, und sie begann plötzlich zu schluchzen.

»Oh, Mrs. Weeks, Mrs. Weeks, Mrs. Weeks …« Ich kam hinter dem Ladentisch hervor und hielt sie in den Armen, während der Weidenkorb sperrig zwischen uns hing.

»Ich komme mir so lächerlich vor«, schluchzte sie. »Sie haben dieses Jahr ja schließlich sehr viel Schlimmeres durchgemacht.«

Ich sah über ihre Schulter hinweg Cynthias Schaufensterdekoration, das Tableau der nackten Figürchen auf der Frisierkommode, und empfand plötzlich Scham. Denn in mein Mitgefühl für diese bedauernswerte Frau mischten sich noch andere Empfindungen.

Ach, es ist schon seltsam. Ich kann dir zwar alle möglichen entsetzlichen Taten offenbaren, aber im Fall dieses sehnsüchtigen Verlangens, das ich damals verspürte, scheue ich davor zurück, Rechenschaft abzulegen. Aber ich weiß, dass ich ehrlich sein muss. Unbedingt. Ich muss dir sagen, dass ich nicht nur dein Vater, sondern auch ein ganz normaler Mann bin, ein Mann, der wusste, dass die stillen Gestade seiner romantischen Seele jeden Moment von Wogen der Sehnsucht überspült werden konnten.

Ich küsste sie auf die Stirn. Ich spürte ihren zierlichen Körper und das darin pulsierende Leben an meinem Körper. Ich roch den Blütenduft ihres Shampoos und sah verschwommen unter mir ihren blonden Kopf. Sie klammerte sich an mich, als wäre ich ein Floß auf dem Meer.

»Die Trennung war so fürchterlich schwer«, klagte sie.

»Machen Sie sich keine Sorgen mehr«, erwiderte ich. »Alles wird gut. Die Zeit wird alles richten.«

Ich stand da, genau an der Stelle, wo deine Mutter gestorben war, und hielt diese andere Frau in meinen Armen. Ich beschwichtigte sie mit Worten, die man eigentlich nur als Vater oder Ehemann aussprechen darf.

Als ich ihr über den Rücken strich, spürte ich ihren himmlisch weichen Kaschmirpulli unter meiner Hand. »Alles wird gut«, sagte ich und empfand den süßen Trost dieser Lüge. »Es wird immer alles gut.«

»Wie dumm von mir«, schniefte sie und tupfte sich mit ihrem strahlend weißen Taschentuch ein paar Tränen ab. »Was müssen Sie jetzt von mir denken?«

»Ich denke gar nichts«, erwiderte ich.

Aber was dachte ich wirklich? War es möglich, dass hinter dem Wunsch, jemanden zu beschützen, der Wunsch stand, diesen Menschen zu besitzen? Hinter dem Wunsch, einen Menschen im Arm zu halten, der Wunsch, ihn fest an sich zu pressen? Hinter dem Wunsch, zu lieben, der Wunsch zu zerstören? Während dieser Träumereien fuhr ein Bus am Schaufenster vorbei. Ein Doppeldecker mit Reklame für ein Pariser Parfüm.

Ange ou Démon?, fragte das vamphafte Mannequin, das von der Buswand in den Tag hinausstarrte.

Les deux sont la même chose, kam meine stumme Antwort, während ich Mrs. Weeks tröstend weiterstreichelte.

Dann der nächste Morgen, als ich mich angeblich beim Rasieren schnitt. Das war eine Lüge, Bryony. Das war kein Rasiermesser, sondern eine Zahnbürste. Und es war nicht mal ich, sondern dein Bruder, der meinem Verstand einen bösen Streich spielte.

Ich sah Blut.

Ich sah Blut auf der Zahnbürste.

Ich sah einen Blutfleck auf dem Spiegel.

Die Wunde brannte, aber nicht so wie das Wort.

Teefleck. Teefleck. Teefleck. Die Hand bewegte sich schneller, verwandelte Braun in Rot, ein durchdringender Schmerz.

Ich sah das tropfende Blut, blickte ins Waschbecken und erkannte für einen Moment den Wahnsinn, den ich da beging. Ich machte weiter, während das Wort in meinem Innern widerhallte.

Teefleck.

Ich hörte das Wort so, wie Aaron es sagte. Nur dieses Wort. Als sei das mein einziger Name. Seiner. Meiner.

»Na gut, Teefleck.«

»Schöne Pleite, Teefleck.«

»Bis dann, Teefleck.«

Und ich erinnerte mich an den Gedanken: Wenn ich die Haut tief und großflächig abschürfe, ist es nicht mehr da.

»Verdammt!«

Ich sagte es laut. Mit geschlossenen Augen. Mein Gesicht schmerzverzerrt.

Ich sah mich die Zahnbürste ins Waschbecken werfen und spürte das Pochen in meiner Wange. Es schmerzte noch schlimmer.

Ich öffnete die Augen und spülte das wässrige rosa Blut den

Ausguss hinunter. Ich schnappte mir eine Klopapierrolle. Blutstropfen fielen auf den Toilettendeckel und den Teppich und wurden schwarz.

Ich drückte das Klopapier auf die Wunde. Es saugte sich voll.

Meine eigene Stimme draußen vor der Tür. »Reuben? Was machst du da drin? Reuben? Brauchst du wirklich so viel Wasser?«

»Dad«, sagte ich. »Ich … ich … kann nicht …«

Ich drehte den Wasserhahn zu, und die Tür ging auf. Aber nicht ich stand draußen auf dem Treppenabsatz. Sondern du standest da, in deiner Schuluniform.

»Dad?«

»Bryony?«

»Oh, mein Gott! Was ist denn passiert? Hier ist überall Blut!«

Ich sah jetzt mein Gesicht, meine faltige, gealterte Haut, meine Terence-Haut, über die das Blut rann. Und dann sah ich das blutgetränkte Papier.

»Ich hab mich beim Rasieren geschnitten.«

Hast du die Zahnbürste im Waschbecken gesehen? Warst du misstrauisch, weil die Wunde so groß war? Gesagt hast du jedenfalls nichts.

»Dad, setz dich hin. Setz dich auf die Toilette. Ich hole einen Waschlappen. Ich kümmere mich um dich.«

Ich war völlig benommen. Ich saß auf der Toilette und starrte in Turners wogendes Meer auf der Wand hinter dir.

Ich weiß noch, wie du das Pflaster aufklebtest, mit sanftem Druck, wegen deines Handgelenks.

»Mein süßes Herzblatt. Meine Florence Nightingale«, sagte ich und ignorierte, dass du bei diesen Worten zusammenzucktest. Und auch ich zuckte zusammen, als du mit dem Finger auf das Pflaster klopftest. Ein seltsam in die Wunde einschießender Schmerz. Ich glaube, das war der Moment, wo du mich fragtest, ob du am Abend ins Sportzentrum gehen dürftest. Du wolltest wieder mal schwimmen, sagtest du. »Das tut meinem Handgelenk gut. Hat der Arzt gesagt.«

»Ja«, erwiderte ich und konnte mich vor lauter Schwäche nicht erinnern, ob das stimmte. »Natürlich. Ich bringe dich hin.«

Ich ließ dich am Sportzentrum aussteigen und wartete auf dem Parkplatz, immer noch den pochenden Schmerz in der Wange.

Meine Stimmung war auf einem Tiefpunkt angelangt. Ich hasste unsere Spielchen. Zwar wusste ich seit dem Abend am Clifford's Tower, dass mir nichts anderes übrig blieb, aber ich wünschte mir inständig, du würdest mich dieses Mal nicht belügen. Und als sich Denny tatsächlich nicht zeigte, begann ich schon, daran zu glauben. Vielleicht warst du ja doch einfach eine ganz normale, ehrliche Tochter, die sich wieder einmal, so wie früher, einen Schwimmabend gönnte. Und vielleicht war ich doch einfach ein ganz normaler Vater, der geduldig draußen im Wagen wartete.

Natürlich machte ich mir da selbst etwas vor. Denn ich wartete ja nur deshalb auf dem Parkplatz, weil ich keine andere Wahl hatte. Ich konnte eben leider nicht darauf vertrauen, dass du in diesem hässlichen Gebäude bliebst und wirklich schwimmen gingst.

Ich musste dich ins Haus verschwinden sehen und die Tür im Auge behalten, falls du zu früh wieder herauskamst.

Als dies nicht geschah, schöpfte ich Hoffnung, du könntest dich wirklich geändert haben. Vielleicht hatte es jetzt ja doch ein Ende mit der Lügerei. Vielleicht war das nur eine schreckliche Phase gewesen. Vielleicht warst du nun doch zur Vernunft gekommen und hattest die wie auch immer geartete Beziehung zu diesem Jungen beendet. Vielleicht war es dir peinlich gewesen, dass er zu spät in die Aula gekommen war. Oder du hattest endlich erkannt, dass deine kostbare Seele etwas viel Besseres verdient hatte als ihn.

Aber da hörte ich es. Ein Gebrüll, das sogar die Dimensionen des Sportzentrums zu sprengen schien. Es klang nach Pöbel, nach Rebellion, und erschreckte mich bis ins Mark. Der Lärm flaute ab, aber ich war schon aus dem Wagen gestiegen und rannte auf die riesigen Fenster der Schwimmhalle zu. Ich presste mein Gesicht an die dunkel getönten Scheiben, um das Becken zu sehen. Suchend glitt mein Blick über die blauen Schwimmbahnen, aber ich konnte dich nirgends entdecken. Vielleicht warst du ja noch nicht fertig umgezogen. Ja, ich würde warten, hier vor der Fensterfront, bis du aus der Umkleidekabine kamst. Dann würde ich zum Wagen zurückschlendern, Radio 3 einstellen und ein bisschen Musik hören.

Das blutbefleckte Pflaster auf meiner Wange war nicht sonderlich hilfreich, die Schwimmerinnen warfen mir beunruhigte Blicke zu. Ich sah schon, was den Damen, die hier gemächlich ihre Bahnen zogen, durch den Kopf ging, und gab mir Mühe, trotz der schwierigen Umstände so locker und nichtpervers zu wirken wie irgend möglich.

Plötzlich hörte ich es wieder. Das Gebrüll, wie ein tobender Sturm. Ein Sturm, der mich zum Eingang wehte, durch die roten Schwingtüren und zum Kiosk, in dem ein Kaugummi kauendes Faultier hockte. Ich erklärte der Frau, dass ich dich suchte und mir Sorgen machte, dir könne im Umkleidebereich etwas zugestoßen sein, aber vergeblich.

»Sie haben sich wohl verletzt«, meinte sie nur und bewies damit ein Deduktionstalent, das eines Sherlock Holmes würdig gewesen wäre.

Jetzt hörte ich den aufbrandenden Jubel zum dritten Mal.

»Was war denn das für ein Lärm?«, fragte ich.

»Boxen«, informierte sie mich und kaute wie eine Kuh gemächlich weiter.

»Boxen?«

Als ich mich umdrehte, sah ich ihn. Er hielt die Fäuste vors Gesicht. Einer von acht jungen Gladiatoren. North of England Under 18 s Amateur Boxing League. Jetzt sah ich seinen vollen Namen, zum ersten Mal. Dennis ›Hammerblow‹ Hart.

Hart.

Ja, wirklich ein Hammerschlag. Allerdings war ich so wild entschlossen, dich zu finden, dass ich den Namen kaum registrierte.

»Für lau kann hier aber niemand beim Boxen zuschauen«, meinte das Faultier. Doch ich hatte mich schon in Bewegung gesetzt und lief durch die quietschsauberen, nach Chlor riechenden Flure Richtung Sporthalle. Dort angekommen, spähte ich durch die Türen, durchs Drahtgeflecht des Sicherheitsglases, und sah Denny im Ring. Er hatte einen schwarzen Jungen in die Ecke gedrängt und boxte, angefeuert von der Menge, auf ihn ein, bombardierte ihn mit Schlägen, die immer heftiger wurden, je mehr sich das Gebrüll steigerte.

Du warst kaum zu übersehen. Du warst die Einzige in diesem Pöbelhaufen, die nicht die Fäuste in die Luft stieß, nicht nach Gewalt schrie. Im Gegenteil, das blutrünstige Gebrüll um dich herum schien dich nervös zu machen. Ja fast zu ängstigen. Mein armes kleines Herzblatt inmitten dieses Gesindels!

Ich empfand zwei widersprüchliche Impulse. Der erste Impuls, den man den »Cynthia-Reflex« nennen könnte: an der Tür stehen bleiben, dich in Ruhe lassen, mich bloß nicht einmischen. Ich wusste ja jetzt, wo du warst. Du musstest das Gebäude durch den Haupteingang verlassen. Ich hätte also, in dem Wissen, dass du in Sicherheit warst, einfach zum Wagen zurückkehren und auf dich warten können. Und hatte ich nicht genau dies vorgehabt? Hatte ich mir nicht geschworen, nur im äußersten Notfall einzugreifen? Behielt ich deine Doppelexistenz so nicht am ehesten im Griff?

Doch der zweite Impuls drängte den ersten in die Ecke. Irgendwie fand ich diese Szene grauenhaft. Deine Unschuld wurde von dieser wilden, unzivilisierten Meute befleckt, schmolz dahin wie der letzte Märzenschnee. Nein. Es war einfach zu viel. Zurückhaltung war nicht mehr angebracht. Ich musste meine Strategie ändern.

Dies sollte das allerletzte Mal sein, dass du mich getäuscht hattest. Ein Spaziergang zu zweit in der Stadt war das eine, aber das hier …

Nein. Stopp. Mal ganz ehrlich, Terence. Na gut, was mich wirklich in die Sporthalle trieb, war die Erkenntnis, dass du ihn liebst. Das wurde mir damals schlagartig klar. Warum sonst wärst du dort gesessen, so außerhalb deines Elements wie ein Turmfalke im Ozean, und hättest diesem Boxer bei seiner lockeren Auslegung der Queensberry-Regeln zugeschaut?

Ich stieß die Türen auf, und als ein Mann mir die Hand auf den Arm legte, schüttelte ich sie einfach ab.

»Hey, Kumpel, kann ich dein Ticket sehen?«

»Nein«, rief ich gegen den Lärm an. »Leider nicht.«

Ich rannte auf dich zu. Ein paar Leute hatten schon bemerkt, dass da ein Eindringling vom Ticketkontrolleur verfolgt wurde, und das blutrünstige Gebrüll ließ etwas nach. Als ich den Mittelgang der Tribüne hochstieg, war die ganze Halle verstummt, nur die beiden Jungs im Ring boxten weiter. Irgendwo hinter mir signalisierte der Gong das Ende der zweiten Runde.

Was empfandest du damals bei meinem Anblick außer Scham? Scham, die dich dazu brachte, dein schönes Gesicht in den Händen zu verbergen.

Entschuldigungen murmelnd, drängte ich mich an all den Knien vorbei, ignorierte das Gemotze ringsum und eilte auf dich zu.

»Bryony! Ich dachte, du wolltest schwimmen!«

»Geh«, hörte ich dich leise sagen, mit zusammengebissenen Zähnen. Deine Wangen brannten. Du konntest mir nicht in die Augen sehen.

»Bryony, du hast mich belogen. Komm jetzt, wir fahren nach Hause.«

»Dad, geh einfach!«

»Du hörst doch, was sie sagt, Kumpel«, knurrte ein Quadratschädel mit verfaultem Gebiss, der neben dir saß. In seinen Arm war ein keltisches Kreuz eintätowiert, und übers T-Shirt hing ihm ein Medaillon aus billigem Talmi. »Hau ab!«

Dann der Ticketkontrolleur: »Hey, Kumpel, wenn du kein Ticket hast und keins kaufen willst, muss ich dich leider bitten, sofort zu verschwinden. Kumpel … Kumpel … Kumpel.«

Der Auftaktgong zur nächsten Runde ertönte, aber die Hälfte des Publikums starrte immer noch zu uns her. Ich packte dich am Arm. »Lass das Mädel in Ruhe!«, sagte der Mann mit dem fauligen Gebiss.

Dir war klar, dass die peinliche Situation zu eskalieren drohte. Und so standest du auf und folgtest mir durch die brüllende Menge quer durch die Halle.

Auf halbem Weg zur Tür drehtest du dich nach Denny um. Er fing deinen Blick auf und vergaß einen Moment lang, wo er sich befand. Er ließ die Arme hängen und stand einfach nur da.

Ich hörte dich leise wimmern vor Schmerz, als die Faust des Gegners sein Kinn traf und er nach hinten taumelte. Wir verließen die Halle, während er die Arme in die Seile hakte und ein weiterer Schlag ihm die Sinne raubte. Wir gingen die Korridore entlang, passierten Pinnwände, Verkaufsautomaten und Squashspieler mit erhitzten Gesichtern.

»Bryony, ich begreife einfach nicht, was du für diesen Jungen empfindest! Aber lass dir eins gesagt sein: Du verschwendest deine Gefühle an den Falschen. Er ist nicht der Richtige für dich. Du hast etwas Besseres verdient. Du verdienst einen Jungen, der deine Interessen teilt. Dem Kultur etwas bedeutet. Einen zivilisierten Menschen. Jemanden, der nicht nur seine Fäuste zu gebrauchen weiß.«

Du drehtest dich mit einem so vernichtenden Blick zu mir um, dass ich mich fragte, ob dich die Brutalität, die du an ihm liebtest, bereits infiziert hatte.

»Was weißt du schon von ihm«, sagtest du. »Du bist doch nur ein Snob, der echt keine Ahnung hat. Jetzt ist er verletzt. Er ist verletzt! Deinetwegen. Du hast doch keine Ahnung.«

Plötzlich eine flirrende Erinnerung, wie ich mit Denny in ein Haus ging. Der ekelhafte Gestank von Erbrochenem überlagerte einen Moment lang den Chlorgeruch.

»Ich weiß, dass Imogen ihn nicht …« Ich biss mir gerade noch auf die Zunge und wechselte das Thema. »Falls dies irgendetwas mit deinem Bruder zu tun haben sollte, liegst du völlig falsch. Diesem Jungen war Reuben egal. Er war da, als Reuben starb. Er hat zugelassen, dass Reuben auf den Laternenpfahl kletterte, damit sie sich auf seine Kosten billig amüsieren konnten. Wenn er und diese nichtsnutzigen Rüpel nicht gewesen wären, würde Reuben noch leben.«

Ich sah dich den Kopf schütteln und die Augen schließen, und falls du irgendetwas wusstest, behieltest du es für dich.

»Du bist kein Vater«, sagtest du, als wir in die kühle Abendluft hinaustraten. »Du bist ein Diktator. Du bist ein verrückter, gruseliger Faschist, und ich hasse dich. Von mir aus kannst du sterben.«

»Nein«, sagte ich. »Das ist nicht dein Ernst. Das ist doch nur theatralisches –«

»Eines Tages wachst du auf, und ich bin weg. Ich bin weg, für immer.«

Wir betraten den Parkplatz, und ich sah dich an, sah dein Gesicht, dein Stirnrunzeln, das deine Schönheit verunzierte wie ein Riss die Schönheit einer Vase.

»Das ist nicht dein Ernst.«

»O doch. Das ist mein voller Ernst. Du wirst sehen. Du wirst schon sehen.«

Und in diesem Moment klangst du vollkommen aufrichtig.

Ich muss etwas klarstellen:

Dick Turpin war kein Mann, der Bewunderung verdient hätte. Als ihr klein wart, sollte ich euch immer von ihm erzählen, und ich darf wohl sagen, dass mir das Spaß gemacht hat, aber jetzt nagen Zweifel an mir.

Dick Turpin war ein Straßenräuber, so weit stimmt die Geschichte, aber seine Niedertracht hatte nichts Heroisches. Er hatte kein Pferd namens Black Bess, ritt nicht in vierundzwanzig Stunden von London nach York, kümmerte sich nicht um das Wohlergehen seiner Opfer. Das waren Ausschmückungen, romantische Beschwörungen aus der Feder viktorianischer Romanciers. Der echte Richard Turpin war ein brutaler Folterer, der alte Frauen so lange über ihr Herdfeuer beugte, bis sie ihm verrieten, wo ihr Geld versteckt lag. Er war ein Mann, der seinen besten Freund erschoss und seinen Vater ins Gefängnis gehen ließ, nur um sich selber zu retten. Er war ein Vergewaltiger, ein Verbrecher, der Angst und Schrecken verbreitete, sich in Höhlen verbarg und meist alte, schutzlose Menschen zu seinen Opfern machte. Ein Mann, der trotz all seiner List und Tücke verhaftet wurde, weil er einen Hahn schoss, ein Schurke, der sogar noch im Yorker Kerker mit seinen Heldentaten prahlte und schließlich Leute dafür bezahlte, dass sie zu seinem Begräbnis kamen.

Ich hätte euch einen Schuft nicht als Helden präsentieren dürfen. Ich hätte dir beim ersten Besuch der Pferderennbahn nicht den ehemaligen Standort der Galgen zeigen, deine Fantasie nicht anstacheln dürfen mit der berühmten Geschichte, wie Turpin sich kaltblütig von der Leiter in den Tod stürzte. Ich hätte dir nicht erlauben dürfen, dein Pferd nach ihm zu nennen. Ach, hätte ich dir doch stattdessen Heiligenlegenden erzählt, Geschichten von Menschen, die am eigenen Leib Böses und Gewalt erfahren haben, aber ich tat es nun mal nicht. Und so beförderte ich diese Blindheit, diese Unfähigkeit, das Böse zu erkennen, dieses Gebrechen, von dem ich, wie ich inzwischen weiß, auch selbst betroffen bin.

Ich hatte mit Cynthia eine kleine Auseinandersetzung am Telefon.

»Sie lügt mich an«, sagte ich.

»Ach, Terence!«, brauste sie wie üblich auf. »Sie ist ein Teenager! Sie braucht das Lügen wie die Luft zum Atmen.«

»Sie begibt sich in Gefahr«, erwiderte ich. »Sie hat behauptet, sie gehe schwimmen, und sich stattdessen einen Boxkampf angeschaut. Einen Boxkampf!«

Ein langer Cynthia-Seufzer. »Sie braucht ihre Freiheit, Terence. Du kannst sie doch nicht ersticken!«

»Freiheit«, sagte ich. »Was bedeutet heute noch Freiheit? Freiheit ist ein Mythos, Cynthia. Es gibt nur Sicherheit. Das ist alles. Und wenn ich nicht weiß, wo sie ist, wie soll ich auf sie aufpassen?«

Jetzt wurde sie richtig sauer. »Glaubst du denn, ich hätte immer gewusst, wo Helen war? Natürlich nicht! Sie war ständig auf Achse, im Gemeindezentrum, bei Popkonzerten. Sie hat dauernd irgendetwas angestellt.«

»Das war ja eine andere Zeit. Und Helen war immer stark. Wogegen Bryony so ...«

»So was?«

»So zart ist.«

Sie lachte bitter. »So kann wirklich nur ein Mann daherreden. Ein Vater.«

»Na ja, ich bin ein Mann und ein Vater, dann ist es doch gar nicht verwunderlich. Und wie redest du daher? Wie eine Großmutter mit Scheuklappen?«

»Na gut«, meinte sie. »Nehmen wir mal an, du hättest recht. Nehmen wir an, sie wäre ein zartes kleines Ding. Und nehmen wir an, sie hat – autsch!«

»Cynthia?«, fragte ich. »Alles in Ordnung?«

»Ach, nur diese verflixte Hernie. Wo war ich stehen geblieben?«

»Nehmen wir an, sie wäre ein zartes kleines Ding«, erinnerte ich sie, und es folgte eine langatmige Metapher über die Kunst der Schmetterlingshaltung, die sich anhörte, als lese Cynthia von einem Glückskekszettel ab.

Jetzt war es an mir zu seufzen. »Hast du das aus deinen Selbsthilfebüchern?«

»Ach, Terence, lass den Quatsch!«, fauchte sie.

»Ich möchte sie einfach nur beschützen.« Ich sprach jetzt leiser, weil ich oben Schritte hörte. »Ich möchte sie vor Gefahren bewahren.«

»Du musst ihr Luft zum Atmen lassen.«

»Ja. Aber ich muss auch dafür sorgen, dass sie die richtige Luft einatmet. Wenn sie diesen Denny küsst, könnte sie genauso gut die Nase an einen Auspuff halten. Beides richtet langfristig Schaden an.«

Cynthia lachte gequält. »Du solltest dich mal reden hören! Der langfristige Schaden des Küssens! Also wirklich! Sei doch vernünftig, Terence. Du musst die Welt akzeptieren, wie sie ist. Wir befinden uns nicht mehr im Mittelalter. Diese finsteren Zeiten sind vorbei. Du kannst Bryony nicht in einen Turm sperren, bis sie einundzwanzig ist.«

Cynthia täuschte sich. Es waren die finstersten Zeiten überhaupt. Die Tage des erlöschenden Lichts. »Du klingst genau wie die«, sagte ich.

»Wer sind denn *die?*«

»Die! Die Gutmenschen. Diese Schlaffis, die uns den Hunden vorgeworfen haben.«

»Und wie sähe deine Lösung aus? Bryony in Watte packen und nicht mehr aus den Augen lassen?« Sie beruhigte sich wieder. »Hör mal, du musst einfach nur warten, bis sie diese Phase überwunden hat. Du musst sie einfach … *so sein lassen.*«

In diesem Moment wusste ich, dass ich auf mich allein gestellt war. Bisher hatte ich ja meistens auf Cynthia zählen können, doch in diesem Kampf stand sie nicht an meiner Seite.

»Na gut, Cynthia. Ich muss jetzt gehen.«

»Okay, gut, tschüss. Mach keine Dummheiten.«

»Nein, versprochen. Tschüss.«

»Tschüss.«

Und ich blieb sitzen und lauschte dem endlosen Tuten des Freizeichens, während ich immer klarer sah, welche Aufgabe mir jetzt bevorstand.

Als ich George sagte, das mit seinem Vater tue mir leid, nickte er nur und schloss Augen und Mund, als fliege eine Wespe an seinem Gesicht vorbei.

Er machte sehr viel mit sich selber aus, das war mein Eindruck. Ich bewunderte ihn sogar dafür. So wachsen wir über uns hinaus, nicht wahr? Indem wir in guter britischer Tradition mit aller Kraft die Türen zu unseren Emotionen blockieren.

Ich ließ ihn eine Kommode reparieren, die Führungsschienen der Schubladen. Als er gegen Mittag fertig war, schickte ich ihn los, um Wachspolitur und unseren Lunch zu besorgen.

Lass mich nachdenken. Es muss etwa zehn nach eins gewesen sein, als George zurückkam, außer Atem, mit Lunch und Wachspolitur. Zuerst sagte er nichts. Ich hatte schon zweimal in mein Käsesandwich gebissen, als er beiläufig damit herausrückte.

»Ich habe gerade Bryony gesehen«, sagte er.

Das klang so entspannt, dass ich erst mal gar nicht richtig hinhörte. Ich nickte nur und nahm noch einen Bissen, als hätte er eine Bemerkung über das Wetter gemacht. Aber plötzlich schrillten alle Alarmglocken.

»Moment mal, was hast du da gesagt?«

Er schluckte und schob sich die Brille auf die Nase. »Bryony. Ich habe sie gerade gesehen.«

»Nein, George, du musst dich täuschen. Sie ist in der Schule«, sagte ich. »Sie hat jetzt Mittagessen in der Schule.«

Er zuckte die Achseln und blickte zu einer der Figuren hinüber. Das *Mädchen mit Tamburin.* »Vielleicht täusche ich mich. Aber sie sah so aus. Ich hab ihren Namen gerufen, und sie hat sich umgedreht, lief dann aber weiter. Ich hatte den Eindruck, sie hatte es eilig.«

»War sie allein?«

»Ja«, erwiderte er und schob erneut die Brille auf die Nase.

»Wo? Wo war das?«

»Auf dem Mount«, sagte er. »Auf dem Weg Richtung –«

»Schule?«

»Ja.«

Ein kostbares Elixier in einem Fass. Während man das Loch, aus dem es rinnt, mit der Hand abdichtet, hat mein ein anderes Loch übersehen.

Ich kam mir vor wie ein Idiot. Wo warst du gewesen? Hattest du dich mit ihm getroffen?

Ich rief in der Schule an, behauptete, ich wolle mit dir reden. Man ging dich holen, aber ich hatte nichts zu sagen. Mir war es nur darum gegangen, deine Stimme zu hören, und jetzt, wo ich sie hörte, wusste ich nicht, was ich sagen sollte. Ich musste mir irgendetwas ausdenken.

»Cynthia muss ins Krankenhaus«, sagte ich.

»Weiß ich doch.«

George starrte mich mit vollen Backen an und hörte, in banger Erwartung, einen Moment lang zu kauen auf.

»Wegen ihrer Hernie.«

»Weiß ich doch alles. Warum rufst du an?«

»Sie hat jetzt einen Termin. Am Achtzehnten. Sie rief heute Morgen an und sagte, dass sie am Achtzehnten ins Krankenhaus muss.«

»Ich hatte gerade Französisch.«

»Sie wird über Nacht bleiben müssen.«

»Das war voll peinlich.«

»Sie klang so besorgt.«

»War's das?«

»Ja.«

Du stöhntest genervt.

»Dann bis um vier«, sagte ich, aber du hattest schon aufgelegt.

George war verwirrt.

»Es ist schwierig mit Bryony«, erklärte ich ihm. »Sie hat Geheimnisse vor mir.«

Er nickte und riss hinter den Brillengläsern die Augen auf, als sei das noch ziemlich untertrieben.

»George? Weißt du irgendetwas? Über Bryony?«

Er zögerte einen Moment zu lang.

»Nein«, sagte er dann. »Ich habe keinen Kontakt mehr zu dieser Clique.«

»Aber davor. Ihr hattet doch ein paar gemeinsame Bekannte. War da irgendetwas?«

Er schob sich den letzten Bissen seines Sandwichs in den Mund, schüttelte den Kopf und starrte zur Kommode hinüber.

»George? War da irgendetwas?«

»Nein«, erwiderte er. Und dann, errötend: »Na ja, nicht direkt.«

»Nicht direkt? Was soll das heißen?«

»Nichts«, sagte er. »Ich will nicht, dass sie Probleme kriegt.«

Er kapierte es einfach nicht. »Du würdest ihr keine Probleme bereiten, George. Du würdest ihr helfen.«

Er dachte nach, oder schien zumindest nachzudenken, und sog zweimal an seinem Inhalator.

Und dann, nachdem ich ihn eindringlich befragt hatte, erzählte er mir etwas, das ich hier gar nicht wiedergeben kann. Etwas, das an jenem Abend auf dem Feld passiert ist. Ein Vorfall, der sich zwischen dir und einem anderen Jungen abspielte, vor aller Augen, nachdem du getrunken hattest. Ein grotesker Akt, an dem du vollkommen freiwillig beteiligt warst. Ich erinnerte mich daran, wie Uriah Heeps Hand damals am Abend in diesem fürchterlichen COCKPIT deinen Rücken hinabgeglitten war, und fand die Geschichte nur allzu glaubhaft, zumal George sie so stockend und zögerlich vortrug.

»Ich hätte Ihnen das nicht sagen sollen«, meinte er schließlich. »Tut mir leid, Mr. Cave.«

Das süßliche Chutney-Aroma, das mir noch am Gaumen klebte, verlieh den entsetzlichen Bildern, die mich quälten, einen widerwärtigen Beigeschmack. Ich würgte bei dem Gedanken, dass du dich, vor diesen Jungs, als Lustobjekt hattest missbrauchen lassen Meine Bryony! Mein unschuldiges Herzblatt! Was war mit dir passiert? Was war seit Reubens Tod mit dir passiert, dass du dich so erniedrigen ließt? Ich besaß keine Kontrolle mehr über meine Gedanken. Mich überfluteten Bilder von diesem Mädchen, das ich zwar liebte, aber auch verachtete. Diesem Mädchen, das meine Tochter war und sich selbst zerstörte. Ich war entsetzt. Es kam mir vor, als hätte ich Marcel Duchamp dabei beobachtet, wie er der Mona Lisa seinen Schnurrbart malte. Du warst mein Kunstwerk, mein so unendlich kostbares Herzblatt und sahst dich selber offenbar nur als billige Postkarte. Eine blasse Kopie der Bryony von einst.

»Du hast mich damals gestoßen, George«, sagte ich. »Du hast mich gestoßen!«

Er nickte. Seine Wangen brannten hochrot. Er begriff, was er getan hatte. »Es tut mir so leid, Mr. Cave. Ich wollte einfach dazugehören. Ich wollte, dass die mich akzeptieren. Aber jetzt habe ich mich geändert.«

Er brach fast in Tränen aus. Ich schwöre dir, in seinen Augen glänzten Tränen.

»Ja, das sehe ich«, sagte ich. Und da George in dieser Mission nun mein Verbündeter war, ein Verbündeter, der mir Informationen liefern konnte, durfte ich nicht allzu streng mit ihm sein. »Keine Sorge, George. Ich bin froh, dass du es mir gesagt hast.«

»Aber Sie ... Sie sagen es Bryony nicht weiter, oder? Dass ich was erzählt habe.«

»O nein, George«, erwiderte ich, während Reuben irgendwo um uns herum lautlos lachte. »Das bleibt unser Geheimnis.«

Ich wollte dich von der Schule abholen. Durch die Frontscheibe beobachtete ich, wie die Tagesschülerinnen und Wocheninternatsschülerinnen lachend und schwatzend durchs Schultor strömten. Ihren aufgekratzten Stimmen hörte man die überschäumende Vorfreude aufs Wochenende an. Vierhundert Schülerinnen, aber du warst nicht dabei. Immer mehr strömten durchs Tor, steuerten auf wartende Autos zu oder schlugen die Richtung zum Bahnhof ein, im Begriff sich in ihr anderes Selbst zu verwandeln. Allmählich wurde das Gelächter immer widerlicher, die Gesichter wurden immer unerträglicher, je weniger Mädchen durchs Schultor kamen und je mehr Autos, eins nach dem anderen, wegfuhren.

Ich sah Imogen, aber du warst nicht bei ihr. Ich stieg aus und lief hinüber, tippte sie auf den Arm, und sie fuhr erschrocken zusammen und brauchte einen Moment, bis sie mich erkannte, einen Moment, in dem ich nicht der Vater ihrer Freundin war, sondern ein unvermittelt auftauchender Fremder, der einfach so ihren Arm berührte.

»Imogen? Hast du Bryony gesehen?«

Sie sah ihre Freundinnen an, die ich nicht kannte und die meine Frage irgendwie zu amüsieren schien, und Imogen zuckte die Achseln und sagte eisig: »Ich glaube, sie hatte Hockey.«

Und da fiel mir ein, dass du am Morgen deinen Hockeyschläger mitgenommen hattest, und ich erinnerte mich an den stillen Trost, den es bedeutet hatte, dich neben mir auf dem Beifahrersitz zu wissen, bevor ich später dann von deinem Mittagsausflug und dem Vorfall auf dem Feld erfuhr. Ich dachte an dein unschuldigeres Morgen-Ich, während Imogen mit den anderen Mädchen weiterging und in ihr Gekicher einstimmte. Ich fragte mich, ob etwas zwischen euch beiden passiert war, das ich als Vater nicht wusste und auch nie erfahren würde.

Als ich mich umblickte, sah ich nur noch ein paar Mädchen in Schuluniform, die auf ihre Räder stiegen, den Helm aufsetzten oder (der andere Typ) sich Zigaretten anzündeten und die Flamme mit gewölbten Händen gegen den Wind abschirmten.

Doch auch diese Nachzüglerinnen waren irgendwann verschwunden, und ich starrte auf das Schulgebäude mit seinen hohen viktorianischen Fenstern und dem dunklen Eingangstorbogen – die leeren Augen und das leere Maul eines Ungeheuers, das nun die letzte Schülerin ausgespien hatte.

Ich trat ein, suchte meinen Weg durch das beklemmende Labyrinth aus Korridoren zum Lehrerzimmer.

Plötzlich aus dem Nichts ein Gesicht. Das spitze, hohlwangige Gesicht einer strengen Frau, die lange fließende Gewänder mit pseudoindianischen Accessoires trug. »Entschuldigen Sie?«, fragte sie und starrte besorgt auf die verschorfte Wunde in meinem Gesicht. »Kann ich Ihnen behilflich sein?«

»Ich suche meine Tochter, Bryony Cave«, erwiderte ich. »Ich wollte sie abholen, aber sie war nicht da. Normalerweise ist sie immer pünktlich, und ich frage mich jetzt, ob sie vielleicht –«

Sie neigte den Kopf nach hinten, meine Worte prallten an ihr ab.

»Bryony ist in keiner meiner Klassen, ich frage aber einmal im Lehrerzimmer nach, vielleicht weiß jemand etwas.«

Ich folgte ihr ins Lehrerzimmer und erfuhr, dass das Hockeytraining ausgefallen war, weil »Valerie« nicht kommen konnte. Ich sah Mr. Winter, einen Lehrer, den ich bereits vom Elternabend her kannte. »Wir haben den Mädchen gesagt, sie sollen in der Bücherei warten oder ihre Eltern informieren, dass der Unterricht heute früher aus ist«, erklärte er kalt und bürokratisch.

»Ich wurde nicht informiert«, sagte ich. »Sie hat mich nicht informiert.«

Mr. Winter zuckte die Achseln und klappte den blauen Ordner auf seinem Schoß zu. »Tut mir leid, aber ich kann Ihnen versichern, Bryony wusste, dass sie auf dem Schulgelände bleiben muss, bis sie einen Verantwortlichen kontaktiert hat. Wir nehmen es mit unserer Sorgfaltspflicht sehr genau.«

Jetzt riss mir der Geduldsfaden. »Ich bin ab sechzehn Uhr für sie verantwortlich!«, sagte ich wütend. »Um Viertel vor drei befindet sie sich noch in Ihrer Obhut. Auch während der Mittagszeit. Wie ich aus sicherer Quelle weiß, war sie heute auch mittags nicht hier. Sie können Ihren Schülerinnen doch nicht erlauben, einfach das Schulgelände zu verlassen!«

Die Lehrer und Lehrerinnen starrten mich an. Ich machte eine Szene. Aus ihrer Sicht war das ganz klar eine Überreaktion. Sie begriffen nicht, welch tödliche Gefahr die Luft dieser Stadt verpestete, aus den alten Straßen emporstieg und sich ihre Opfer unter denen suchte, die zu schwach waren, den Torheiten der Jugend zu widerstehen.

»Sie hat mir gesagt, sie hätte Sie angerufen und Sie würden sie abholen«, sagte Mr. Winter.

»Und Sie haben ihr geglaubt? Sie sind ihr nicht bis zum Schultor gefolgt?«

»Leider können wir nicht jedem Kind einen Aufpasser zur Seite stellen, Mr. Cave. Jedenfalls nicht ohne eine beträchtliche Erhöhung unserer Schulgebühren.«

Drüben beim Wasserspender lachte jemand.

»Sie verstehen das nicht«, murmelte ich und verließ den Raum.

»Mr. Cave, ich bin sicher, dass Bryony absolut –«

Zehn Minuten später stemmte ich mich mit aller Kraft gegen eine verschlossene Tür. Ich war aus meinem eigenen Laden ausgesperrt und kramte in meinen Taschen nach dem Schlüssel. Was fiel George ein? Wieso stand er nicht hinter der Ladentheke? Endlich konnte ich hinein. »George? Bryony?«

Über mir knarrte eine Holzdiele. Ich rannte die Treppe hinauf und sah ihn oben, auf dem Treppenabsatz. Er stand reglos da.

»George?«

»Ich musste mal auf die Toilette«, erwiderte er, und irgendwie klang seine Stimme verlegen oder verärgert.

»Wo ist Bryony? Ist sie wieder da?«

Er zögerte einen Moment und antwortete »Ja«, so bedächtig, als habe das Wort selbst dich wieder zurückgebracht. Ich ging an ihm vorbei in dein Zimmer, und als ich dich da stehen sah, war ich so erleichtert, dass mir erst jetzt im Nachhinein deine rot geweinten Augen auffallen.

Meine Erleichterung hast du natürlich nicht bemerkt. Nur meine Angst, als ich dich wütend anfuhr: »Was um Himmels willen hast du dir dabei gedacht, als du Mr. Winter angelogen hast? Wo warst du? Du hast dich mit ihm getroffen, stimmt's?

Du hast dich mit ihm getroffen. Gib's zu! Gib's zu! Um Himmels willen, Kind – gib es zu!«

Ich wollte dich nicht erschrecken. Ich wollte dich nicht erneut zum Weinen bringen.

Wie sehr wünsche ich mir eine zweite Chance. Ach, könnte ich doch noch einmal in dein Zimmer treten und es erneut versuchen. Dieses Mal würde ich dir zuhören, und du würdest mir alles anvertrauen, was du mir schon damals anvertraut hättest, wenn ich statt eines Tyrannen ein Vater gewesen wäre und dich auf die richtige Art und Weise geliebt hätte. So aber erfuhr ich nichts von dir. Du hattest den Plan schon fertig im Kopf.

Es spielte keine Rolle mehr. Nichts spielte mehr eine Rolle.

Nichts außer ihm, diesem Jungen, der dir die Welt bedeutete, diesem Jungen, der in deinem Innern eine Apokalypse entfesselt und uns andere zu Staub verwandelt hatte. Und so sah ich dich auf deinem Bett zusammensinken, das Gesicht ins Kopfkissen vergraben, bevor ich mit George hinunterging, um den Laden zu öffnen.

Bitte, Bryony, versteh mich doch: Der Schmerz eines Kindes ist der Schmerz der Eltern.

Ich begreife jetzt alles. Es lag an mir. Ich war er, so wie er ich war.

Ich sehe mich am Fenster. Ich sehe mich in Gedanken bei der Buchhaltung, und ich schreie, um mich selber auf mich aufmerksam zu machen. Unten deuten sie das als Triumphgeschrei und skandieren meinen Namen. Alle. Außer einem.

Beim zweiten Schrei spüre ich den Schmerz in meiner linken Schulter, einen Schmerz, der so intensiv einschießt, dass er untrennbar von allem anderen ist. Die Stimmen, die kleinen Reihenhäuser (»Gladstone Villas, 1888«), die gelben Lichtfäden, mein anderes Ich, das durch den Park rennt – alles Teile ein und desselben Schmerzes.

Trotzdem muss ich einen Moment warten. Ich muss warten,

bis ich auf der Straße bin und auf mich zurenne. Ich sehe mir selbst zu, wie ich auf die Parkmauer steige, aufs Pflaster springe und mir den Knöchel verstauche.

»Reuben, Reuben!«

Ich sehe mich, wie ich mich zwischen den Jungs hindurch dränge und weiß, dass es Zeit ist. Dies ist der Moment, auf den ich gewartet habe, weswegen ich hier bin, und ich weiß, mir bleibt nichts anderes übrig, als loszulassen.

»Reuben! Nein!«

Der Sturz, der Aufprall.

Binnen einer Sekunde ist mein Schreien verstummt, aber ich bin immer noch da, präsent wie eh und je, nur sickere ich jetzt aus dem Gefäß, das mich umschlossen hatte.

»Ruft einen Krankenwagen! Schnell!«

Der kleine Cam erbrach sich aufs Pflaster, während Aaron auf die leere Straße zurücktaumelte.

Ich blicke mir selbst direkt in die Augen und sehe die Angst, die ich empfinde. Ich wende mich von mir ab. Denny ist da, stumm, benommen, und ich sehe mich selbst, wie ich ihn voller Hass anblicke.

»Geh nicht weg«, sage ich zu mir selbst, während ich meine eigene Hand reibe, und ich sehe das Grauen, die Bestürzung in meinem Gesicht. Dies sind meine letzten Worte. »Geh nicht weg.«

Ich verlasse meinen Körper und den Schmerz, und die materielle Welt versinkt im Dunkel. Die Straße, der Park, der Laden. Alle Gebäude und alle Gegenstände. Ich sehe nur noch den düsteren Glanz lebendiger Seelen, die mich, hundert Leuchttürmen gleich, durch den Nebel leiten.

George war gerade gegangen, als ich Denny am Schaufenster vorbeieilen sah. Er warf einen Blick herein, aber ich tat demonstrativ so, als hätte ich ihn nicht bemerkt, und vergrub mich noch tiefer in die *Antiques Trade Gazette.*

Natürlich sprang ich eine Sekunde später auf und steckte

den Kopf durch die Tür – sah aber auf der abendlichen Straße nur leere Chipstüten, vom Wind übers Pflaster geweht, leere Sightseeing-Busse, die Richtung Münster rumpelten, verlassene Klettergerüste und ein paar Wikinger, die in zerlumpten Regenmänteln gierig goldene Bierdosen leerten.

Er war weg. Mein suchender Blick glitt durch den Park zu Reubens Laternenpfahl und dann die Straße entlang, aber er war spurlos verschwunden.

Kühle, feuchte Luft füllte meine Lungen. Dann merkte ich, dass noch jemand fehlte: George. Er hatte den Laden kurz zuvor verlassen, unmittelbar bevor Denny am Schaufenster vorbeigelaufen war. Falls George seinen üblichen Heimweg nahm, konnte er erst beim Fish-and-Chips-Shop angelangt sein. Vielleicht war er reingegangen, um sich etwas zum Abendessen zu kaufen.

Ich wollte schon wieder in den Laden zurück und nachsehen, ob du noch oben warst, da hörte ich ein Geräusch. Erst hielt ich es für das Ächzen der Hydraulikbremse eines Reisebusses, merkte aber rasch, dass es nicht von der Straße kam. Ich hörte es erneut, jetzt aber von einem Laut begleitet, der wie das Winseln eines Tieres klang. Ein raues Keuchen. Schock? Angst? Schmerz? Als ich auf die Quelle des Geräusches zulief, hörte ich einen Schrei, jemand rief erstickt um Hilfe.

Ich rannte weiter, zu dem Durchgang, aus dem der Schrei gekommen war, und fand die beiden dort in einen sehr ungleichen Kampf verwickelt. George, der wabbelige Riese, der mich auf dem Feld fast zu Boden gestoßen hatte, wurde gerade von deinem Boxer zusammengeschlagen. Seine zerbrochene Brille und sein Inhalator lagen neben einer Pfütze.

Jetzt, wo ich dies niederschreibe, erinnere ich mich, dass ich damals einen Moment lang zögerte. Vielleicht fragte ich mich, wozu dein Freund wirklich imstande war, und versuchte die Grenzen seiner eindeutigen Gewaltbereitschaft einzuschätzen. Und auch wenn es mich bedrückt, dir das zu sagen: Als ich sah, wie er dem ohnehin übel zugerichteten George in den Magen trat, empfand ich spontan Erleichterung. Ich kann das nicht erklären. Oder vielleicht doch. Die Sorgen, die mir dein Freund machte, bedurften dieser konkreten Bestätigung, damit ich endlich reagieren konnte. Es war, als sprächen Hunderte von Zweifeln plötzlich mit *einer* Stimme, und als könne die Bedrohung, die er für deine persönliche Sicherheit darstellte, nun nicht länger ignoriert werden. Wie oft ließ ich noch zu, dass er George in den Magen trat? Oft genug, um zu erkennen, dass das so weiterging, wenn ich nicht einschritt.

Hätte Denny ihn umgebracht?

»Hör auf!«

Er hielt inne und drehte sich um, aber ich konnte seine Miene nicht deuten, weil sein Gesicht im Schatten lag. Ich muss dir sagen, ich hatte keine Angst vor ihm, während ich da stand. Oder vielmehr, ich hatte keine Angst vor dem, was seine Füße oder Fäuste mir antun könnten, oder vor dem Schmerz, den er meinem Körper zufügen konnte. Nein, ich hatte nur Angst um dich, denn ich wusste, du warst mit diesem brutalen Kerl emotional so verstrickt, dass jeder Versuch, euch voneinander zu trennen, ein höchst riskantes Unterfangen gewesen wäre.

Ach, warum konnte er nicht einfach aus unserem Leben verschwinden? Wäre er doch nie geboren worden! Oder wenigstens als etwas anderes! Als Insekt, das man zertritt, oder als Unkraut, das man aus der Erde rupft. Was hätte es der Welt geschadet, wenn es ihn nicht gegeben hätte? Hättest du dann etwa eine Lücke gespürt, gähnende Leere?

Er starrte mich weiter an, wie eine vom Scheinwerferlicht geblendete Katze mitten auf der Fahrbahn, drehte sich um und rannte weg, auf die Swan Street hinaus. Ich kauerte mich neben George. Er befand sich in desolatem Zustand und hielt sich hustend und wimmernd den Bauch.

»George? George? George? Ich bin's. Mr. Cave. George, kannst du mich hören?«

Er öffnete die Augen, so gut es eben ging, und mein Anblick schien ihm noch einmal einen Schlag zu versetzen.

Ich gab ihm seine Brille und seinen Inhalator zurück. »George? Warum hat er dir das angetan? George? Du musst ins Krankenhaus. Kannst du aufstehen? George?«

»Glaub schon«, wimmerte er.

Ich half ihm auf und zückte mein Handy, um einen Krankenwagen zu rufen. Doch noch während ich die Nummer wählte, quälte mich der Gedanke, dass ich schnellstmöglich zu dir zurückmusste. Du warst allein, ohne Schutz, und Denny machte die Gegend unsicher. »Können Sie mich bitte mit dem Rettungsdienst verbinden? Hallo? Ja, wir brauchen so schnell wie möglich einen Krankenwagen. Ein junger Mann ist –«

»Nein!«, sagte George und hob die Hand. »Nicht anrufen. Bitte, Mr. Cave, ich bin okay.«

Ich zögerte. Aber er wirkte irgendwie verzweifelt. Ich konnte mich über seine flehentliche Bitte nicht hinwegsetzen. »Nein, Entschuldigung«, sagte ich zu der Frau am Ende der Leitung. »Wir brauchen doch keinen Krankenwagen.«

Ich steckte das Handy wieder in die Jackentasche. George schüttelte seinen Inhalator und sog daran. Ein schwer angeschlagener, um Luft ringender Goliath. Unwillkürlich machte ich mir Sorgen um seine Mutter – was würde sie denken, wenn sie ihn so sah?

»Komm mit«, sagte ich zu ihm, zumal mir klar wurde, dass er mir bestimmt noch einiges erzählen konnte. »Wir richten dich wieder her, ja?«

Ich bot ihm an, einen kalten Waschlappen und Paracetamol zu holen.

»Was, von oben?«, fragte er und sah besorgt zur Decke.

»Ja«, erwiderte ich.

»Nein. Ist schon okay. Das will ich nicht. Alles gut. Alles gut.«

»Du siehst aber nicht gut aus, George«, sagte ich zu ihm. Er seufzte. »Alles okay.« Er wirkte nervös. Verständlicherweise.

Trotzdem fand ich es sehr seltsam, dass er ständig in den Flur hinaussah. Oder jedes Mal zusammenfuhr, wenn oben ein Dielenbrett knarrte.

»Kennst du diesen Jungen?«, fragte ich und ließ mir noch nicht in die Karten schauen.

Er nickte, konnte mir aber nicht in die Augen sehen. Stattdessen begann er mit einer der Art-nouveau-Figuren herumzuspielen. Dem *Mädchen mit Tamburin.*

»Woher?«, fragte ich. »Woher kennst du ihn?«

Er ließ sich ziemlich viel Zeit mit seiner Antwort und drehte die Figur ständig im Uhrzeigersinn.

»Jeder kennt ihn. Denny Hart. Ein Riesenarschloch.« In seiner Stimme schwang eine Wut mit, die eher zu dem George von damals auf dem Feld zu passen schien, nicht zu dem George, der hier vor mir saß.

Dann, nachdem er noch länger gebraucht hatte als zuvor, rückte er endlich damit heraus. »Er trifft sich mit Bryony.«

»Ja«, erwiderte ich. »Ich weiß. Aber ich verstehe es immer noch nicht. Warum hat er dir das angetan?«

Jetzt stand ihm der Mund offen. Er schien verblüfft, weil ich über deine Beziehung zu diesem Jungen informiert war.

»Seit wann wissen Sie das?«

»Schon eine ganze Weile«, sagte ich leise. »Aber jetzt, George, bitte, warum hat er dir das angetan?«

Wieder wandte er sich ab und betrachtete die Figur. »Weil ich ihm damit gedroht habe, Bryony etwas zu verraten. Etwas, das er einem Mädchen in seiner Klasse angetan hat.«

»Einem Mädchen?«

Er nickte und berührte das geschwollene Auge hinter seiner Brille. »Alison Wingfield.«

Den Namen hatte ich schon einmal irgendwo gehört. Vielleicht hatte Reuben von ihr gesprochen. »Alison Wingfield?«

»Sie war in meiner Klasse. Mein Dad hat sie unterrichtet. So habe ich das herausgefunden. Mein Dad war der einzige Mensch, dem sie sich anvertraut hat.«

Ich dachte an Mr. Weeks, diesen bulligen Yeti, den Reuben so gehasst hatte, dass er den Unterricht schwänzte.

»Was anvertraut?«

»Dass er –« George ließ die Figur los. »Dass Denny sie vergewaltigt hat.«

Vergewaltigt. Das Wort klang so entsetzlich, so brutal, dass es den ganzen Raum zu besudeln schien. Selbst das *Mädchen mit Tamburin* schien plötzlich seiner Unschuld beraubt. Aber ich hatte keinen Grund zu zweifeln. Ein Blick in Georges geschwollenes, mit Prellungen übersätes Gesicht zeigte mir ja, wozu Denny fähig war.

»Wurde er denn nicht angezeigt?«

»Nein. Nein, das wollte sie nicht. Alison. Sie konnte es nicht. Nicht einmal dann, als sie –«

»Als sie –?«

»Nicht einmal, als sie merkte, dass sie schwanger war.«

Mir wurde schlecht. Ich wollte das alles gar nicht hören, und doch glaubte ich ihm jedes Wort. Als wäre mir die Wahrheit bereits bekannt gewesen und nur tief in mir verschüttet. Mein Instinkt hatte mich nicht getäuscht. Denny war die Niedertracht in Person. Er war eine Bestie. Ein Raubtier, ein Unmensch, der Jagd auf junge Mädchen machte, sie für seine primitiven Gelüste missbrauchte und ihre Zukunft zerstörte.

»Hat sie … hat sie das Baby bekommen?«, würgte ich mühsam heraus.

»Ich glaube, letztlich haben ihre Eltern sie dazu gezwungen.«

»Ihre Eltern?«

»Katholiken. Sehr, sehr strenge Katholiken«, sagte er. Ich dachte wieder an den Vatikan, deine nackten Schultern unter der sengenden Sonne.

»Und deshalb hat dieser Rohling dich zusammengeschlagen? Damit du es Bryony nicht erzählst?«

George nickte.

Ich beugte mich zu ihm. »Du musst es ihr sagen.«

In seinem Blick stand Angst. »Nein. Ich kann nicht. Ich …«

»Schon gut, er wird dir nichts tun. Vertrau mir.«

Er schüttelte den Kopf und bekam vor lauter Panik kaum noch Luft. »Ich hätte gar nichts sagen sollen, Mr. Cave.«

»Doch, unbedingt, unbedingt. Bitte, George, du musst es ihr sagen. Du musst!«

Er zuckte zusammen, vielleicht vor Schmerz. Und ich stand auf und ging in den Flur. »Bryony? Bryony?« Ich rief immer weiter nach dir, laut genug, dass du es oben hören konntest, aber du kamst nicht herunter. »Bryony?«, rief ich ein letztes Mal nach oben und wartete einen Moment zu lange im Flur.

Als ich die Ladenglocke hörte, rannte ich zurück. »George?«

Aber natürlich war er verschwunden.

Beim Abendessen, es gab Lammkoteletts, sagte ich dir, was ich zu sagen hatte. All die schmutzigen, komplizierten Wahrheiten. Welcher Vater hätte anders gehandelt? Du hörtest natürlich gar nicht zu. Oder jedenfalls nicht richtig. Erst deine leicht nach oben gezogenen Lippen, als ich Georges zerschlagenes Gesicht erwähnte, dann dein Wutanfall, als ich dir von Alison Wingfield erzählte. Du dachtest, ich wolle dir nur wehtun. Um mich an jenem Abend zu beschimpfen, hast du die Diktatoren eines ganzen Jahrhunderts bemüht und mir noch viele andere Beleidigungen an den Kopf geworfen. Dann schobst du deinen Teller weg und ranntest in dein Zimmer, und ich folgte dir. Du warst so wild und aggressiv, dass ich mich gezwungen sah, dich durch eine neue Maßnahme zur Raison zu bringen.

Diese Maßnahme sollte alle bisherigen Regeln ersetzen: Du würdest keine Sekunde mehr ohne mich verbringen, abgesehen vom Schulunterricht. Zu deiner eigenen Sicherheit erteilte ich dir Hausarrest.

Du schriest und tobtest, nanntest mich einen faschistischen Psychopathen und schlugst mir die Tür vor der Nase zu. Ich ließ dich allein. In einer Stunde wollten wir Cynthia nach ihrer

Leisten-OP im Krankenhaus besuchen, deshalb ging ich in mein Zimmer und schaltete das Babyfon an.

Ich hörte dich wutentbrannt schnauben. Ich hörte, wie du zornig hin und her liefst, um dich abzureagieren. Ich hörte, wie du dich aufs Bett fallen ließt. Du sagtest etwas. Nicht in dein Handy, einfach so vor dich hin. »Ich liebe dich. Ich liebe dich. Ich liebe …«

Allmählich fragte ich mich, warum er neuerdings im Hintergrund blieb, in den Kulissen, hinter der Hauptbühne. Dein Bruder, meine ich. Ich war innerlich sehr angespannt, war aber ich selbst. Vielleicht hatte er sich davongemacht. Vielleicht brauchte er mir keine weiteren Erinnerungen einzupflanzen. Vielleicht verlangte er keine weiteren Dienste von mir. Aber natürlich war mein Optimismus verfrüht.

Jetzt frage ich mich, wie mein Leben dein Leben beeinflussen wird. Habe ich dir mit meinen Handlungen bereits Grenzen gesetzt? Aber ist es nicht auch ganz normal, dass Eltern den späteren Erfahrungsbereich ihrer Kinder abstecken? Und existieren Kinder nicht innerhalb dieses Bereichs wie ein Fuß im Schuh, der zwar das Leder dehnt, sich aber nie wirklich befreit?

Ich werde diese Frage beantworten, indem ich dir kurz etwas über den ersten der drei unnatürlichen Todesfälle erzähle. Bevor ich zum Ende komme, muss ich dir von meinen Anfängen berichten. Kurz gesagt: von meiner Mutter.

Sie war eine talentierte Hutmacherin und besaß einen Laden in der Piccadilly Street. Gardenia Hats. Du kennst sie nur von dem Foto im Wohnzimmer. Dem Kleid nach könnte dieses Foto aus den Dreißigerjahren stammen, aber natürlich wurde es viel später aufgenommen. Meine Mutter lebte in der Vergangenheit, in der Zeit ihrer eigenen Kindheit, als Hüte noch groß in Mode waren. Dieses Bild ist sehr aussagekräftig. Die Greta-Garbo-Maske, hinter der man trotzdem das sorgenvolle, allzu menschliche Gesicht erahnte. Ihre eigene Mutter hatte das Geschäft in den 1920er- und 1930er-Jahren aufgebaut; ihre Glockenhüte wurden damals von den Flappers gekauft und zierten die Köpfe von Mrs. Simpson und Lady Mountbatten. Die Tochter versuchte das Geschäft am Laufen zu halten, indem sie die Kollektion um Fedoras und andere Hutmodelle erweiterte.

Doch die Schulden wuchsen immer mehr, und die Frau hinter der Maske wurde immer verzweifelter. Und im Jahr 1960 nahm sie sich das Leben, indem sie ein ganzes Fläschchen Schlaftabletten schluckte. Als man die Ärmste in der Wohnung über ihrem Laden fand, rann bläulicher Schaum aus ihrem Mund über die unabänderlichen Zahlen ihres Geschäftsbuchs.

Und jetzt stell dir mich als kleinen Jungen vor.

Stell dir diesen schreienden kleinen Jungen vor, in einem Raum voller Hüte. Der Kopf seiner Mutter liegt nicht einfach nur auf dem Schreibtisch, weil sie eingedöst ist; ihre Augen stehen offen, sehen aber weder ihn noch die Zahlen im Buch, über dem sie am Morgen noch sorgenvoll gebrütet hat. Das aufgeschlagene Buch, ein nutzloses Kopfkissen, vollgesabbert mit bläulichem Schaum.

Hör diesen Schrei, der sich zu einem Wort formt: »Mutter!«

Sie antwortet ihm nicht. Ihre Arme hängen schlaff herunter.

»Mutter!« Sein erstes Wort ist jetzt sein einziges Wort, das einzige Wort, das zählt.

Er rüttelt sie und merkt, dass ihr Körper sich anders bewegt als sonst. Anders, als ein Körper sich bewegen sollte. Sein Schrei, der kein Echo findet, erstirbt, löst sich in Tränen auf, aber der Mann im Radio scheint nichts zu begreifen.

Die heitere Stimme schwebt aus einer anderen Welt durch den Äther, sieht weder die Frau noch den Jungen oder die breitkrempigen Hüte in ausgerissenen Werbeanzeigen und Zeitungsartikeln.

Der Junge versucht, die Mutter auf ihrem Stuhl zurückzuschieben, diese Stoffpuppenmutter, diese Marionette ohne Fäden, aber sie ist zu schwer. Sie fällt auf ihn drauf, gleitet von ihm herunter, streift mit ihrer Wange seine Schulter.

Jetzt hängt sie in ganz unnatürlicher Haltung da. Sie sollte Schmerzen haben, er wünscht sich, dass sie Schmerzen hat, aber sie spürt nichts mehr. Sie spürt nichts mehr.

Jetzt wird sein Schrei zum brüllenden Geheul. Ein Geheul, das sich, als der Mieter von oben, Mr. Steer, auf der Bildfläche erscheint, in heftiges Schluchzen verwandelt hat. Tagelang, wochenlang, monatelang weint der Junge, und es wird zu einer Art Trost für ihn, sich selbst weinen zu hören, die einzige Verbindung zwischen seinem Leben in der Stadt und seinem Leben in Dorset, auf dem Bauernhof seiner Adoptiveltern. Ein neues Leben mit weiten Himmeln, Mistgestank in der Luft und Kopfnüssen, die ihm der einzige Vater verpasst, den er je haben wird.

Früher habe ich mir die Schuld am Tod meiner Mutter gegeben. Früher glaubte ich, mich immer daran zu erinnern, dass sie zu mir gesagt hätte, sie hasse mich und wünsche sich, ich wäre nie geboren worden. Diese Erinnerungen sind nicht verlässlich. Die erste Erinnerung, der ich wirklich trauen kann, ist die erste Erinnerung, für die es Beweise gibt. Die Erinnerung, die im Innersten aller anderen Erinnerungen liegt, so wie das allerkleinste Püppchen in einer russischen Matroschka-Puppe. Eine Erinnerung, die ich mit mir durchs Leben schleppte, egal, wie weit ich mich später von jenem Laden, jenem Zuhause in der Piccadilly Street entfernte. Denn für diese Erinnerung gab es sichtbare Beweise. Ein Leichnam, ein leeres Tablettenfläschchen und eine Kehlkopfentzündung, hervorgerufen durch mein verzweifeltes Gebrüll.

Es gab keinen Abschiedsbrief. Keine schriftliche Erklärung ihrer Tat und der Gründe dafür. Nichts von der sonst bei Suiziden üblichen Etikette – »es ist nicht deine Schuld«, »es tut mir so leid«, »bitte hab die innere Kraft, mir zu« –, nichts davon. Später wäre es wichtig gewesen, etwas in der Hand zu haben, das ich hätte lesen können, das mir geholfen hätte, meine Empfindungen gegenüber dieser Frau, dieser Selbstmörderin zu klären, aber es gab nichts. Es gab nur diesen simplen Fakt.

Die Zahlen in ihrem Geschäftsbuch lieferten ihr mehr Gründe zum Sterben als ihr dreijähriger Sohn Gründe zum Leben.

Jahrelang habe ich versucht, dies zu rationalisieren. Ich trug keine Schuld am Suizid meiner Mutter, ich war damals drei Jahre alt. Sie als erwachsene Frau hätte das Hutgeschäft aufgeben müssen. Ich trug keine Schuld daran, dass der Zweite Weltkrieg den Glamour der Vorkriegsjahre zerbombt hatte.

Nein, ich trug keine Schuld daran. Und wäre ich ein rationales Wesen gewesen, hätten derlei Beschwichtigungen vielleicht sogar gefruchtet. Ein rationales Wesen? Es gibt keine rationalen Wesen. Maschinen sind rational, weil sie nicht lieben können. Und Liebe ist, ganz gleich, was die Hirnforscher sagen, nichts Mechanisches.

Ich spürte etwas, das nicht da war, buchstäblich – so real wie ein Mensch seine geballte Faust spürt, obwohl er seinen Arm verloren hat. Ärzte sprechen hier von einem »Phantomglied«. Dieses Gefühl, der Arm existiere immer noch, trotz des Wissens, dass er nicht mehr existiert, kann das ganze restliche Leben lang bestehen bleiben. Man hat sich an etwas gewöhnt, das seit jeher selbstverständlich zu einem gehört hatte, und kann sich mit dessen Abwesenheit nicht arrangieren. Dies hat mich mein ganzes Leben lang begleitet. Der Versuch, etwas festzuhalten, das sich nicht festhalten ließ. Und so umgab ich mich mit Objekten der Vergangenheit, in der müßigen Hoffnung, ich könnte die Zeit überwinden oder sie wenigstens zum Stillstand bringen, ihr grauenhaftes Voranschreiten aufhalten.

Es war zu viel, das ist mir jetzt klar. Und als ich deine Mutter verlor und dann Reuben, versuchte ich, die Vergangenheit noch verzweifelter festzuhalten.

Ich kann nur hoffen, dass du, nachdem sich mein Griff endlich gelockert hat, eines Tages freier sein wirst, als ich es je war, und die hadernden Familiengeister ihrer eigenen ewigen Reue überlassen kannst.

Die georgianischen Häuser glitten am Fenster vorbei, als wir den Mount hinauffuhren, zur Klinik. Die Stille zwischen uns kam mir relativ zivilisiert vor, wie die Ruhe nach dem vorausgegangenen Sturm.

Doch als ich das Schweigen brach, verflog die Illusion.

»Wie fühlst du dich?«, fragte ich dich.

»Was kümmern einen Faschisten schon Gefühle?«, sagtest du und zupftest einen Faden aus deiner Handgelenksbandage.

»Ich bin kein Faschist, Bryony. Ich bin einfach nur ein Vater.«

»Mussolini war auch ein Vater«, lautete deine Antwort.

»Ich musste dir doch die Wahrheit über diesen Jungen erzählen«, argumentierte ich. »Was blieb mir anderes übrig?«

»Es ist nicht die Wahrheit«, sagtest du, und da ich sah, dass du gleich in Tränen ausbrechen würdest, bedrängte ich dich nicht weiter.

Als wir das Krankenzimmer betraten, flirtete Cynthia gerade mit einem jungen Arzt.

Er ging, damit wir uns auf den Bettrand setzen konnten, und Cynthia zwinkerte dir vielsagend zu. Du lachtest, und ich weiß noch, dass ich Neid empfand, weil Cynthia dich so leicht zum Lachen bringen konnte.

»Er wäre der ideale Heathcliff, stimmt's?«, sagte sie kichernd. Und dann, in ernsterem, vertraulicherem Ton: »Etwa im gleichen Alter wie dein Großvater, als ich ihn kennenlernte. Armer Howard.«

Sie sah sich im Zimmer um und schluckte. Erinnerungen stiegen in ihr hoch, und ihre Augen glänzten feucht. Arme Cynthia. All die Stunden, die sie in eben diesem Krankenhaus bei deinem Großvater verbracht hatte. Sie hatte immer wieder mit Onkologen gesprochen und nach jeder weiteren nutzlosen Operation an seinem Bett gesessen. Gemeinsam lösten sie haufenweise Kreuzworträtsel, während sich der Krebs unaufhaltsam weiterfraß und seinen ganzen Körper besiedelte.

Ich versinke schon wieder in der Vergangenheit, nicht wahr? Ich blicke zurück, statt den Blick nach vorn zu richten und dir alles zu erklären. Vielleicht, weil ich dir noch etwas erzählen muss, das mich beschämt, dir noch einen Verrat offenbaren muss. Aber mir bleibt nichts anderes übrig. Ich war an jenem Tag in deinem Zimmer gewesen, als du in der Schule warst. Ich hatte all deine Schubladen und Taschen durchsucht und die gerahmte Fotografie gefunden, die er dir an jenem Abend beim Clifford's Tower geschenkt hatte. Das verspätete Geburtstagsgeschenk. Das Bild, das er oder sonst jemand von Reuben aufgenommen hatte, irgendwo vor einem blauen Himmel. Das lächelnde Gesicht deines Bruders, der auf den Betrachter hinabsah und sein Muttermal ausnahmsweise einmal nicht mit der Hand verdeckte.

»Ach, Reuben, verzeih mir«, sagte ich zu dem Bild. Und auf die Schuldgefühle folgte die Wut. Denny missbrauchte also deinen Bruder dazu, dich herumzukriegen. Wie konnte er es wagen?

Ich verstaute das Bild wieder in deiner Tasche und versuchte, auf deinen PC zuzugreifen. Aber ich sah nur endlos viele graue Kästchen und kam nicht rein. Es war, als navigierte ich durch die *Stadt des ewigen Nebels*.

Irgendwann gab ich auf und schaltete den Computer aus. Beim Verlassen deines Zimmers spürte ich plötzlich den Impuls, deine Manteltaschen zu durchsuchen. Den grauen Flanellmantel, den ich dir im Herbst zuvor gekauft hatte, hattest du an jenem Tag zu Hause gelassen. Und da fand ich den Zettel. Akkurat zusammengefaltet. Mit Dennys Adresse, in seiner primitiven Handschrift. Diese regellose Kombination von Groß- und Kleinschreibung. Diese hässlichen, unbeholfenen Buchstaben. Ich stellte mir deinen armen Füllfederhalter in seiner Hand vor, so deplatziert wie Fay Wray in King Kongs Faust.

Als ich die Adresse abschrieb, wurde mir klar, dass ich es eigentlich schon gewusst hatte; er konnte nur in diesem Haus wohnen.

Falls es Reuben war, der mir dieses Gefühl aufzwang, hielt er sich wenigstens im Schatten. Nur das flüchtige Bild einer gewundenen Straße, sozialer Wohnungsbau, kleine Reihenhäuschen, die sich in der Ferne verloren, ins Nichts.

Weiter, Terence, weiter. Ja, ich stand im Krankenhaus und blickte auf Cynthias trauriges ungeschminktes Gesicht hinab. Ihr Mund, ihre Augen wirkten so fremd ohne die dunkle Schminke. Unfertig. Wie eine Skizze für ein Ölgemälde.

Jetzt traten zwei ihrer grässlichen Laientheaterfreunde ins Zimmer. Der Toby Jug und seine Frau. Eine Krankenschwester erschien und wies Cynthia darauf hin, dass sie maximal drei Besucher gleichzeitig empfangen dürfe. Da versuchte ich, dich auszutricksen, wie du mich so oft ausgetrickst hattest. »Na gut, gehen wir, Bryony.«

Es funktionierte. Du starrtest mich empört an.

»Ich bleibe hier! Ich will mit Cynthia reden!«

Und der Toby Jug fiel ein: »Ist schon gut, Tel. Ich kann draußen warten.«

»Nein, nein, kommt gar nicht infrage«, sagte ich vielleicht ein bisschen zu eilig, schon auf dem Weg zur Tür. »Ich muss zurück und etwas erledigen. Bryony kann bleiben, wenn sie will. Das geht in Ordnung, Cynthia. Wirklich. Ich bin in einer Stunde zurück.«

Fünf Minuten nachdem ich das Krankenhaus verlassen hatte, bog ich auf den Greensand Estate, fuhr an den Reihenhäuschen vorbei, einer Sozialsiedlung der Nachkriegszeit. Für Helden erbaute Häuser, die im rosaroten Abendlicht zu glühen schienen, als erröteten sie über ihre gegenwärtigen Bewohner. Ich wandte mich nach links, fuhr die Leverston Road entlang, wo die neueren staatlich geförderten Häuser immer kleiner wurden. Ärmliche Reihenhaussiedlungen, Kieselrauputzelend, geschmacklose Fensterverzierungen, Georgskreuze, triste Monotonie.

Ich hatte das Haus schon einmal gesehen, einen flüchtigen Augenblick lang.

Nummer 35. Ich parkte und stellte den Motor ab, blieb aber noch einen Moment im Wagen sitzen. Das Haus lag am Ende der Straße und sah aus wie all die anderen Häuschen, nur dass die Vorhänge zugezogen waren. Hatte es dich schon einmal hierherverschlagen? Mich schauderte bei dem Gedanken. Vielleicht warst du oben in seinem Zimmer gewesen?

Ich stieg aus dem Wagen und ging den schmalen Pfad entlang, an dem kahlen, verwahrlosten Rasen vorbei. Ich klopfte und sah dann erst die Klingel. Niemand reagierte. Ich klingelte, trat einen Schritt zurück, um zu sehen, ob jemand durch die Vorhänge spähte. Ich wollte schon wieder zurück und im Wagen warten, auf ihn oder seinen Vater. Ich war entschlossen, auszuharren. Ich hatte ja Zeit. Ich wusste ja, dass du bis zu meiner Rückkehr bei Cynthia bleiben würdest.

»Suchen Sie was?«

Ich war schon fast beim Wagen angelangt, als ich die Stimme der Frau hörte. Ich drehte mich um. Dunkelhaarig und blass, wie ihr Sohn, ein Gesicht, das früher vielleicht einmal schön gewesen war. Sie trug Jeans und ein schlabberiges T-Shirt, das über die Schulter geglitten war, und erinnerte an ein kleines Mädchen, das sich als Erwachsene verkleidet. Irgendwie kam sie mir bekannt vor, als wäre ich ihr schon einmal begegnet.

»Hallo«, sagte ich. »Ist Ihr Sohn zufällig zu Hause? Dennis. Denny. Ich hätte mal ein Wörtchen mit ihm zu reden.«

Sie lächelte müde. Ich merkte, dass sie betrunken war. »Und was für ein Wörtchen wäre das? *Nichtsnutz?*«

»Hören Sie, ich muss mit ihm sprechen. Können Sie mir sagen, wo er ist?«

Sie zuckte die Achseln, blickte suchend die Straße entlang, zum Himmel hinauf.

»Oder kann ich mit Ihnen sprechen?«

Jetzt runzelte sie die Stirn. »Wer sind Sie denn? Polizei?«

»Nein, nein. Ich bin Terence. Terence Cave. Ihr Sohn kannte meinen Sohn. Reuben.«

»Oh!« Sie stöhnte theatralisch. »Oh! Der arme Junge, der –«

»Ja«, sagte ich und entzog mich ihrem betrunkenen Mitgefühl. »Das war er.«

Eine Horde junger Flegel lief vorbei, die einen Fußball hin und her kickten.

»Na gut«, sagte sie, ging ins Haus und ließ die Tür für mich offen. »Wenn Sie kein Bulle sind, dürfen Sie reinkommen.«

Ich trat in den engen Flur. Sie winkte mich durchs Wohnzimmer, das, abgesehen vom Rauchgeruch und einer leeren Müslischale, irgendwie unbewohnt wirkte. Neben dem Stuhl lag eine zerknitterte Einkaufstasche, und auf dem Kaminsims sah ich ein paar Kuverts. Dort standen auch zwei einsame kleine Bilder: die gerahmte Fotografie eines Jungen in Soldatenuniform, etwa in Dennys Alter. Und die ältere Fotografie eines Mannes mit dunklem Schnurrbart, aber offenbar in einem anderen Haus aufgenommen. Der Mann hatte den Arm um eine Frau gelegt.

»Was wollen Sie von Dennis?«, unterbrach sie meine Gedankengänge. Ich wandte mich ihr wieder zu, dieser Frau, deren Augen sich ständig weiteten und verengten, als versuche sie, ihren Blick zu fokussieren.

»Es handelt sich um eine etwas heikle Angelegenheit«, sagte ich.

»Schießen Sie los«, antwortete sie und machte aus ihren Fingern eine Pistole.

»Nun ja, es geht um meine Tochter. Ich glaube nämlich, dass sie und Dennis möglicherweise eine Art –«

»Sie können sich setzen«, sagte sie. »Solange Sie sich benehmen.« Sie lachte, und ich hatte den Eindruck, dass sie sich entweder über mich lustig machte oder mit mir flirtete.

»Danke.« Ich setzte mich aufs Sofa und merkte, wie meine Energie schwand und ich mein Ziel aus den Augen verlor.

»Hätten Sie gern eine Tasse Tee?« Sie betonte sorgfältig jedes Wort, wie eine senile Aristokratin.

»Nein, danke.«

Sie ging in die Küche. »Ich hol mir mal 'ne Cola zur Erfrischung. Mein Mund ist ganz ausgetrocknet.«

Ich hörte sie in der Küche, es klang, als schenke sie zwei Gläser voll, mit einer Pause dazwischen, aber sie kam nur mit einem Glas zurück.

»Also«, sagte sie und trank mit geschlossenen Augen einen langen Schluck.

Ich sah sie an und vergaß mich einen Moment. Die nackte Schulter, das offene Haar, das betrunkene Lächeln. All dies waren Waffen eines unsichtbaren Feindes, der gegen mich arbeitete und den eigentlichen Zweck meines Besuchs zu vereiteln drohte. (Bryony, ich bitte dich, verwechsle Liebe niemals mit Begehren. Es gibt das körperliche Verlangen, und es gibt die Sehnsucht des Herzens, und diese beiden zu verwechseln heißt, einen Affen mit einem Adler zu verwechseln.)

Ich schloss die Augen und konzentrierte mich. »Denny war da an dem Abend, als mein Sohn Reuben starb.«

»Ach, wirklich schrecklich, was da passiert ist«, sagte sie, jetzt mit normaler Stimme.

»Hat er Ihnen davon erzählt?«

»Nein.« Das überraschte mich nicht. Im Gegenteil, es bestätigte meine schlimmsten Vermutungen. Denny war der Tod deines Bruders offenbar völlig egal gewesen. »Ein Polizist kam und wollte ihn sprechen.«

Ich nickte und ertappte mich dabei, wie mein Blick flüchtig über das kleine Muttermal auf ihrer nackten Schulter glitt.

»Ihr Sohn und meine Tochter sehen sich sehr oft. Wussten Sie das?«

Sie lachte nervös. »Armes Mädel.«

»Was soll das hei–«

Ich blickte zu den Kuverts auf dem Kaminsims hinüber. Mattbraune Behördenkuverts. Ich las die Adresse: »Lorraine Hart«. Jetzt fiel mir sein Name wieder ein. Denny »Hammerblow« Hart.

Hart. Hart. Hart.

Erneut betrachtete ich die Fotografie des Paars. Bei der Frau handelte es sich um sie. Jünger, glücklicher, nüchterner, und doch eindeutig sie. Aber das Gesicht des Mannes verstörte mich. Der Schnurrbart. Das trügerisch herzliche Lächeln. Diese Augen.

»Wo ist sein Vater?«, fragte ich.

Sie lachte. Ein hartes, betrunkenes Lachen. Ein Lachen, das unverarbeitete Emotionen übertünchen sollte.

»Sein Dad ist woanders.«

»Woanders?«

»In Ranby.«

Es war wie ein Schlag ins Gesicht. »Im *Gefängnis?*«

Sie nickte, ohne Scham. Das hier wurde immer schlimmer. Während ich dort saß, hatte ich das Gefühl, ins Bodenlose zu sinken. Das sehr reale Gefühl, in einen Abgrund hinabgelassen zu werden.

Mir drehte sich der Magen um. Mein Herz hämmerte wie verrückt. »Andrew Hart.«

Ich flüsterte es laut vor mich hin und sah den Namen vor mir, so wie er damals in der Lokalzeitung gestanden hatte. Und diese Augen, die ich so viel besser kannte als das Gesicht und die mich jetzt aus dem Foto heraus anstarrten. Mir wurde schwindlig. Ich musste dieses grauenhafte Haus so rasch wie möglich verlassen. »Sie waren damals da, nicht wahr?«, fragte ich sie. »Im Gerichtssaal.«

In ihrem Wodka-benebelten Blick kein Zeichen des Erkennens.

»Sie erbärmliche Person!«, rief ich und verspürte einen kurzen, aber heftigen Schmerz im Kopf. »Sie waren da. Im Gerichtssaal!«

Ihr Lächeln erlosch. »Wer sind Sie? Was fällt Ihnen ein, so mit mir zu reden, Sie sind doch irre! Raus … aus meinem Haus!«

Ich stand auf und sprach ganz langsam. »Sagen Sie Ihrem Sohn, er soll meine Tochter in Ruhe lassen. Er soll sich von ihr fernhalten. Sagen Sie ihm –«

Es wurde dunkel um mich. Ich entglitt mir wieder, als Reubens Erinnerungen in mein Bewusstsein drangen.

Ich kehrte mit Denny in dieses Haus zurück und roch das Erbrochene, kaum dass wir durch die Tür getreten waren.

»Mam?«, rief Denny.

Wir legten unsere Schulranzen ab und gingen ins Wohnzimmer.

»Mam?«

Aus der Küche plärrte das Radio.

»Mam?«

Sie lag auf dem Sofa, als hätte man sie dort hingeworfen. Denny schüttelte sie.

»Mam, wach auf, wach auf!«

Er blickte auf den Einkaufsbeutel, aus dem der süßliche Gestank drang. Teils hatte sie den Beutel verfehlt und auf den Teppich erbrochen. Zwei leere Imperial-Vodka-Flaschen lagen halb verdeckt unter ihrer Jeansjacke.

»Mam, wach auf!«

Ihre Augäpfel bewegten sich unter den halb geöffneten Lidern.

Einen Moment lang hörte man nur den Song aus dem Radio.

Dann lachte sie und schloss die Augen, und Denny wandte sich mir, Reuben, zu und sagte: »Es tut mir leid.«

»Sagen Sie ihm –«, ich brachte meinen Satz nicht zu Ende. »Geh weg«, flüsterte ich. »Reuben, geh weg.«

Dennis' Mutter starrte mich mit großen Augen an, wirkte jetzt nüchtern. Ich drehte mich um und verließ das Haus.

Draußen kickten die Rüpel den Fußball gegen meinen Volvo. Ich verscheuchte sie und ignorierte ihr aggressives Gebrüll und ihre Gesten, als ich wegfuhr.

Auf halber Strecke zum Krankenhaus sah ich ihn nach Hause joggen. Ich hatte gerade die Scheinwerfer eingeschaltet, und da lief er, mit schweißglänzenden Beinen und leuchtend wie eine Erscheinung, den Hang hinauf.

Ich fuhr rechts ran auf den Gehsteig und versperrte ihm den Weg.

Ich kurbelte das Fenster herunter. »Stopp!«, rief ich. »Wir müssen reden! Über Bryony!«

Er gehorchte meinem Befehl und verschnaufte, die Hände auf den Hüften. »Und?«, sagte er. »Was wollen Sie?«

Ich musste schnell handeln, weil ich nicht riskieren konnte, dass Reuben sich einmischte. Denn ich spürte immer noch, wie er im verseuchten Haus meines Bewusstseins nach einer Möglichkeit suchte, die Lichter auszuknipsen.

Ich hatte einen neuen Plan. Er war der fürchterlichen Entdeckung entsprungen, die ich gerade gemacht hatte.

»Ich gebe dir dreitausend Pfund«, sagte ich zu Denny. »Dreitausend Pfund, wenn du sie in Ruhe lässt.«

Er starrte mich ungläubig an. »Wie bitte?«

Ich wiederholte es schnell noch einmal, spürte schon das Prickeln im Hinterkopf. »Drei. Tausend. Pfund. Wenn ihr euch nie wieder seht. Ich kann dir das Geld morgen geben.«

Er fuhr sich mit der Hand durch sein feuchtes schwarzes Haar. »Ist das Ihr Ernst?«

»Ja«, sagte ich zu ihm. »Mein voller Ernst.« Und so war es auch. Ich hätte den Laden und das ganze Inventar verkauft. Ich hätte meine Nieren verkauft, wenn er dich nur in Ruhe gelassen hätte.

»Sie haben keine Ahnung, was?«, fragte er und schüttelte ungläubig den Kopf.

»Wovon?«

»Ich liebe sie. Ich liebe sie über alles.«

Reuben wich. Kein Kopfschmerz mehr, kein Prickeln des Cerebellums. Ich war wieder ganz klar. Meine Wut ganz unverfälscht. Meine eigene Wut.

»Ich weiß alles über dich, Denny Hart. Ich weiß alles über deinen Vater. Ich weiß alles über das arme Mädchen, dessen Leben du zerstört hast. All diese schäbigen Dinge. Und jetzt befehle ich dir: Halte dich fern von Bryony. Nimm das Geld und lass sie in Ruhe.«

Er schüttelte immer noch ungläubig den Kopf und flüsterte Worte, die mich quälten: »Ich liebe sie, und sie liebt mich, wann kapieren Sie das endlich?«

Eine Frau in einer Wachsjacke ging vorbei oder wurde vielmehr von ihrem temperamentvollen Springer Spaniel mitgezerrt. »Nein, Barney! Lass das«, rief sie, als der Hund Dennys salzige Haut beschnupperte.

»Du liebst sie doch gar nicht«, sagte ich zu ihm, als die Frau außer Hörweite war. »Du weißt doch gar nicht, was Liebe ist. Liebe ist ein Seelengeschenk, keine körperliche Gier. Wie alt bist du?«

»Fünfzehn.«

»Eben. Fünfzehn. In einem Monat wirst du nichts mehr für sie empfinden. Du wirst deiner Wege gehen. Sie ist sehr verletzlich. Sie hat ihren Zwillingsbruder verloren und sucht jetzt nach etwas … nach jemandem …, der diese Lücke füllen kann. Du warst zufällig da und konntest diese Leerstelle füllen. Aber auch wenn du sie nicht verlässt, wird sie bald genug dich verlassen. Du solltest mein Angebot annehmen.«

Er runzelte die Stirn, zog drohend Augen, Nase und Mund noch enger zusammen. Einen Moment lang dachte ich, er würde mich aus dem Wagenfenster zerren und zusammenschlagen.

»Reuben hatte mit allem recht, was er über Sie sagte«, bemerkte er.

»Wie bitte?«, fuhr ich ihn an. »Was hast du gesagt? Wie

kannst du es wagen, Reubens Namen in den Mund zu nehmen! Wenn du nicht gewesen wärst, würde Reuben noch leben, und Bryony würde dich nicht mal eines Blicks aus der Ferne würdigen! Du hast Reubens Leben zerstört, und ich werde nicht zulassen, dass du auch noch ihres zerstörst. Schau dich doch an. Schau dich einfach nur an!«

Er blickte an sich herunter, auf sein schweißgetränktes T-Shirt und den Körper, an dem es klebte. Ein Schatten des Zweifels glitt über sein primitives Gesicht. Wenigstens einen Moment lang wusste er, dass ich recht hatte. Er wusste, dass du meilenweit über ihm standest. Er wusste, dass er deine Liebe nicht mehr verdiente, als ein Rabe es verdient, einen Stern vom Himmel zu pflücken.

Doch der Moment verging. »Sie kapieren es einfach nicht! Ich liebe sie! Wir sind füreinander gemacht.«

»Was ist denn das für ein billiges –«

Plötzliche Benommenheit, gepaart mit dem üblichen Prickeln und Kribbeln, dem Fliegengesumm ... Mein Satz brach ab und verlor sich in bodenlosem Nebel. Reuben war zurück, diesmal stärker, und versuchte, mich auszulöschen.

Denny hatte keine Ahnung von alldem und fantasierte weiter vor sich hin: »Ich kann mich um sie kümmern. Wenn ich mit der Schule fertig bin, kriege ich einen Job. Ich kann sie glücklich machen. Das weiß ich. Ich habe alles geplant. Ich kann –«

»Nein«, sagte ich und wehrte mich gleichzeitig gegen Reuben und gegen Dennys Worte. »Nein. Hör auf damit. Hör auf! Hör auf! Du wirst sie verlassen. Du nimmst das Geld und gehst, oder ich bringe sie dazu, dich zu verlassen! Das ist mein Angebot. Hast du mich verstanden, du ungehobelter –«

Denny schüttelte noch einmal den Kopf und joggte weiter, und mit ihm verschwand die Straße. Alles wich in das Dunkel, das mich wieder bedrängte. Ich blinzelte heftig, wehrte es ab, während der Junge weiterjoggte.

»Du wirst schon sehen!«, rief ich ihm nach, während er den

flachen Hang hinauflief. »Ich bringe sie dazu, dich zu verlassen. Das geht ganz einfach! Wart's ab! Sie wird erfahren, wer du bist, Dennis Hart!«

Wir fuhren dieselbe Strecke zurück. Die Straße hatte auf einmal nichts mehr von ihrer sonstigen Grandezza, sondern wirkte nur noch wie eine bloße Replik, eine Filmkulisse. Du hattest dich, wie es damals deine Gewohnheit war, nach hinten gesetzt und starrtest auf den Gehweg hinaus, den Denny nur dreißig Minuten zuvor entlanggejoggt war.

Ich offenbarte dir – langsam und deutlich, mit effektvollen Sprechpausen – die Wahrheit, die ich selber erst kurz zuvor entdeckt hatte. Natürlich erzählte ich dir nicht genau, wie ich an diese Information gelangt war, das brauchtest du ja nicht zu wissen. Du brauchtest nur das Nötigste zu wissen. Wer er war. Woher er stammte. Von welchem faulen Baum dieser faule Apfel gefallen war. Wer sein Vater war, dessen stechender Blick mich fast fünfzehn Jahre lang in meinen Albträumen verfolgt hatte.

»Hast du mich verstanden? Hast du gehört, was ich gesagt habe? Andrew Hart ist der Mann, der deine Mutter getötet hat. Muss ich dir sonst noch etwas über diesen Jungen erzählen, damit du endlich Vernunft annimmst?«

Du schwiegst. Im Rückspiegel sah ich Schatten über dein Gesicht gleiten, während du weiter aus dem Fenster starrtest. Kein Zucken. Kein Stirnrunzeln. Deine Gedanken waren für mich ein Buch mit sieben Siegeln.

Wir kamen nach Hause.

Du gingst nach oben.

Ich hörte dich auf dem Computer tippen, von dem ich wünschte, ich hätte ihn dir nie gekauft. Und ich stand da, im Wohnzimmer, und war mir dieser schmerzlichen Abwesenheit bewusst, die auch die alten Möbel und dein lächelndes Porträt an der Wand zu spüren schienen. Ich sehnte mich danach, dass mir die Katze um die Beine strich. Ich sehnte mich nach deinem Cellospiel. Ich sehnte mich nach Reuben – dem echten, lebendigen Reuben –, der auf dem Sofa lümmelte. Ich sehnte mich danach, aus dem Mund deiner Mutter zu hören, alles sei gut. Ich sehnte mich nach tausend Dingen, die ich nicht mehr zurückholen konnte, und stand mitten im Raum, bis er kippte und Gegenwart und Erinnerung verblassten.

Ich belauschte dich den ganzen Abend lang, hielt mir den ganzen Abend dieses verdammte Ding ans Ohr und wartete darauf, dass du ihn anrufen würdest. Aber du riefst ihn nicht an. Auch Imogen riefst du nicht an, wie sonst immer, wenn ich dich verärgert hatte. Du sagtest kein einziges Wort. Doch, ein Wort: »Gott.« Das Wort, das immer als letztes übrig bleibt, wenn andere Worte nicht mehr genügen.

Sonst hörte ich nichts, nur dein zorniges Schnaufen, und ich wurde müde. Ich sank ins Bett und platzierte den Lautsprecher neben mir auf dem Kopfkissen, während mir die Augen zufielen.

»Dad?« Aus dem Lautsprecher drang die leiseste Stimme, die ich je gehört hatte. Er sagte noch etwas, irgendetwas, das ich nicht richtig verstand. Lass mich? Das nicht? Hab mich?

»Reuben?«, fragte ich, sank aber immer tiefer ins Dunkel.

Ich stand in deinem Zimmer, neben deinem Bett, besaß aber keine Erinnerung, wie ich hereingekommen war oder wie lange ich mich schon hier befand. Meine Augen hatten sich schon ganz an das Dunkel gewöhnt, an die unendlichen Schattennuancen, die das sanfte goldene Licht jenseits des Vorhangs diktierte. Licht, das sich über den Park ausbreitete, um dich zu erreichen. Sein Licht.

Das Geräusch meines eigenen Atems hatte mich wieder zu mir kommen lassen. Dieses leise nasale Pfeifen, das von den Problemen mit meinen Nasennebenhöhlen herrührte. Du warst aber nicht wach geworden. Du lagst da, in ahnungslosem Schlummer, über der Decke bot sich dein entblößter Hals dar, dein Kopf ruhte zurückgebogen seitlich auf dem Kissen, du glichst einer stolzen, trotzigen Regentin deiner Träume.

Mein Herz galoppierte. Was wollte ich hier? War ich geschlafwandelt, oder er? Ich wusste es nicht und konnte es nicht wissen. Doch am Saum meines Bewusstseins registrierte ich, genau in dem Moment, als ich wieder zu mir kam, die letzten Reste des Gefühls, das dieses irrsinnige Herzrasen ausgelöst hatte. Einen seltsamen, namenlosen Affekt, mit der grellen Intensität von Liebe und Hass, doch entweder war er keins von beidem oder eine unentwirrbare Mixtur. Dieser Affekt schien auf komplizierte Art mit dem Anblick deines Halses verknüpft, seiner schlanken Form, die sich im Dunkeln abzeichnete. Mein Schwan. Mein armer süßer Schwan.

Dieser Drang, den auch Keats kannte. Der Drang von Künstlern und Restauratoren alter Möbel. Dieser widersprüchliche Trieb – dieser Impuls, Dinge zu zerstören und wieder zu reparieren.

Erweckung und Zerstörung, alles dies
Stürzt in die weiten Höhlen meines Hirns …

Das Gefühl verebbte rasch, wie Wogen eines auslaufenden Ozeans, und ich bekam es nicht mehr zu fassen.

Am nächsten Morgen stand ich im Laden, als der Anruf kam. »Hab's mir anders überlegt«, sagte er. »Ich nehm das Geld und lass sie in Ruhe.«

Ich starrte den Hörer an und presste ihn dann fester ans Ohr. Eine alte Dame verließ den Laden mit der Worcester-Teekanne, die sie gerade erstanden hatte. »Und du meinst es wirklich ernst?«, fragte ich ihn.

»Klar«, antwortete er. »Dreitausend Pfund. Aber jetzt gleich. Ich will das Geld heute. Wir sehen uns um elf.«

Ich empfand in diesem Moment keinerlei Glücksgefühl, das musst du mir glauben. Es schenkte mir keine Befriedigung, dass dich der Junge, der dein Herz regierte, um den Preis einer Standuhr verlassen wollte. Aber es bestätigte meine bösen Ahnungen.

Nun stand außer Zweifel, dass meine Einschätzung von Dennys Person zutreffender gewesen war als deine. Er hatte dich herumgekriegt, hatte den Vorfall im Stall, die gerahmte Fotografie deines Bruders und wohl noch andere Dinge dazu benutzt, sich an dich heranzumachen. Vermutlich hat er ziemlich exotisch auf dich gewirkt, dieser halbgebildete Boxer aus dem falschen Stadtviertel, der bei deinem Vater so offensichtlich auf Ablehnung stieß. Mir war aber, noch in meinen finstersten Befürchtungen, klar, dass deine Sehnsucht nach diesem Jungen nicht physischer Natur war. Ich wusste ja, dass du keine Isebel oder Lilith oder Herodias bist, auch wenn deine Aufmachung dies neuerdings suggerierte. Das wusste ich. Die Liebe, die deiner verletzlichen Seele entsprang, war eine Mischung aus Mitleid und sanfter Bewunderung, eine unglückselige Mischung all der guten und freundlichen Aspekte deines Wesens. Seine Liebe hingegen? Was war sie anderes als animalisches Verlangen, austauschbar, käuflich? Jetzt hatte ich den endgültigen Beweis.

Wir vereinbarten einen Ort. Ich plünderte die Ladenkasse und ging zur Bank, um auch mein Konto leer zu räumen. Wir trafen uns wie Doppelagenten auf einer Sitzbank am Fluss, und ich überreichte ihm ein Kuvert voller Fünfzigpfundnoten. Er trug seine Schuluniform, oder was er darunter verstand, und ich fragte mich besorgt, wie diese Szene auf einen zufällig vorbeikommenden Fremden gewirkt hätte. Aber wir waren allein.

»Wenn du sie jemals wiedersiehst, werde ich ihr von unserem Treffen erzählen, ist dir das klar? Du musst es jetzt beenden. Keinen Kontakt mehr. Nichts. Wie ich gestern schon sagte.«

Ich erinnere mich an seinen Blick. O ja, ich sehe sein Gesicht vor mir. Diese Augen, in denen ein bestimmter Ausdruck stand, der unbegreifliche Stolz des Löwen neben seiner blutigen Beute. Im Nachhinein bin ich mir sicher, dass er flüchtig lächelte, als er das Kuvert betastete.

»Ja«, sagte er.

»Also, war's das dann? Ist dies das Ende?«

Er nickte und blickte auf das braune Wasser der Ouse, nur einen Meter unter Hochwasserstand. »Das Ende. Ja. Das Ende.«

Eine Stunde nachdem ich Denny den dicken Umschlag ausgehändigt hatte, schloss ich den Laden erneut und fuhr zu deiner Schule. Eigentlich ziemlich dumm von mir, da gerade freitagmittags besonders viele Kunden kamen und Cynthia noch im Krankenhaus lag und nicht einspringen konnte. Aber ich wollte mich unbedingt vergewissern, ob du das Schulgelände verlassen würdest. Ich musste wissen, ob du Denny treffen würdest oder ob er zu seinem Versprechen stand, das ja ziemlich lukrativ für ihn war.

Ich parkte in der Nähe der Schule und wartete, beide Haupteingänge im Blick. Fünf nach, zehn nach, Viertel nach, aber du erschienst nicht. In jenen ersten Minuten schwappte ein ganzer Schwung Schülerinnen und Lehrer aus dem Gebäude, du aber warst nicht dabei. Vielleicht hatte ich dich falsch verstanden. Oder dich einfach verpasst. Vielleicht gab es ja noch einen anderen Ausgang.

Ich stieg aus dem Wagen und umrundete die Schule zu Fuß, um zu sehen, ob es sich so verhielt. Aber ich sah keinen anderen Ausgang. Vielleicht warst du über den Zaun geklettert. Denn offiziell durftest du das Schulgelände ja nicht verlassen. Ja. Der Zaun war ziemlich niedrig.

Die triste Rasenfläche der Hockeyfelder erstreckte sich jenseits des Eisengeländers. Ein paar Jungs der St John's School liefen auf der anderen Straßenseite vorbei und warfen mir Beschimpfungen an den Kopf. Ich ignorierte sie, hob mein leichtes Infanterie-Fernglas aus dem Zweiten Weltkrieg vor die Augen und sah dich auf dem Schulhof jenseits der Hockeyfelder sitzen. Auf einer Bank, allein. Wo waren deine Freundinnen? Ich schwenkte das Fernglas und erblickte Imogen, in einer Schar von Mädchen mit exotischen Frisuren. Du blicktest ein- oder zweimal zu ihnen hinüber, aber sie ignorierten dich.

Ich empfand Erleichterung. Du hattest das Schulgelände also nicht verlassen, um Denny zu treffen, und warst in Sicherheit.

Ich sah dich dort sitzen, einzelne Haarsträhnen nach vorne ziehen und kritisch die Spitzen betrachten. Es wirkte so kläglich! Ja, vermutlich habe ich damals Mitleid empfunden, als ich dich dort so alleine sitzen sah, so isoliert, als würdest du nirgends dazugehören. Ja, bestimmt hast du mir leidgetan, aber ich gestehe, in meiner Erinnerung herrscht Erleichterung vor. Vielleicht war es ja schon passiert. Vielleicht hatte er ja schon mit dir Schluss gemacht. Jedenfalls warst du nicht mit ihm zusammen, und das war die Hauptsache. Nein, das war *das Einzige*, was zählte.

Ich ließ das Fernglas sinken und fand dich wieder. Ein zarter graugrüner Fleck, der vor meinem jetzt nicht mehr fokussierten Blick mit der kompakten orangeroten Ziegelwand des viktorianischen Schulgebäudes hinter dir verschmolz.

und wir lagen in der roten Blutswärme beieinander du und ich eingekringelt in der Höhlung du und ich bevor wir Namen hatten du und ich bevor wir wussten dass es andere in der Welt gibt du und ich bevor wir wussten dass es ein Außen und ein Innen gibt bevor wir wussten dass irgendetwas anderes existiert als du und ich und der Schlag unserer Herzen die uns nicht bewusst waren und wir waren dort für immer du und ich das einzige Leben in der einzigen Welt du und ich so nah dass wir nicht wussten dass irgendein Unterschied zwischen uns besteht und nicht wussten dass sich dies je ändern und dass der Tag kommen würde wo das Licht grell auf unsere Gesichter fiel und man uns trennen würde und wir unterschiedliche Milch nuckeln würden und unsere unterschiedlichen Er-

zeuger sehen würden und um ihre unterschiedliche Liebe rivalisieren würden in der hellen weißen Welt voll Leere wo Menschen kämpfen und lächeln und schreien müssen um sich verbunden zu fühlen und ich liebte dich und du liebtest mich und wir waren immer noch glücklich weil die Liebe keinen Namen hatte und wir unsere Namen nicht kannten wir kannten nur Geräusche und dein und mein Gesicht und die Gesichter der Erzeuger und ein Gesicht erloschen wie ein Licht das war er der nur für einen von uns genug Liebe in sich trug nur für dich und dein makelloses Gesicht und er sprach zu uns dieser Erzeuger und auch seine Worte dienten dazu uns zu trennen und die Worte wuchsen immer mehr wie die Entfernung zwischen dem Planeten Erde und all seinen Menschen und die Entfernung zwischen dir und mir und Liebe und Hass die er uns entgegenbrachte und ich wollte zurück zu der Zeit an die ich mich nicht mehr erinnerte in die blutrote Wärme oder das leuchtende Dunkel des früheren Lebens als wir beide noch das gleiche süße Nichts waren du und ich du und ich

Am nächsten Abend waren wir bei Cynthia. Du hattest es dir in ihrem Rosenholz-Lehnstuhl bequem gemacht, diesem schönen antiken Außenseiter in ihrem Bungalow, in dem man ständig über mit Zweigen vollgestopfte Vasen stolperte. Ich sehe dich noch direkt unter einer von Cynthias Aktkohlezeichnungen sitzen und in ihrem alten Exemplar von Thomas Hardys Roman *Die Heimkehr* lesen.

»Ich liebe diese Geschichte«, sagte sie zu dir, während sie sich die Hand auf den Bauch legte. »Und deine Mutter hat sie auch geliebt. Ich glaube, sie hat genau dieses Exemplar gelesen.«

Sie hatte recht. Deine Mutter liebte Hardy. Natur als Symbol. Landschaft als die herbe Gottheit, die unsere Ziele gestaltet. In dieser Hinsicht war deine Mutter ziemlich romantisch, was vermutlich erklärt, warum sie ihre Tochter nach einer Wildpflanze benannte.

»Hast du einen seiner anderen Romane gelesen?«, fragte dich Cynthia.

»Wir nehmen gerade *Tess* durch«, sagtest du mit deiner wiedergefundenen Stimme.

»Ach, *Tess*«, meinte Cynthia wehmütig, als spreche sie von einer leider verstorbenen Freundin. »Hardy hatte es nicht so mit Happy Ends, das war sein Problem. Typisch Mann. Suhlte sich in seinem eigenen Unglück wie ein Nilpferd im Schlamm.« Sie warf mir einen scharfen Blick zu, den ich lieber ignorierte.

»Hör mal, Cynthia«, sagte ich und stellte die Einkaufstüte mit den Sachen aus dem Naturkostladen auf Cynthias grässlichen Tisch. »Ich hab dir deine Nahrungsergänzungsmittel mitgebracht. Schauen wir sie mal durch? In der Küche?« Ich signalisierte ihr mit den Augenbrauen, dass ich allein mit ihr sprechen wollte. Wir überließen dich *Egdon Heath* und gingen in die Küche.

»Es ist vorbei«, flüsterte ich und stellte einen Schraubdeckelglasbehälter mit Weißdorntabletten auf die Arbeitsfläche. »Mit ihr und diesem Jungen. Es ist aus.«

Meine Freude machte sie misstrauisch. »Was hast du getan, Terence?«

»Getan?« Ich spielte den Gekränkten. »Ich hab überhaupt nichts *getan*. Sie ist einfach nur zur Vernunft gekommen, das ist alles. Außerdem spielt es doch keine Rolle mehr, was war. Es ist vorbei. Aus und vorbei.«

Sie schloss die Augen. »Die Ärmste. Nimmt es sie sehr mit? Hat sie irgendetwas gesagt?«

Cynthia begriff offenbar nicht, worum es ging. »Nein. Hat sie nicht. Und ich glaube auch nicht, dass es sie mitnimmt. Sie wirkt wie früher. Du kennst doch die jungen Leute, es war wohl nur so eine Phase.«

»Aber, Terence, ich verstehe das nicht. Woher weißt du denn, dass es vorbei ist?«

»Weil es nun mal so ist«, erwiderte ich.

Sie zuckte vor Schmerz zusammen und hielt sich den Bauch.

»Und was machst du jetzt? Was machst du, wenn der nächste Junge auf der Bildfläche erscheint? Schließt du sie dann im Schrank ein? Sperrst du sie in einen Glaskasten und unterziehst künftige Freier einem Verhör wie ein alter König?«

»Ach, Cynthia, hör doch auf!«, sagte ich. »Wenn du wüsstest, was *ich* über diesen Jungen weiß, wärst du genauso erleichtert.«

Der Schmerz schien nachzulassen. Sie inspizierte den Aufdruck eines der Nahrungsergänzungsmittel, die ich ihr besorgt hatte. »Dann klär mich doch auf. Was ist denn mit ihm? Terence? Terence?«

Ich starrte an ihr vorbei auf die Magneten an ihrer Kühlschranktür. Du weißt schon. Ihr habt sie immer wieder zu neuen Sätzen angeordnet, du und Reuben. Vier dieser Magneten bildeten inmitten des Durcheinanders eine gerade Linie.

Herzblatt will ein Pferd

»Nicht wichtig«, sagte ich. »Erzähl ich dir ein andermal.«

Und wieder war ich in deinem Zimmer. Wieder hatte ich keine Ahnung, wie ich dorthin gelangt war. Wieder schliefst du tief. Wieder dieser verebbende Drang wie bei Keats.

Nur diesmal ein Unterschied: dass ich ein Kissen – mein Kopfkissen – in den Händen hielt.

»Ach, Reuben«, flüsterte ich, als ich wieder in meinem Bett lag. »Was hattest du vor?«

Stille, nur das Ticken des Weckers. Ich kniff die Augen zu, biss ins Laken und kämpfte mit den heißen, schuldbewussten Tränen deines Bruders.

Es war am folgenden Montag, dass ich nach Horncastle musste, nicht wahr? Ich hatte nur ungern zugesperrt, da aber Cynthia nach ihrer Operation immer noch nicht einsatzfähig war und ich von George nicht verlangen konnte, allein die Stellung zu halten, gab ich es dran. Schließlich hatte sich seit dem

Klapptisch, von dem ich mich am Tag von Reubens Tod getrennt hatte, montags ohnehin nichts Großes mehr verkauft. Und da Denny ja nun aus deinem Leben verschwunden war, hatte ich beschlossen, wieder zu einem gewissen Grad an Normalität zurückzukehren. Zwar hatte ich dieses Jahr in Horncastle keinen eigenen Stand, wollte mich aber trotzdem mal umschauen und auf Schnäppchenjagd gehen.

Allerdings wurde dieser Plan durchkreuzt, weil ich auf der Autobahn einen Blackout hatte. Ich war erst zehn Minuten unterwegs, als die Zeit, diesmal ohne die üblichen Warnzeichen, einen Sprung machte. Eben noch raste ich auf der Überholspur, um möglichst schnell in Horncastle und wieder zurück zu sein (was die Mittagspause betraf, vertraute ich dir jetzt, wollte aber trotzdem um sechzehn Uhr vor dem Schuleingang warten). Und im nächsten Moment schlingerte ich quer über die Straße. Lang anhaltendes Gehupe und Getröte von allen Seiten. Ein Lastwagenfahrer lehnte sich aus dem Fenster und machte eine obszöne Geste.

»Hör auf«, flehte ich deinen Bruder an. »Lass mich in Frieden!«

Ich schaffte es bis zur nächsten Parkbucht und versuchte, mich zu sammeln. Als ich das Radio einschaltete, ertönte Beethovens *Mondscheinsonate,* die mich langsam wieder beruhigte. Ich atmete ein paarmal tief durch und fasste einen Entschluss. Die Fahrt fortzusetzen war zu gefährlich, falls Reuben wieder das Steuer übernahm.

Nein.

Ich würde zurückfahren, das war die kürzere Entfernung, und darauf achten, ob sich meine Sicht verdunkelte oder ich irgendwelche ungewöhnlichen Empfindungen wahrnahm.

Aber natürlich passierte nichts. Ich hörte Beethoven, nahm eine ruhigere Straße und kam wohlbehalten zurück. Im Rückblick ist mir natürlich klar, dass er gar keinen Grund mehr hatte, sich einzumischen. Ich fuhr ja nach Hause, so wie er es verlangt hatte. Wie er es verlangt hatte.

Ich betrat das Haus durch den Laden, schloss aber wieder hinter mir ab. Der Vorfall auf der Autobahn hatte mich ziemlich mitgenommen, und mir fehlte die Kraft, Kunden zu empfangen.

Stattdessen wollte ich den Mahagonistuhl aus der Zeit Georges IV. neu beziehen, was ich schon wochenlang vor mir hergeschoben hatte. Ich ging also nach hinten, um Scheren und Stechbeitel zu holen, und hörte plötzlich ein Geräusch von oben. Musik. Ganz leise Musik. Ich blieb eine Weile stehen, weil ich sicher war, es müsse sich um eine akustische Täuschung handeln. Denn ich hörte Beethovens *Mondscheinsonate*. Die war auf deiner LP mit den Londoner Philharmonikern, aber seltsamerweise handelte es sich um denselben Teil, den ich kurz zuvor im Autoradio gehört hatte. Die wunderbare Klage am Ende des ersten Satzes, diese »zarte Poesie, die alle Sprache übersteigt«, wie Berlioz es einmal ausgedrückt hat.

Vielleicht hattest du ja oben das Radio angelassen, aber selbst wenn: Warum ertönte jetzt die gleiche Sequenz wie einige Minuten zuvor aus dem Autoradio? Mit dem Stechbeitel in der Hand schlich ich mich nach oben. Auf halbem Wege überlegte ich, ob ich umkehren und die Pistole aus dem Laden holen sollte, verwarf den Gedanken jedoch. Warum sollte ein Einbrecher eine Beethoven-LP auflegen?

Vor deiner Tür blieb ich stehen. Außer dem leisen Klavierspiel hörte ich noch etwas anderes – ein langsames rhythmisches Stampfen.

»Bryony? Bryony? Bist du das? Herzblatt?« Du gabst keine Antwort, deshalb rief ich erneut: »Bryony? Bist du da?«

Vielleicht war dies ja eine weitere Täuschung. Eine akustische Täuschung. Nach dem, was im Wagen passiert war, konnte ich das nicht ausschließen. Ich presste mein Ohr gegen die Tür, hörte jetzt aber nichts mehr als die letzten verklingenden Takte des ersten Satzes.

Adagio sostenuto.

Du weißt natürlich, was als Nächstes passierte. Mit dem

Stechbeitel in der linken Hand öffnete ich die Tür. Zuerst erblickte ich dich, dich allein, auf dem Bett. Deinen zarten Körper, nur von Laken umhüllt.

Kurz darauf ein Blick nach links, und da sah ich ihn; er hatte schon seine Jeans angezogen und streifte sich gerade ein weißes T-Shirt über.

Denny.

Ich blinzelte und blinzelte, aber er war immer noch da: dieses schwitzende Tier, dieses Raubtier in meinem eigenen Haus. Er blickte auf den Stechbeitel in meiner Hand und fragte sich wohl, wozu ich fähig war. Ich trat näher.

»Was hast du mit ihr gemacht?«, fragte ich, aber ich konnte die Antwort ja ringsum sehen. Hören, riechen.

»Nichts«, log er, den Stechbeitel fest im Blick. »Wir haben gar nichts gemacht.«

Ich trat auf ihn zu, starrte ihm unverwandt ins Gesicht. »Du hast mir etwas versprochen«, sagte ich. »Ich habe dir –«

Ich konnte es nicht aussprechen. Du solltest nicht wissen, was ich getan hatte, noch nicht.

»Dad, hör auf«, hörte ich dich sagen. »Es war meine Schuld. Denny kann nichts dafür, nur ich. Bitte, Dad, du machst mir Angst. Bitte!«

Der zweite Satz der *Mondscheinsonate* begann. Diese seltsam verstörenden Eröffnungstakte, die die Stimmung noch verstärkten.

»Nichts«, griff ich Dennys Antwort auf. »Sie bedeutet dir nichts, so ist es doch?«

»Nein«, erwiderte er. »Nein, das stimmt nicht, sie –«

»Schweig. Um Himmels willen, schweig.«

»Dad, bitte!«

Was sollte ich tun? Mir fiel nichts ein. Ich konnte keinen klaren Gedanken fassen. Ich wurde die ganze Zeit von der Vorstellung gequält, wie er auf dir lag, eine Szene, wie ich sie mir nicht einmal in meinen schlimmsten Albträumen ausgemalt hatte.

»Glaubst du etwa, liebes Herzblatt, dass du einen Jungen wie ihn mit Musik heilen kannst? Glaubst du, Herzblatt, dass du diesen Steinklumpen in etwas Gediegenes verwandeln kannst? In etwas, das deiner würdig ist? Nein, unmöglich. Schau ihn dir doch an. Da ist nichts.«

Aber während ich sprach, sah ich dich nicht an. Ich brachte es nicht über mich, dich anzusehen. Stattdessen blickte ich ihm ins Gesicht und sah die stille Wut in seinen Augen, während mein eigener Zorn allmählich nachließ. Ein Bild zuckte mir durch den Kopf. Nicht du und er im Bett, nein, ich sah etwas anderes. Er kämpfte gegen einen anderen Jungen, dessen Gesicht ich nicht erkannte. Auf einem Teppich lag Spielzeug verstreut. Dieses Bild blitzte nur ganz kurz auf, lähmte aber plötzlich meinen Willen. Da stand nur noch mein Körper, ein hohles Objekt, und der Stechbeitel fiel mir aus der Hand.

So wie unter einer Lötlampe eine alte Farbschicht zum Vorschein kommt, schälte sich langsam der Raum aus dem Dunkel, und ihr wart beide verschwunden.

Ich rief in der Schule an. Du warst dort. Es hieß, du seist erst spät erschienen, um halb elf. Offenbar hattest du behauptet, deine Großmutter sei eben ins Krankenhaus gekommen.

Wie leicht dir neuerdings das Lügen fiel. Es ging ganz von allein. Du konntest die Wahrheit jederzeit abstreifen wie ein unbequemes Gewand.

Ein Tag des leeren, monotonen Grauens, dann die Rückfahrt von der Schule.

Wir sprachen nicht über das, was passiert war. Wir sprachen überhaupt nichts. Ich spürte deinen Blick vom Rücksitz aus. Mein Schweigen machte dich misstrauisch, aber du stelltest keine Fragen. Wir waren beide in Gedanken versunken, jeder von uns schmiedete seine geheimen Pläne und hoffte auf Befreiung.

Und ich war in seinem Kopf und versuchte alle Lichter auszuknipsen die ganze Zeit während ich aus den Fenstern schaute die keine Fenster waren und hinunter auf dich und ich musste mich so anstrengen damit alle Lichter ausgeknipst blieben dass ich es da drinnen kaum ertrug aber als er sich beruhigte schaute ich auf dich hinunter vom Wachturm und sah dich dort liegen und sah dich BITTE GEH nein ich sah dich und ich sah durch deine ungeschlüpften Augen den Traum von dir HÖR AUF und ich sah dich und du sahst die Zeit wo wir Reimfarmkäfer suchten kleine grüne Reinfarmkäfer und du sahst und die Lichter leuchteten immer wieder auf aber ich löschte sie aus und du hast dich erinnert STÄRKE du hast dich erinnert als er einmal nicht zu uns hersah als er uns den Rücken zuwandte und ich hab dir den Mund zugehalten und du hast mich in die Hand gebissen REUB und ich stieß dich in die Nesseln und ließ dich liegen und spürte EN das Brennen das du spürtest als du versuchtest herauszukommen und er sah es und du hast mich verraten weil du schon immer eine Petze warst und ich spürte wie er mich schlug und ich spürte die Rötung und die Scham deiner brennenden Bläschen und deiner Bisse die er mich anzusehen zwang und die Traurigkeit als er dich mit Penicillinsalbe einschmierte und der Geruch von rosa Milch als wir zu Hause waren LASS MICH und die Lichter leuchten immer noch und ich schaute die ganze Zeit hinter seine Augen und hob seine Hände und ging langsam auf dein Bett zu und ich war so kurz davor es zu verwirklichen so kurz davor dich von seiner Liebe zu befreien aber ich hielt inne und verlor die Macht in seinem festen Turm zu bleiben und die Lichter wurden immer heller und heller weiß wie die Sonne wie die Lichter die jetzt leuchten und seine Hände fielen seitlich herunter und er stand reglos da als ich ihn verließ als das Licht mich aus den

Lügen hinausbrannte und in die Wahrheit und mich schnell um die Erde rasen ließ und ich war die ganze Zeit wie benebelt und konnte nicht zurück konnte sein Licht nicht finden LASS MICH *und ich ging wieder an den Ort an den ich jetzt ohne dich gehe* ALLEIN

Durch das Knacksen und Knistern des Babyfons hörte ich dich mit ihm telefonieren. Du wolltest ihn treffen. Du wolltest ihn bei der Hütte in den Rawcliff Meadows treffen. In den Rawcliff Meadows! Ausgerechnet dort! Ach, selbst Aristoteles hätte bei so viel Pathos eine Grimasse gezogen. Rawcliff Meadows. Dort war ich einst mit dir und deinem Bruder hingefahren, um Rainfarnkäfer zu fangen. War es deine Idee gewesen, euch dort zu treffen? Keine Ahnung. Auch was ihr als Nächstes vorhattet, wusste ich nicht. Vielleicht wolltet ihr euch in der Wildnis verstecken, Kaninchen fangen und im Fluss schadstoffbelastete Karpfen angeln. Ich wusste es nicht. Ich kannte nur euren Treffpunkt und die Uhrzeit.

Das Gespräch war zu Ende. Ich hörte dich deine Tür öffnen.

»Bryony?«

Deine Schritte verstummten, aber du gabst keine Antwort. »Bryony? Herzblatt? Bist du das?« Alberne Frage. Ich trat aus meinem Zimmer, und da standest du. »Was hast du vor?«

»Ich gehe aus«, sagtest du. »Egal was du sagst.«

»Nein«, erwiderte ich. »Du bleibst hier.«

»Dad? Was soll das? Lass mich vorbei!«

Ich schüttelte den Kopf und breitete die Arme aus. So stand ich da, ein improvisiertes Kruzifix, das dir den Weg versperrte. »Tut mir leid, Bryony, aber du bist nicht mehr du selbst. Und bis ich eines Tages sicher sein kann, dass du wieder die alte Bryony bist, hast du dich leider nach meinen Anweisungen zu richten. Du verstehst doch, dass dies zu deinem eigenen Besten ist, nicht wahr? Dir ist doch klar, dass es absolut unverantwortlich wäre, wenn ich dich jetzt gehen ließe, oder? Ich kann nicht zulassen, dass du dich mit ihm triffst, das weißt du doch? Mit dieser Bestie.«

»Was?«

»Dieser Bestie. Denny. Ich kann nicht zulassen, dass du ihn triffst. Nicht nach dem, was ich in deinem Zimmer sehen musste.«

»Was redest du da? Ich gehe zu Imogen!«

»Hör auf«, rief ich. »Hör auf zu lügen!«

»Ich lüge nicht.«

»Doch, du gehst nicht zu Imogen, das weißt du ganz genau. Du bist mit Imogen ja gar nicht mehr befreundet.«

War das der Moment, wo du dich an mir vorbeidrängen wolltest, um zur Tür zu gelangen? War das der Moment, wo ich dir das Handy aus der Tasche zog? War das der Moment, wo ich dich am Arm packte und zum Dachboden hinaufzerrte, während du brülltest wie am Spieß? Du hast mir auf den letzten Stufen den Arm zerkratzt, erinnerst du dich? Du hast mich sogar an den Haaren gezogen, weshalb ich dich leider gröber behandeln musste als ursprünglich beabsichtigt, dafür entschuldige ich mich.

»Was soll das?«, hörte ich dich fauchen. »Wo bringst du mich hin?«

»Das lass mal meine Sorge sein«, erwiderte ich. »Wichtig ist nur, dass du das Haus nicht verlässt.«

Du starrtest mich ungläubig an. »Du kannst mich doch nicht auf den Dachboden sperren, du Nazi-Psycho!«

»Aber natürlich kann ich das, und ich werde genau das tun.«

»Das ist übergriffig! Das ist illegal! Du bist verrückt! Du musst zum Psychiater!«

»Es ist zu deinem eigenen Schutz.«

»Ich hasse dich!«, schriest du, und es war dir bitterernst damit. Dein Mund, deine Augen, deine Füße, die nach mir traten – es war dir bitterernst damit.

Ich stieß dich hinein. »Tut mir leid, Bryony.« Und dann schloss ich dich ein, zu den alten Kisten und den Habseligkeiten von Reuben und deiner Mutter.

Ich hörte dich mit Händen und Füßen gegen die Tür hämmern. »Lass mich raus! Lass mich raus! Du Faschist!« Ich muss zugeben, damals hatte ich Angst vor dir, vor deiner Kraft, so wie man sich vor extremen, nicht vorhersagbaren Unwettern fürchtet. Aber mir blieb keine andere Wahl, und außerdem war ich von neuem Mut beseelt. Die dicke Tudor-Oak-Tür würde standhalten. Sie war stabil, und auch das eiserne Schloss würde nicht nachgeben. Ich ließ den Schlüssel in meine Tasche gleiten und wandte mich zum Gehen.

Ich wage alles, was dem Menschen ziemt;
Wer mehr wagt, der ist keiner.

Mir war klar, was ich zu tun hatte. Es war, als sei die Zukunft, ganz plötzlich, ebenso klar wie die Vergangenheit geworden. Ich wurde von irgendetwas geführt, das außerhalb meiner selbst lag, als schreibe man mich als Figur in eine Geschichte hinein, über die ich irgendwie keine Kontrolle hatte. Nicht Reubens Geschichte und nicht meine eigene Geschichte, sondern die einer anderen Person. Ich konnte nicht sagen, ob ich in dieser Geschichte die Rolle des Helden oder des Schurken spielte, und das war auch ganz unwichtig, weil meine Handlungen sowieso bereits festgelegt waren.

»Ich gehe jetzt und lasse dich wieder heraus, wenn ich zurück bin«, sagte ich. Ich hörte dich schreien und gegen die Tür treten. »Höchstens drei Stunden. In einem der Umzugskartons findest du ein paar alte Bücher. Eine frühe Ausgabe von *Alice im Wunderland*. Das achthundertste jemals gedruckte Exemplar, glaube ich. Die Nummer müsste vorne drinstehen, auf der Innenseite des Umschlags.«

»Mach auf!«, schriest du. »Mach die Tür auf!«

Ich stand im Flur, immer noch ratlos angesichts deiner heftigen Emotionen, die ich niemals begreifen würde.

Dein Gezeter verwandelte sich in Schluchzen. »Mach die Tür auf.«

»Auf Wiedersehen, Bryony«, sagte ich so leise, dass du es nicht hören konntest, und ging in den Laden hinunter.

Vor mir, in der offenen Mahagonischatulle, lag die alte Pistole, deren gravierter stählerner Abzugsbügel im Dunkeln glänzte wie ein wachsames Auge. Was für eine schöne Waffe, exquisit gestaltet! Unvorstellbar, dass sie der Tat dienen sollte, die ich im Sinn hatte.

Ich griff nach ihr. Ich klaubte die alten Patronen aus der Blechdose. Ich lud die Pistole.

Wie dies ein Vater eben tut, habe ich stets versucht, dich zu beschützen. In jedem wachen Augenblick beschäftigte mich einzig und allein der Gedanke, wie ich dir eine lange und glückliche Zukunft bescheren könnte. Jetzt aber wird mir klar, dass jeder einzelne meiner Versuche den gegenteiligen Effekt hatte. Jedes Mal, wenn ich mich in dein Leben einzumischen versuchte, stieß ich dich von mir und verlor etwas mehr Vertrauen und Respekt.

Selbst wenn meine Handlungen im Verborgenen stattfanden und du nur die Marionette, aber nicht die Fäden sehen konntest, waren sie völlig vergeblich. Als gebe es in meinem eigenen Bewusstsein einen Feind, einen Doppelagenten, der jede Aufgabe gezielt vereitelte. Und dies ist ja nicht mal so weit von der Wahrheit entfernt.

Ja, im Lauf der letzten Wochen und Monate bin ich zu einem besseren Verständnis jener unsichtbaren Kräfte gelangt, die unsere aufrichtigsten Bemühungen vereiteln. Ich sehe, dass der Unterschied zwischen psychischen und physischen Landschaften gar nicht so groß ist. Auf unterschiedliche Weise bilden beide fortlaufende Erzählungen, in denen das Handeln der Lebenden durch das Handeln der bereits Toten bestimmt wird.

In unserer eigenen Stadt, mit ihren römischen Fundamenten und angelsächsischen Straßen, mit ihren normannischen Verteidigungsanlagen und der viktorianischen Eisenbahn, begreifen wir Zusammenhänge. Wir verstehen, wie das Alte, das Antike die Gegenwart umfasst und wie die Gegenwart wiederum unsere Zukunft miteinschließt. Man lebt und bewegt sich und atmet zwischen diesen Schichten.

Mit unserem Geist verhält es sich ebenso. Er ist keine Stadt, die wir nach unserem Bilde geschaffen haben. Vielmehr wurde er durch die gesamte menschliche Erfahrung geformt, durch alles, was bereits vergangen ist, all das Wissen, von Menschen geschaffen, die in der Erinnerung existieren, in Büchern, in Besitztümern.

Doch wenn der Geist eine Stadt ist, kann er auch Angriffen ausgesetzt sein, nachts, wenn wir selber schwach sind und niemand Wache hält.

Siehst du, Bryony, genau dies ist geschehen. Alles, was ich tat, um dich zu beschützen, führte nur dazu, ihn zu verärgern, in seiner ruhelosen Seele Eifersucht zu wecken. So wie ich dich beobachtete, wurde auch ich ständig belauert. Hätte ich anders gehandelt, hätte ich dir etwas weniger Aufmerksamkeit und ihm etwas mehr Trauer gewidmet – dann wäre ich vielleicht nie zu dieser neuen Erkenntnis gelangt. Dann wäre mir womöglich die Erkenntnis erspart geblieben, dass unser Geist so schwach ist wie der eines Tieres. Unser Geist ist ein Territorium, das wie jedes andere Territorium einer Invasion und Eroberung zum Opfer fallen kann.

Erst jetzt erkenne ich, dass es eine Möglichkeit gibt, seine Seele zu befrieden und ihren entsetzlichen Durst zu löschen. Und ich entscheide mich für diese Möglichkeit in der festen Überzeugung, dass er dich dann wieder lieben und endlich jenen Frieden finden wird, den wir für ihn erfleht haben. Dies ist meine letzte Hoffnung und wird meine letzte Handlung sein. Ich werde die Stadt meines Geistes in Schutt und Asche legen und einen reineren, freundlicheren Ort erschaffen, der Rachegeister nicht zum Verweilen einlädt.

Der Weg war ziemlich weit, aber ich hatte ja Zeit. Ich lief durch den Park, ging unter Reubens Laternenpfahl vorbei und schlug dann die Richtung zum Fluss ein. Ich wählte die ruhige, längere Route, die über den Radweg führt, damit es für meinen Ausflug möglichst wenige Zeugen gab. Immer weiter, im Dunkeln, während ich ständig das Gewicht der Pistole an mir spürte. Weiter über die Lendal Bridge, dann die Stripe Lane entlang. Ich roch die Wildblumen und Heckenpflanzen, hörte die Lerchen und wusste, dass ich schon ganz in der Nähe war. Was für einen Plan hattet ihr? Wolltet ihr dort die Nacht verbringen, dann Richtung Norden nach Beningbrough laufen und von dort einen Morgenzug irgendwohin nehmen? Oder hattet ihr vor, in der freien Natur zu leben, wie Steinzeitjäger, abseits der Zivilisation?

Mein Argwohn wuchs. Warum hatte er dich hier draußen treffen wollen, mitten im Nirgendwo? Ich hatte gesehen, was er George angetan hatte. Ich hatte gehört, was er Alison Wingfield angetan hatte. Ich wusste nur allzu gut, wozu sein Vater fähig war. Vielleicht hatte er unsägliche Dinge mit dir vor, noch unsäglicher als das, was ich bereits gesehen hatte – Dinge, mit denen er vielleicht sogar davonkommen würde, weil alles so konstruiert war, dass es aussah, als seien einfach nur zwei glückliche junge Verliebte nachts von zu Hause weggelaufen.

Ein Höckerschwan versperrte mir den Weg. Ich sah ihn erst im letzten Moment, als er schon dastand und mit ausgebreiteten Schwingen warnend fauchte. Man hätte denken können, er wolle seine Familie verteidigen, aber anscheinend war er ein Einzelgänger, ein Wegelagerer, der mich mit einer Beute verwechselte. Eine vertrackte Situation. Zu meiner Rechten der Fluss. Zu meiner Linken das Wäldchen. Da der Schwan sich einfach nicht vom Fleck rührte, musste ich in das dichte, niedrige Unterholz ausweichen und einen Bogen um ihn machen.

Kaum war ich wieder auf den Pfad eingeschwenkt, hörte ich eine Stimme hinter mir.

»Daddy? Daddy? Schau mal!«

Kein Schwan mehr zu sehen.

Er war einfach verschwunden.

Aber dort stand jetzt ein Junge, etwa sieben Jahre alt, mit einem Muttermal im Gesicht. Er streckte die Hand aus. »Schau, er sitzt auf meinem Finger. Schau!«

Ich ging in die Hocke, und er kam zu mir her. Es war jetzt ganz dunkel, doch der flaschengrün leuchtende Käfer, der über seine Hand krabbelte, war deutlich zu erkennen, ebenso wie Reubens junge Augen. Dieser intensive Blick, ernst und forschend, mit dem er mich zu einer Antwort drängen wollte.

»Reuben«, sagte ich.

»Ist das ein Reimfarmkäfer? Hab ich einen gefunden?«

»Reuben? Warum bist du hier?«

Seine Stimme wurde ärgerlich. »Ist das ein Reimfarmkäfer?«

»Ja«, erwiderte ich und verlor mich in der Erinnerung. »Aber es heißt Rainfarnkäfer. Rain-farn.«

Er wirkte bekümmert. »Ich wollte Bryony nicht in die Brennnesseln schubsen. Es tut mir leid, Daddy.«

»Macht nichts, Reuben. Bryony geht es gut.«

Er runzelte die Stirn, als würde ich lügen. »Sie ist verschwunden.«

»Nein«, sagte ich.

»Wir haben sie verloren. Im Dunkeln.«

»Nein. Sie ist in Sicherheit. Sie ist zu Hause.«

»Sie ist unsichtbar geworden. Sie ist nicht da.«

Ich ärgerte mich. Nicht über Reuben, sondern über mich, mein überreiztes Hirn, das diese Erscheinung heraufbeschworen hatte. »Nein«, sagte ich. »*Du* bist nicht da.«

»Wo bin ich?«

Ich klopfte mir seitlich an den Kopf. »Hier drin.«

»Wo ist der Käfer?«

Ich klopfte weiter. »Auch hier drin. Du bist nicht real. Du bist nicht real. Und jetzt muss ich weiter.«

»Lass mich nicht allein, Daddy«, sagte er. »Lass mich nicht allein, lass mich nicht allein, lass mich nicht allein …«

Die Erscheinung begann zu weinen. Ich schloss die Augen und betete darum, nicht den Verstand zu verlieren. »Bitte lass mich nicht verrückt werden«, flehte ich. »Noch nicht.«

Ich konnte es mir an diesem Abend nicht leisten, dass die Besessenheit mich überfiel, und deshalb streckte ich mit zugekniffenen Augen vorsichtig die Hand nach diesem eingebildeten Gesicht aus. Natürlich erwartete ich, ins Nichts zu greifen.

Ich erwartete, dass meine Finger durch die leere Luft gleiten und das Ganze als Täuschung entlarven würden. Stattdessen erntete ich einen scharfen, äußerst schmerzhaften Biss.

Wie du dich erinnerst, saß ich schon in der Hocke. Und als ich die Hand wegriss und plötzlich wieder den Schwan vor mir sah, verlor ich das Gleichgewicht und kippte nach hinten.

Der Schwan schlug heftig mit den Flügeln und fauchte wie der Leibhaftige, während ich verzweifelt versuchte, wieder auf die Füße zu kommen. Aber ich konnte mich nicht aus meiner misslichen Lage befreien, und der wilde Vogel war über mir, reckte den Hals und peitschte mit ausgebreiteten Schwingen auf meine Beine ein.

Das Tier war wie von Sinnen.

Wieder versuchte ich, mich aufzurappeln, erntete aber einen so heftigen Schlag gegen die Brust, dass ich erneut umfiel, und diesmal richtig im Matsch landete. Ich bin sicher, der Schwan hätte mich getötet, und rückblickend könnte man darin Gottes Willen sehen (oder irgendeines unsichtbaren Urhebers, der immer noch meine Bemühungen lenkte), aber ich musste für deine Sicherheit sorgen und noch ein paar Stunden überleben. Und so holte ich die Pistole aus der Manteltasche und schoss dem Vogel, während ich mit der anderen Hand hilflos seinen Hals wegdrückte, in die Brust. Ein laut hallender Knall, ein letztes Fauchen, dann sank der Hals nach vorn. Dunkles Blut strömte aus der Wunde, und einen Moment lang war ich von diesem Anblick wie gelähmt. Rasch wich das Leben aus dem armen Vogel, und nach wenigen Zuckungen brach er schlaff über meinen Beinen zusammen.

In fürchterlicher Panik schleppte ich ihn zum Fluss, bemüht, meine Kleider nicht mit noch mehr Blut zu besudeln. Als ich im Schatten plötzlich doch noch die Schwanenfamilie entdeckte, die in ihrem Wassernest schlief, erfasste mich unsäglicher Schrecken. Ach, Bryony, welch fürchterliches Gefühl! Diese unschuldigen wilden Tiere. Als der Strom das halb im Wasser versunkene Tier davontrug, erbrach ich mich ins Schilf. Ich atmete die kühle Nachtluft ein, um einen klaren Kopf zu bekommen, aber es half nichts. Falls ich diese Nacht überleben sollte, würde mich der bleiche Schwan bis ans Ende meiner Tage verfolgen, wie der Albatros den alten Seemann.

Am Ende des Wäldchens lichtet sich der Pfad und weicht der Heuwiese. Da ich den Schuppen von hier aus sehen konnte, beschloss ich, mich hinter dem letzten Gebüsch zu verbergen.

Die Sache mit dem Schwan hatte länger gedauert als gedacht. Meine Uhr zeigte zehn nach neun. Inzwischen war Denny sicherlich eingetroffen. Aber ich hielt mich zwischen Brombeerbüschen und Ackerkratzdisteln versteckt und wartete, bis er sich zeigte. Plötzlich nahm ich einen Geruch wahr. Einen Geruch, der den Duft der Wildblumen überdeckte. Einen Geruch nach verbranntem Zucker, Karamell. In der Ferne stieg Rauch aus dem Kamin der Zuckerfabrik auf und löschte die Sterne aus. Nachtschicht. Da waren Menschen. Die würden den Pistolenschuss womöglich hören und nachsehen, bevor ich die Leiche wegschaffen konnte.

Ich konnte eine dunkle Gestalt am Fenster des Schuppens erahnen. Er war es. Ich erkannte den Umriss der scheußlichen Steppjacke, die er auch bei eurem Treffen in der Nähe von Clifford's Tower getragen hatte. Eine fette dunkle Larve. Die Gestalt verschwand aus meinem Blickfeld. Ich überlegte. Was tat er da drin, ohne Licht? War er eingebrochen? Kannte er den Besitzer des Schuppens? Was führte er im Schilde? Wie lange würde er auf dich warten, bevor er wieder ging? Und auf welcher Seite würde er den Schuppen verlassen?

Ich sah keine Tür. Natürlich gab es eine – und er hatte sie vermutlich aufgebrochen –, aber von dieser Seite aus konnte ich sie nicht sehen.

Bitte stell dir vor, wie ich dort wartete.

Im Gebüsch. Im Dunkeln kauernd. Durchnässt von Schwanenblut und Schlamm. Eine antike Pistole in der zitternden Hand. Ich würde dir das alles gern verständlich machen. Der verrückte Gedankenwirbel in meinem Kopf. Die Zweifel, die meine Entschlossenheit lähmten. Die wohlbekannten Regungen in meinem Gehirn, fremde Bilder aus der Erfahrung eines anderen Menschen, die in mein Bewusstsein drängten.

Ich sah ihn in Gedanken. Ich sah Denny mit den anderen, auf der East Mount Road. Er sah mich an. »Tu es nicht«, sagte er. »Du musst das nicht tun, nur wegen Tully.«

Und mein Mund flüsterte Reubens Worte: »Ich tu's nicht wegen Tully.«

Und ich sah Andrew Tully selbst, der lachte, und die anderen Jungs, deren Gelächter mich ebenso quälte, wie es Reuben gequält haben muss.

Und Denny, der den Kopf schüttelte. »Das überlebst du nicht.«

Ich schüttelte die Erinnerung ab. Sie war gewiss ein Trugbild. So wie auch all die anderen Halluzinationen Trugbilder waren. Denny hatte ebenso Schuld wie der Rest der Clique. Natürlich. Und doch spürte ich wieder diese Veränderungen in meinem Kopf.

Gleich würde mir wieder die Kontrolle über mich entgleiten, gleich würde meine Seele von dem Feuer zerstört, das wieder in meinem Bewusstsein wütete, zum denkbar ungünstigsten Zeitpunkt.

»Bleib stark, Terence«, sagte ich vor mich hin. »Bleib Terence.« Mein Name klang hohl und leer, als bedeute er mir selber ebenso wenig wie den Pflanzen und Bäumen ringsum, aber wenigstens vermochte ich noch klar zu denken.

Denny würde dir etwas antun. Daran bestand für mich kein Zweifel. Irgendwann, irgendwo würde er seine hässliche Seite offenbaren und dir das Gleiche antun, was er Alison Wingfield angetan hatte. Reuben spielte mit meinem Verstand. Er wollte, dass Denny dir wehtat. Natürlich wollte er das. Seit seinem Tod hatte Reuben ja selbst auf mancherlei Art versucht, dir wehzutun. Ich war dem Pferd gefolgt, und es hatte mich zu ihm geführt – das war das erste Zeichen gewesen. Und dann der Vorfall mit Higgins. Irgendwie war es Reuben gelungen, in das Bewusstsein dieser Tiere einzudringen, so wie es ihm bei mir gelang. Sein eifersüchtiger Geist fand keine Ruhe, solange du bei mir warst, deshalb hätte er es natürlich begrüßt, wenn du mit diesem brutalen Kerl davongelaufen wärst.

Ich musste schnell handeln, denn Reuben drängte immer noch in mein Bewusstsein.

Ich stand auf und trat hinaus.

Kaum ging ich über diese alte Wiese, war ich nur noch ein leeres Gefäß. Reuben hätte jeden Moment kommen und mich wegführen können, aber er tat es nicht. Da war nur ich, der sich selbst beobachtete, dieser Terence, der seine Pistole seitlich am Körper hielt und hoffte, dass er vom Hüttenfenster aus nicht zu sehen war.

Terence lief jetzt schneller und versuchte, das Geräusch seiner eigenen Schritte und den pochenden Schmerz im linken Bein zu ignorieren.

Jetzt sah er, wie sich die Tür öffnete. Ein dunkles hölzernes Rechteck, das langsam seitlich aufschwang. Er stand reglos da. Er hob die Pistole.

Er lauerte, lautlos wie ein Wolf. Er spürte, wie das Gebüsch und die niedrigen Bäume hinter ihm zurückwichen, er spürte den rechts von ihm dahingleitenden Strom. Der Junge kam heraus, in seiner Steppjacke. Seine Silhouette schien für die Entfernung eigentlich zu klein, als löse sich die Perspektive auf.

Hatte der Junge ihn gesehen? Terence wusste es nicht. Terence wusste nur, dass er selbst die Pistole in der Hand hielt, die er nun hob und abfeuerte.

Er hatte danebengetroffen. Da war er ganz sicher, denn einen Moment lang stand der Junge noch da, gab keinen Schmerzenslaut von sich.

Terence suchte in seiner Tasche nach einer weiteren Patrone, als der Junge nach hinten kippte, sich an die Schulter fasste, dann ein Schrei. Jetzt erschien eine andere Silhouette. Ein Mann, etwa so groß wie Denny. Nein, größer. Ein Mann, der sich über den zu Boden gestürzten Körper beugte.

Es war so verwirrend im Dunkeln. Terence, der sich jetzt wieder in mich selbst zurückverwandelte, geriet in Panik. Wer war dieser andere Mann, der Denny aus meinem Blickfeld zog, hinter die Tür? Ich wusste es nicht. Ich musste weg hier. Tausend schwarze Fliegen schwärmten meinen Körper empor und summten wütend um meinen Kopf.

Jetzt hörte ich noch etwas anderes. Ein Baby, das weinte, brüllte, irgendwo hinter mir in dem Wäldchen. Ich drehte mich um und lief – joggte, humpelte, stolperte – auf das Geräusch zu, und die Fliegen schwärmten mit. Hinter den Büschen, aber noch vor Beginn des Wäldchens: zwei strampelnde Babys, in Brennnesseln gebettet. Eines der Babys, er, jammerte und schrie, wie er es immer getan hatte, und du lagst still neben ihm. »Schschsch«, machte ich. »Schsch. Bitte! Schschsch.« Ich wollte ihn hochnehmen, schloss Mund und Augen wegen der Fliegen. Das Summen verstummte. Und das Geschrei. Da lagen keine Babys.

Ich ging nach Hause. Ich lief durchs Unterholz auf den Fußweg zu und spürte den stummen Schrei der Natur, der Bäume, Insekten und aller lebenden Wesen.

Sitzt du? Bist du bei Cynthia? Ich sehe deine Miene vor mir, so deutlich, als wärst du hier bei mir, dein Stirnrunzeln, als würdest du ein Notenblatt studieren. Ein Stück, das du noch nie gespielt hast. Deine Augen werden schmal, zucken beinahe.

Bitte hab keine Angst. Selbst noch im Grab ist mir die Vorstellung unerträglich, dass ich zu jemandem geworden bin, der Angst verbreitet.

Im Grab.

Oh, ich spüre es bereits. Ich spüre die Gänseblümchen über mir wachsen, wie Keats das spürte in den Tagen vor seinem

Tod. Es ist seltsam, hier zu sitzen. In diesem Wagen zu sitzen und zu schreiben und im trüben Licht kaum etwas zu erkennen. Zu wissen, dass ich morgen nicht mehr sein werde, zu wissen, dass es diesen Worten nichts mehr hinzuzufügen gibt, zu wissen, dass ich nichts mehr wissen werde. Oder vielleicht über eine andere Art von Wissen verfüge. So wie Reuben.

Nein.

Ich muss jetzt aufhören, sofort. Diese jämmerliche Schwäche. Diese Furcht, dass –

Egal.

Stell dir meine Panik vor. Stell dir nur einen Moment lang vor, wie ich mich fühlte, als ich zurückkam, die Tür zum Dachboden öffnete und einen leeren Raum mit offenem Fenster vorfand.

Verzweifelt suchte ich hinter der Tür, unter dem alten Schlittenbett, zwischen den Umzugskisten nach dir, in der Hoffnung, es möge sich nur um eine weitere Täuschung handeln. Eine umgekehrte Halluzination: deine Gegenwart, die sich als deine Abwesenheit maskiert. Dann bemerkte ich eine herausgerissene Buchseite auf dem Boden.

Ratschlag einer Raupe.

Weitere Seiten lagen zerfetzt auf den alten, grün gestrichenen Bodenbrettern, wie die Karte eines fremden Landes, ein unbekannter Archipel aus Textpassagen und Bildern von der verrückten Teegesellschaft.

»Bryony? Wo bist du? Herzblatt? Herzblatt? Herzblatt? Wo bist du? Bryony? Komm raus!«

Dann trat ich ans offene Fenster und dachte über deine einzig mögliche Fluchtroute nach. Ich verstehe immer noch nicht ganz, wie du es geschafft hast. Dass du dein Leben riskiert hast, indem du aus dem Fenster stiegst, auf diese losen Dachziegel! Ich stellte mir vor, wie deine Füße die Regenrinne entlangbalancierten, ich dachte an das gefährlich abschüssige Dach bis zur Decke deines Zimmers hinunter, mir stand vor Augen, wie du dich rittlings über den First schobst und im Efeu verfingst, als du am Spalier hinuntergeklettert bist. Blind vor Liebe, eine Verzweiflungstat.

Einen Moment lang war ich ganz sicher, du seist tot. Ich sah einen fehlenden Dachziegel und stellte mir vor, dass er unter deinem Fuß nachgegeben hatte und du abgestürzt warst. Adrenalindurchflutet rannte ich die Treppen hinunter. Ich schnappte mir die Schlüssel, die ich im Laden liegen gelassen hatte, stieß dabei erneut mit der Hüfte gegen die Kommode und hätte fast das *Mädchen mit Tamburin* zerbrochen.

Draußen sah ich deine nassen Fußabdrücke, die von der Pfütze wegführten und hinter dem Durchgang immer schwächer wurden. Die Erleichterung, dich am Leben zu wissen, wurde schnell von Sorge verdrängt. Wo warst du jetzt? Die Straße bot keinerlei Hinweis. Der Park, die Straßenlampe, das gleichgültige Dröhnen des Verkehrs. Ich hielt nach allen Richtungen Ausschau, wusste aber, dass ich zu spät gekommen war. Du warst längst über alle Berge.

Und dann, ein leises, entferntes Geräusch. Das Telefon im Laden, zu so später Stunde.

Meine Ohren sirrten immer noch von den Pistolenschüssen, aber mit jedem weiteren Klingeln wuchs meine Angst.

»Ja?«

Nichts.

»Ja? Hallo? Hallo?«

Ich hörte jemanden atmen.

»Ja? Wer ist da?«

Und dann seine Stimme.

»Mr. Cave?«

Ich sah mich um, blickte auf die Gegenstände im Dunkeln – die Figürchen, die Vasen, die Zeichentische, die Standuhren. Sie rückten näher. Es war ein Hinterhalt. Ich fühlte mich wie der von Mahdisten belagerte General Gordon in Khartum.

»Ja, hier ist Mr. Cave. Mit wem spreche ich?«

Ich kannte die Antwort schon, bevor er sprach.

»Ich bin's, Denny.«

Ich hielt den Hörer vom Ohr weg. »Mr. Cave? Mr. Cave? Mr. Cave?«

Vielleicht hatte mein Schuss ihn getötet, und dies war sein Geist. Noch ein Geist. Erst Reuben, jetzt Denny. Die Manifestationen meiner Schuldgefühle, nichts sonst.

»Nein«, sagte ich. »Du bist nicht Denny.«

Ich griff nach der Figur, die mir am nächsten stand: *Mädchen mit Tamburin.*

»Es geht um Bryony. Sie wurde ... Jemand hat auf sie geschossen.«

Ich sagte nichts. Bilder blitzten in meinem Bewusstsein auf. Der leere Dachboden. Das zerrissene *Alice im Wunderland*-Buch. Der zusammenbrechende Schwan. Die Gestalt in Dennys Anorak, die zu Boden sackte. Der Mann, der sich über den Körper beugte. Die Babys auf den Brennnesseln.

»Sie ist im Krankenhaus. Sie wird operiert ... Wir haben uns dort getroffen. Rawcliff. Rawcliff Meadows. Ich hatte ja das Geld, das Sie uns gegeben hatten, und wir wollten abhauen. Tut mir leid ... aber jemand hat sie ...«

»Jemand ... jemand ... jemand ...«

»George Weeks. Das war bestimmt George Weeks. Er ist neulich über Bryony hergefallen. Deshalb habe ich ihn –«

»Nein«, erwiderte ich. »Du bist der Übeltäter.«

Ich erinnere mich, wie George oben an der Treppe stand, auf dem Treppenabsatz, und an dein ängstliches Gesicht. Was hat er dir angetan? Und warum hast du mir nichts gesagt? Hast du mir nicht zugetraut, das Problem zu lösen? Hast du gedacht, mit Denny wegzulaufen sei die Lösung?

Ich legte auf und rief das Yorker Krankenhaus an. Die erschöpfte Stimme einer Nachtschwester bat mich, einen Moment zu warten, und es ertönte eine blecherne Mozart-Serenade, die wohl meine Nerven beruhigen sollte.

Ich erinnerte mich, wie George mit seinem zerschrammten,

zerschlagenen Gesicht im Laden gestanden und auf die Figur gestarrt hatte. Mein Herz hämmerte wie verrückt, als ich die Figur umdrehte und auf der Unterseite las:

Alison Wingfield, 1932.

Die Figur entglitt meiner Hand und zerbrach in tausend Stücke. Zu den Klängen von Mozarts *Kleiner Nachtmusik* kauerte ich mich auf den Boden und kapitulierte.

Und dann – die Kakofonie:

Ich sah, wie die Geistertour zu Ende ging. Ich sah, wie dieser blonde Yeti den Kopf drehte und mich beinahe entdeckte. Ich sah, wie er die Achseln zuckte und weiterging, die Stadtmauern passierte und in die ruhigeren Straßen bog. Ich sah, wie er eine Abkürzung über den Bowlingrasen nahm und Richtung Bücherei ging. Ich sah die Flasche in meiner Hand. Ich rannte an der Bücherei vorbei, um ihn auf der anderen Seite abzupassen. Ein Schlag im Dunkeln, und er lag am Boden, mit dem Gesicht im Gras, totenstill.

Ich starrte aufs Wasser. Die Tropfen, die ringsum auf die versteinerten Objekte fielen. Es war mitten in der Nacht. Ich war meilenweit gefahren und über zwei Zäune geklettert, konnte es aber immer noch nicht sehen. Ich ging weiter, an dem Zylinder, den Geschirrtüchern und den Gummistiefeln vorbei, bis ich bei dem Schweißband angelangt war. Ich streckte die Hand aus und empfand Erleichterung, als ich es berührte.

Das kalte Wasser, das der Zeit trotzte und jetzt über meine Finger rann.

»Schau, Dad«, flüsterte ich. »Ich bin –« Irgendwo in der Ferne bellte ein Hund. Ich sah den Lichtstrahl einer Taschenlampe zwischen den Bäumen. Zwei Männerstimmen kamen näher. Ein Schweißband, das sich nicht an die Leine klammern ließ. Es fiel ins Wasserbecken, und ich konnte es nicht mehr finden. Ich steckte den Arm hinein und fischte im Wasser herum, aber die kalten Steine fühlten sich alle gleich an.

Ich nahm deine Handwerck-Puppe. Einen Moment lang starrte ich auf den zart bestickten Umhang, das blümchengemusterte Kleid, und empfand diese Wut, die nicht meine Wut war. Ich drehte den Porzellankopf ab und schob den Puppenleib unter dein Bett. Leise, mit kleinen Schritten, ging ich zur Küche, bettete den Kopf im Abfalleimer auf Karottenschalen, und die Puppenaugen blickten zu mir auf. »Tschüss, Angelica!«

Ich sah Denny in jenem Wohnzimmer an dem Tag, als man Reuben gezwungen hatte, das eklige Gebräu zu trinken. Ich sah ihn über den spielzeugübersäten Teppich gehen und Aaron Tully gegen die Wand stoßen.

»Lass ihn in Ruhe!«, sagte Denny.

»Aber Teefleck geht's doch gut, hey, Teefleck, hab ich recht?«, johlte Tully.

»Er heißt Reuben, du Arsch!«

Sie begannen sich zu prügeln, während der andere Junge weiter auf dem Keyboard herumklimperte. Eine Spielzeugburg wurde zermalmt, als Denny Aaron zu Boden schleuderte. Er schlug ihm mit der Faust ins Gesicht, und ich hörte diesen kleinen Jungen namens Cam rufen: »Aufhören, aufhören!«, und dann sah ich meinen Reuben, der einfach nur dasaß und die leere Flasche in meiner Hand anstarrte.

Ich stand da, nachts, allein im Park. Ich wandte mich den Flammen zu. Die Plastikflasche, die Ammoniak enthalten hatte, fiel zu Boden, und ich trat näher, schirmte mein Gesicht mit den Händen ab und spürte die Hitze, die dein Cello verzehrte. Und ich stand da, lauschte dieser wild prasselnden Musik, bis da nur noch ein großes schwarzes tränenförmiges Gebilde lag, versengt im Gras.

Ich sah die Pistole, gegen den Kopf des schlafenden Aaron Tully gedrückt. Ich hörte mich sagen: »Wach auf!« Ich sah die Angst in seinen jungen Augen, als ich die Drohungen ausstieß.

Das Schraubdeckelglas mit Tabletten an seinem Bett. Blaue Tabletten, wie die Schlaftabletten meiner Mutter.

»Wer sind Sie?«, fragte er. Er kapierte nichts.

»Du kennst mich«, sagte ich. Jedenfalls meine Stimme. »Ich bin Teefleck.«

»Was? Wie? Was?«

Ich sah ihn aus dem Bett steigen, in T-Shirt und Unterhose.

»Meine Mami –«

»Deine Mami hat Nachtschicht.«

Ich sah, wie er nach dem Stift und Zettel griff, die ich vom Sideboard genommen hatte. Ich hörte, wie ich ihm den Abschiedsbrief diktierte. »Es tut mir leid. Ich kann mich selbst nicht mehr ertragen.« Mit zitternder Hand malte er Buchstabe um Buchstabe.

Ich hielt das Kopfkissen umklammert und an mich gepresst. Ich starrte auf dich hinab, wie du dalagst, schlafend, makellos schön, und ich empfand, was er empfand, diese Sehnsucht, bei dir zu sein, diesen Wunsch, mit dir allein zu sein, weit weg von eurem Vater. So wie einst. Vereint. Ebenbürtig. In Frieden.

Und dann verhallte die Kakofonie, und ich lag auf dem Boden. Seltsame dunkle Gestalten umgaben mich in der tickenden Stille. Winzige Figuren starrten von hölzernen Klippen auf mich herab und planten ihren nächsten Zug. Ich war ein Riese in einem fremden Land, ein gestürzter Gulliver, der darauf wartete, dass ihn die Liliputaner-Armee als Geisel nahm.

Ich konnte mich nicht bewegen. Ich lag da, nicht schlafend, nicht wach, nicht Reuben und nicht ganz Terence, während draußen vor dem Laden das Dunkel allmählich dem Tag wich.

Genau in diesem Moment sah ich in den Spiegel und merkte, dass mich nicht Gulliver, sondern Robinson Crusoe anstarrte. »Was ist mit dir passiert?«, grübelte ich.

Ich bin aus einem zivilisierten Land gekommen und zu einem primitiven Wilden geworden.

Früher habe ich an diese Welt geglaubt. Ich habe antike Gegenstände gesammelt. Ich habe kostbare, von Menschenhand geschaffene Dinge repariert.

Ich habe geglaubt, dies mache unsere Spezies aus: der Wunsch, das Vergangene zu bewahren, die Vergangenheit wiederherzustellen und von ihr zu lernen. Ich habe gedacht, dies mache uns zu Menschen, unterscheide uns von allen anderen Tieren. Haben wir nicht seit der Steinzeit so etwas wie eine moralische Leiter errichtet, die uns immer höher steigen ließ, uns immer weiter entfernte von den Affen, Haien und Wölfen, mit denen wir unseren Planeten teilen? Und doch sind wir es, die etwas falsch verstanden haben, oder?

Eigentlich gibt es doch gar keinen Unterschied? Letztlich unterscheiden wir uns kein bisschen von anderen Tieren. Der einzige Unterschied besteht doch nur in unserem tragischen Drang, diese Welt begreifen, künstlerisch abzubilden und wissenschaftlich analysieren zu wollen, und unsere Ahnungslosigkeit dann damit zu kompensieren, dass wir materiellen Besitz anhäufen. Uhren, Puppen und Tintenfässer, die unser wahres Selbst zerstören, ebenso gewiss wie Pistolen.

O ja, jetzt erkenne ich sie. Angesichts des unendlichen Meeres unendlicher Seelen erkenne ich all unsere Irrtümer.

Ich erkenne, dass unser Leben aus einer einzigen großen Lüge besteht. Wir Sammler, wir Restauratoren, wir törichten Väter. Wir versuchen, etwas zu verstehen, das sich unserem Zugriff für immer entzieht. Wir glauben es zu verstehen, und glauben, dieses Verstehen mache uns zu etwas Besonderem, denn wir sehen uns immer gern als etwas Besonderes, getrennt von anderen Menschen. Ich vor allem habe das geglaubt. Aber ich habe mich geirrt. Wir sitzen alle im selben Boot und segeln alle aufs selbe endlose Meer zu. Es gibt kein Oben und Unten. Es gibt nicht sie und wir. Nicht dich und mich. Wir tragen unsere Freunde und Feinde in uns, so wie sie uns in sich tragen. Das wissen wir als Babys, so wie ich es jetzt weiß, aber wir vergessen es wieder. Wir stürzen ein wie babylonische Türme.

Zivilisiert geboren, begreifen wir im Lauf des Lebens, dass das Wissen uns alle zu einsamen Primitiven macht.

Bevor ich heute Morgen aus dem Haus ging, stattete ich George einen Besuch ab.

Die arme Mrs. Weeks wirkte ganz konfus, als sie mir die Tür öffnete. »Oh, ich dachte, Sie seien der Postbote«, erklärte sie mir.

Ich stellte mir einen Moment lang ein anderes Leben vor.

Ich stellte mir vor, ich hätte dich nicht verletzt.

Ich stellte mir vor, ich wäre nicht hierhergekommen, um mit George zu reden, sondern um Mrs. Weeks zu besuchen.

Ich stellte mir vor, mein Autor hätte mir eine andere Geschichte auf den Leib geschrieben.

In dieser Geschichte würde ich in ihre meerblauen Augen blicken und sie fragen, ob sie Lust hätte, mit mir ins Theater zu gehen. Cynthia hat mir erzählt, dass im Theater *Der Kirschgarten* gespielt wird. Wir würden uns das zusammen anschauen, ich und Mrs. Weeks. Wir würden die Inszenierung analysieren und wären einer Meinung, was die kühnen Regieeinfälle betrifft. Und dann würden wir ein weiteres Treffen vereinbaren, diesmal vielleicht zum Essen, und ich würde mir die Lippen mit der Serviette abtupfen und Mrs. Weeks sagen, dass sie ganz reizend aussehe. Und eines Tages würde es zu Zärtlichkeiten kommen. Ich würde sie beim Vornamen nennen, und sie würde mir sagen, wie wohl sie sich in meiner Gegenwart fühle, wie geborgen. Irgendwann würden wir unseren Kindern eröffnen, dass wir eine feste Beziehung führten, und ihr würdet euch für uns freuen. Wir würden alle zusammen wohnen. Eines Tages würdet ihr, du und George (der George, für den ich ihn früher gehalten habe, nicht der wahre George) das Nest verlassen, und Mrs. Weeks und ich würden weiter zusammen Antiquitätenmessen besuchen, und sie würde weiter ihre Porträts malen. Und so würden wir einander, in dieser Geschichte, im Lauf unserer verbliebenen Lebenszeit wieder glücklich machen.

Leider jedoch bekam ich die Geschichte, die ich verdiente.

»Mr. Cave? Geht es Ihnen gut?« Sie musterte mich besorgt von oben bis unten.

»Ja«, sagte ich langsam und wandte mich wieder meiner Aufgabe zu. »Ich hätte gerne mit George gesprochen, falls er zu Hause ist.«

Wie hübsch sie aussah. Mit ihrem goldenen Haar, in ihrem jungfräulich weißen Shirt wirkte sie wie eine lichte himmlische Erscheinung. »Ja«, sagte sie, »er ist da. Bitte kommen Sie doch herein.«

Sie öffnete die Tür, und ich betrat den gefliesten Flur. Es duftete nach Kaffee. Im Hintergrund lief Musik. An der Wand hing ein Porträt. Es zeigte einen blonden Jungen, fünf oder sechs Jahre alt, mit breitem Gesicht, Ponyfrisur und Brille, der unbekümmert lächelte.

»George? George? Mr. Cave ist da und will mit dir sprechen! George?«

Im oberen Stockwerk knarrten unter seinem schweren Schritt die viktorianischen Bodendielen. Bis zu diesem Punkt hatte ich die Nerven behalten, doch als ich die Musik erkannte, verlor ich die Fassung.

»Beethoven«, sagte ich und lachte unwillkürlich auf. »*Mondscheinsonate.*«

»Ja, genau«, erwiderte sie mit dem Anflug eines Lächelns, das man nur selten an ihr sah. »Ich liebe den ersten Satz.«

»O ja, der erste Satz ist wunderbar, nicht wahr?«, meinte ich und sprach jetzt immer schneller: »Der erste Satz ist sublim, würde ich sagen. Beethoven selbst hat das natürlich nicht so gesehen. Seiner Meinung nach hatte er ein unergründliches Monstrum geschaffen. Es hatte einen eigenen Willen und füllte die Konzertsäle in ganz Europa, und Beethoven begriff einfach nicht, warum dies seine beliebteste Komposition sein sollte.« Jetzt nahm ich eine zwar übertriebene, dafür aber philosophische Pose ein, stützte das Kinn auf den Zeigefinger. »Aber genau darum geht es ja, nicht wahr, Mrs. Weeks? Das ist unsere Tragödie, stimmt's? Wir alle wollen die Welt nach unseren Vorstellungen formen. Wir wollen, dass alles so gesehen wird, wie wir es sehen. Wir wünschen uns die Kontrolle darüber, was oder wer geliebt wird, und haben doch nicht einmal die Kontrolle über unseren eigenen Verstand.«

Mrs. Weeks' Lächeln war einem nervösen Stirnrunzeln gewichen. »Mr. Cave, fühlen Sie sich –?«

Ich unterbrach sie, indem ich die Hand hob.

»Und wenn uns dies bewusst wird, beginnen wir zu wanken«, fuhr ich fort. »Dann packt uns jener wilde Schrecken, den der arme Ludwig empfand. Als würde unsere Seele nachgeben, zusammenbrechen. Viele der großen Dichter haben etwas ganz Ähnliches empfunden. Keats zum Beispiel. Eine Auslöschung des Selbst. Nicht, weil es an einer Identität als solcher mangelt, sondern eher, weil man andere Identitäten absorbiert, Mrs. Weeks. Eine Absorption, die über den Bereich des Mitgefühls hinausgeht, bis hin zu … ah, George, da bist du ja.«

Mrs. Weeks drehte sich nach ihrem Sohn um. Er stand hinter ihr, auf der dritten Stufe der Holztreppe, und wirkte riesig. Der braune Frotteegürtel seines Bademantels umspannte seine Körpermitte. Man sah am Schlafanzug und an dem wirren Haar, dass er gerade erst aufgestanden war. Allerdings schien er sofort zu erfassen, was mein Besuch bedeutete. In seinen geschwollenen Augen hinter den dicken Brillengläsern stand ein Ausdruck, den ich nur als träge Furcht beschreiben kann.

»Hallo«, sagte er mit seiner Stimme, die von weit her zu kommen schien.

Ich räusperte mich und versuchte möglichst ruhig zu bleiben. »Ja, George, ich möchte mit dir reden. Ich denke, wir sollten uns mal unterhalten. Unter vier Augen.«

Mrs. Weeks starrte mich mit offenem Mund an. »Worüber wollen Sie denn mit ihm reden?«

Ich holte tief Luft und sprach es aus: »Über eine gewisse Alison Wingfield.«

George erbleichte und schien vor meinen Augen zu schrumpfen.

»Ich bin nicht sicher, ob das ein günstiger Zeitpunkt dafür ist, Mr. Cave«, sagte Mrs. Weeks. Sie bemerkte meine zitternden Hände. »Ich glaube, Sie brauchen jetzt eher –«

»Schon gut, Mum.« Er klang jetzt kleinlaut. »Ich rede mit ihm.«

»George, ich glaube, das ist jetzt kein –«

Er schloss die Augen. »Ich rede mit ihm.«

Mrs. Weeks schien verblüfft, dass ihr Sohn auf dem Gespräch bestand, und sehr beunruhigt, dass *ich* darauf bestand. Welche Lüge George ihr wohl aufgetischt hatte, um seine Blessuren zu erklären? Irgendwann trat Mrs. Weeks dann doch beiseite, und ich folgte George ins Wohnzimmer. Hier standen überall die vertrauten Antiquitäten, die sie im Lauf der Zeit bei mir gekauft hatte. Die Bastardtruhe aus Kiefernholz. Und auf einem Sofatischchen die *Orientalische Tänzerin* neben Barrias' *Geflügeltem Sieg*.

Mrs. Weeks ging hinaus in den Garten, spähte aber immer wieder durchs hintere Fenster herein, während sie die Wäsche ihres Sohnes aufhängte.

»Du hast mich belogen, George.« Meine Stimme klang ruhiger als seine Atemzüge, die immer hektischer wurden, weil er in Panik geriet.

»Bitte, ich weiß. Bitte, ich kann alles erklären. Es tut mir so leid, Mr. Cave.«

»Wer bist du, George?«, fragte ich.

Jetzt bekam er es mit der Angst zu tun. »Was?«

»Ich meine, wer bist du? Wer bist du? Ein getreuer Horatio? Wohl kaum. Jago trifft es besser. Ich versuche einfach nur, das alles auf die Reihe zu kriegen. Was willst du von ihr? Von Bryony?«

»Ich will nichts von ihr«, erwiderte er und hob kapitulierend die Hände.

»Warum hat er dich dann verprügelt? Warum hat Denny dich verprügelt?«

»Ich weiß es nicht, Mr. Cave. Weil er verrückt ist.« Er konnte mir nicht in die Augen sehen.

Mir fiel noch etwas ein. »Damals, als ich zurückkam, bin ich dir oben begegnet. Was hattest du ihr da angetan?«

Er atmete pfeifend, stand da und starrte auf die alten Möbel. Auf die Truhe, die ich zusammen mit seinem Vater aus dem Laden getragen hatte.

»Nichts«, ächzte er. »Ganz ehrlich ... ich habe nichts ... ich ...«

»Da hat Denny mir aber etwas ganz anderes erzählt, George.«

Mrs. Weeks, die gerade Georges kariertes Hemd auf die Leine hängte, spähte aufmerksam herein. Ich zeigte auf das französische Sofa, das außerhalb ihres Blickfelds lag.

»Setz sich dorthin«, sagte ich zu ihm, während im Hintergrund immer noch die zarte Klaviermusik lief. »Atme tief durch.«

Er ließ sich langsam und vorsichtig aufs Sofa sinken, aber selbst diese Bewegung schien ihn anzustrengen. Ich blieb stehen, wandte mich aber vom Fenster ab, damit Mrs. Weeks nicht an meiner Miene ablesen konnte, dass ich immer zorniger wurde.

»Ich brauche meinen –«

»Du wolltest im Laden arbeiten, um in ihrer Nähe zu sein, nicht wahr? Du hast ihr etwas angetan, oder? Sie war deine Alison Wingfield, stimmt's?«

»Nein«, sagte er und hielt seine Brust umklammert. Panik stand in seinem Blick, die Augen quollen ihm aus den Höhlen. »Nein ... ich habe nichts ... bitte ...ich ... mein Inhalator ... Ich bekomme keine Luft mehr ... ich brauche ...«

»Was?«

Er zeigte schlaff nach oben, mit ausgestrecktem Finger wie Plato in Raffaels Gemälde *Die Schule von Athen.* (Ich sehe noch dein Gesicht in Rom vor mir, beim Betrachten des einzigen Kunstwerks, das dich beim Besuch der vatikanischen Museen wirklich beeindruckt hat.)

»Schlafzimmer«, keuchte er, wobei er verzweifelt nach Luft rang und jedes Einatmen von immer lauterem Rasseln begleitet wurde. Er wechselte die Farbe, die hektischen rosa Flecken auf seinen Wangen breiteten sich aus, färbten sich purpurrot.

»Sei still, George!« Ich erinnere mich, dass ich dies ständig wiederholte, als ich näher kam. »Sei still, sei still.« Als ich nach dem Kissen griff und es ihm aufs Gesicht presste. Als er mich an den Seiten packte und verzweifelt an meiner Kleidung zerrte.

»Sei still. Sei still. Sei still.«

Jetzt, wo ich Georges Augen nicht mehr sah, konnte ich ganz leicht ausblenden, was ich tat, empfand keinerlei Mitleid, als seine Brille zerbrach, während ich ihm das Kissen immer stärker aufs Gesicht presste. Hundertmal hatte ich »sei still« gesagt, als sie sich plötzlich von hinten auf mich stürzte. Sie schrie wie das Tier, das wir nun einmal alle sind, übertönte Beethovens Musik, schlug ihre Nägel wie Krallen in mich und zerrte an meinem Kragen.

Mein Arm schwang zurück, mein Ellbogen traf ihre Brust. Sie stürzte gegen die Kante der Truhe, in dem Moment, wo ich das Kissen losließ.

Mir war klar, was ich getan hatte. Zu welch finsterer Tat mich meine blinde Besessenheit getrieben hatte. Mich. Terence Cave. Mich allein.

»Mrs. Weeks? George?«

Aber das waren nicht sie. Sie waren es nicht, Bryony. Glaub mir, ich konnte sie nicht mehr sehen!

Dein Bruder lag auf dem Sofa, genau dort, wo George hätte liegen sollen. Genau so hatten mich seine glasigen Augen angestarrt, als er auf dem Pflaster lag. Ich sah, wie ihm das Blut übers Gesicht rann. Das war kein verwehender Geist, sondern eine handfeste Gestalt, die den Fleurs-de-Lys-Bezug zerknautschte. Und als ich mich zu der Frau umdrehte, lag da nicht Mrs. Weeks am Boden, sondern deine Mutter, in ihrem blauen Shirt mit aufgerollten Ärmeln, das sie damals getragen hatte, als die Einbrecher kamen, und sie lag in derselben verrenkten Haltung da wie vor fünfzehn Jahren, als sie starb.

Dein so bleiches, regloses Gesicht auf dem dünnen Kopfkissen des Krankenhausbetts. Ich betete um ein Stirnrunzeln, einen Riss in der Vase, ich betete darum, in deinen makellosen stummen Zügen ein Lebenszeichen zu erkennen.

»Bitte, Bryony«, flehte ich dich an, so wie ich einst deinen Bruder angefleht hatte.

Eine matte Lichtfliese glitt über dein Bett und zeichnete deine Umrisse unter der Decke nach.

»Bitte.«

Denny war woanders, sprach mit der Polizei.

Niemand beobachtete mich, außer der Krankenschwester. Sie hatte mich gefragt, ob ich etwas trinken wolle. Ich hatte verneint, obwohl mein Mund ausgetrocknet war. Es erschien mir noch schlimmer als all meine anderen Vergehen, meinen Körper zu erquicken, während dein Körper so hilflos vor mir lag. Die Schwester schenkte mir ein unverdientes, sanftes Lächeln und ging dann leise zu ihrem Tisch zurück, um Schreibarbeiten zu erledigen.

Ich glaubte zu spüren, dass du sterben würdest, und hatte keinerlei Impuls, dich jetzt allein zu lassen. Die Polizei würde das Projektil schon bald identifizieren und zu mir zurückverfolgen, selbst wenn Denny nichts verriet. Jeden Moment würde man die Leichen von George und Mrs. Weeks entdecken und damit weitere Beweise. Aber all das kümmerte mich nicht. Und es war mir ebenso egal, ob Reuben zurückkommen und meine Seele mit seiner Seele vergiften würde oder nicht. Wenn du tot warst, welchen Schaden konnte er dann noch anrichten?

Ich warf einen kurzen Blick auf die anderen Intensivpatienten. Diese sich ablösenden Seelen in ihrem eigenen stillen Todeskampf. Alte, verbrauchte Körper, die ihr Leben hinter sich hatten, ganz anders als du.

»Lass sie allein.«

Ich blickte auf dein Gesicht, ob das Flüstern von dir gekommen war. Ich hatte es mir sicher nur eingebildet. Du warst ja immer noch bewusstlos. Dein Zustand schien unverändert. Vielleicht wieder eine Einbildung. Mein Verstand war völlig überreizt nach dem, was bei den Weeks passiert war.

Ich beugte mich zu dir. »Bryony?«

Meine Hand berührte nervös deinen Arm. Die matte Lichtfliese auf deiner Bettdecke verblasste. Ich sah zu der Schwester hinüber, die an ihrem Schreibtisch ein Formular ausfüllte, und war drauf und dran, ihr zu sagen, dass du möglicherweise gleich aufwachen würdest.

Allmählich erkannte ich, was sich hier abspielte. Ich begriff, dass immer noch alles in der Schwebe war und der Sieger deines eigenen stummen Kampfes noch lange nicht feststand.

Ich holte tief Luft. »Reuben, sag mir, was du willst! Was ist es? Ich werde alles tun. Bitte.«

Die Schwester hielt inne und sah zu mir herüber. Ich lächelte sie erschöpft an und nahm die Hand von deinem Arm. Die Schwester runzelte die Stirn und schien zu überlegen, ob sie ihren Schreibtisch verlassen sollte, füllte dann aber weiter das Formular aus.

»Reuben?« Meine Stimme klang so leise, dass selbst ich mich kaum hörte. »Reuben? Bitte tu ihr nichts. Bitte. Du liebst sie. Sie ist deine Schwester. Sie kann nichts dafür. Es ist alles meine

Schuld. Alles. Wirklich. Allein meine Schuld. Es geht um mich, nicht um sie. Bitte. Ich wollte keinem von euch wehtun.«

»Lass sie allein.«

Die Lichtfliese leuchtete wieder auf und mit ihr die Erkenntnis. Plötzlich war mir alles klar. Ich hatte mich von ihm abgewandt. Fünfzehn Jahre lang hatte ich mich von ihm abgewandt, hatte ein brüllendes Baby für etwas verantwortlich gemacht, für das ich selbst verantwortlich war. All die Eifersucht, die kalte Wut hatte ganz allein ich ausgelöst. Und wenn ich sie ausgelöst hatte, konnte ich das auch wiedergutmachen, und genau dies gelobte ich jetzt zu tun. Ich würde zu ihm zurückkehren.

Ein Zucken. Fast unmerklich.

»Herzblatt?«

Und dann noch einmal. Deine Augenlider zuckten.

Deine Nase krauste sich, dein Stirnrunzeln meldete sich zurück, dein Mund machte im Halbschlaf ein paar Kaubewegungen. Und dann schlugst du die Augen auf und warst voll da. Mein Liebling. Wach und lebendig, wenn auch müde, sahst du mich an.

»Dad?« Mit ganz dünner Stimme.

»Bryony? Herzblatt? Mach dir keine Sorgen. Du bist im Krankenhaus. Dir ist etwas zugestoßen, aber alles wird gut.«

Du wirktest ängstlich. »Denny?«

»Alles okay. Es geht ihm gut. Er ist gleich da.« Und ich hatte das Gefühl, dass du das Wesentliche mitbekommen hattest.

»Ich muss jetzt gehen, Bryony. Aber ich komme wieder.« Diese Lüge sprach ich erst im allerletzten Moment aus, als ich mich vorbeugte, um deine Stirn zu küssen, sodass du meine Augen nicht sehen konntest. »Ich muss jetzt gehen, Herzblatt. Du wirst wieder gesund. Alles wird gut. Ganz bestimmt.«

Und ich entfernte mich von dir und sagte der Krankenschwester, du seist aufgewacht. Sie lief zu deinem Bett und sagte irgendetwas, das ich nicht verstand. An der Tür drehte ich mich noch einmal um und warf einen letzten Blick auf dich. Du schautest mich an, mit gerunzelter Stirn, und irgendetwas an diesem Stirnrunzeln sagte mir, dass du es schaffen würdest, egal, was passierte. Du wirst die durch mein Leben und meinen Tod erlittenen Beschädigungen überstehen, denn du bist stark wie deine Mutter und wirst das Leben problemlos meistern. Der Schmerz und die Scham, die ich verursacht habe, werden irgendwann verblassen und sicher eingeschlossen in der Vergangenheit liegen. Du schaffst das ohne mich. Überleben. Dich sehnen. Lieben.

Leben.

Das hoffe ich für dich. Ja, das hoffe ich.

Früher habe ich mir immer vorgestellt, wie dein Leben später einmal aussehen würde. Oh, es waren wunderbare Zukunftsperspektiven – du würdest den richtigen Mann heiraten, du würdest auf dem Land leben, du würdest in einem Orchester spielen – und ich als Vater würde dich durch das gefährliche Terrain auf dem Weg dorthin begleiten.

Jetzt erkenne ich meine Torheit. Wie ein Amateurrestaurator, der die Leinwand zerreißt, die er ausbessern will, habe auch ich dieses Bildnis zerstört. Deine Zukunft wird sich nun anders gestalten, als ich es mir vorgestellt hatte, und das mit vollem Recht. Der einzige Sinn des Lebens besteht ja darin, das Leben an sich zu akzeptieren. Wir müssen unseren Kindern zutrauen, dass sie ihren eigenen Weg finden, wir müssen uns klarmachen, dass kein Einziger von uns die richtigen Antworten kennt. Wie auch, wenn wir noch nicht einmal die Frage gefunden haben? Jetzt bete ich nur noch, dass dein Leben ohne jene Fehlentscheidungen verläuft, die meinen eigenen Lebensweg zerstört haben.

Falls du je Kinder haben wirst, hoffe ich, dass du zwar ihre Unterschiede wahrnehmen, sie aber in gleichem Maße lieben wirst. Ich hoffe, dir wird bewusst sein, dass wir neues Leben zwar erschaffen, aber nie besitzen können, und dass unser Wunsch, Menschen zu beschützen, sich niemals in den Willen verkehren darf, sie zu besitzen. Ich hoffe, du wirst dann wissen, dass Kinder diese ganze Welt schon in dem Moment gewonnen haben, als sie in sie eingetreten sind, denn wir leben und atmen in jedem wachen Moment die Herrlichkeiten dieser Welt.

Und Herrlichkeiten gibt es zuhauf, wenn ich etwa hier die Landschaft sehe, die sich schier endlos vor mir erstreckt. Ich weiß noch, wie ich Jahre vor deiner Geburt durch diese Moore gewandert bin, wie ich hier stand und auf eine Landkarte aus grünen und purpurroten Flecken blickte. Das war im Juli, als das Heidekraut blühte, und alles sah ganz anders aus als heute Abend. Jetzt ist die Landschaft von rauerer Schönheit. Sie ist von einer Schönheit, die ich einatmen kann, während ich hier draußen sitze, ein Stück weit vom Wagen entfernt, und meine Aufgabe zu Ende bringe. Bryony, ich bin so sehr in Versuchung, noch zu verweilen, aber ich weiß, es dauert nicht mehr lang, bis sie mich finden werden. Ich fühle sie näher kommen, mit der Nacht.

Zwei kleine letzte Bitten. Sag bitte Cynthia, es tut mir leid, dass ich ihr diesen Brief dagelassen habe – sie muss einen fürchterlichen Schreck bekommen haben, als sie ihn heute Morgen geöffnet hat. Ich weiß, dass sie sich gut um dich kümmern und helfen wird, den Schaden, den ich angerichtet haben, wieder zu beheben.

Und dann noch das alte Foto meiner Mutter im Wohnzimmer. Es hängt an der Wand, gleich wenn man reinkommt, hinter der Tür. Du kennst es ja. Das Bild, auf dem sie so verärgert dreinschaut und sich geschminkt hat wie Greta Garbo. Ich möchte, dass du es behältst. Ich weiß, du schuldest mir nichts, aber falls du meinen Bericht nicht längst beiseitegelegt hast und immer noch liest, darf ich hoffen, dass du bereit bist, dies Eine für mich zu tun. Also bitte, wenn es dir möglich ist, bewahre dieses Bild auf. Du musst es ja nicht aufhängen, aber bewahre es auf. Irgendwo, egal wo, aber bewahre es sicher auf.

Jetzt ist Schluss. Das war alles. Alles ist niedergeschrieben und das Ende so nah, dass die Furcht von mir weicht. Jetzt brauche ich vor nichts mehr Angst zu haben, auch wenn ich sie jetzt sehe. Alle.

Sie stehen vor mir, ihre stummen Geister. Die Menschen, die ich verloren habe, die Menschen, die ich getötet habe, und Reuben ist einen Schritt vorgetreten. Er winkt mich herbei, scheint aber endlich seinen Frieden gefunden zu haben.

Ich empfinde keine Angst mehr, jetzt, wo das Ende bevorsteht. Ich werde ihm die Liebe schenken, die er braucht, und ich werde dir in dieser schönen Welt zusehen, die dich nach ihren Plänen leiten wird.

Der letzte Hauch des Tages streicht über mein Gesicht und sagt mir, es ist Zeit.

Ich gehe jetzt zu ihm.

Gute Nacht, Herzblatt.

Gute Nacht.

Eine Hymne auf das Leben

MATT HAIG

DIE MITTERNACHTS-BIBLIOTHEK

Roman

Stell dir vor, auf dem Weg ins Jenseits gäbe es eine riesige Bibliothek, gesäumt mit all den Leben, die du hättest führen können. Buch für Buch gefüllt mit den Wegen, die deine hätten sein können. Hier findet sich Nora Seed wieder, nachdem sie aus lauter Verzweiflung beschlossen hat, sich das Leben zu nehmen. An diesem Ort, an dem die Uhrzeiger immer auf Mitternacht stehen, eröffnet sich für Nora plötzlich die Möglichkeit herauszufinden, was passiert wäre, wenn sie sich anders entschieden hätte. Jedes Buch in der Mitternachtsbibliothek bringt sie in ein anderes Leben, in eine andere Welt, in der sie sich zurechtfinden muss. Aber kann man in einem anderen Leben glücklich werden, wenn man weiß, dass es nicht das eigene ist?

Matt Haig ist ein zauberhafter Roman darüber gelungen, dass uns all die Entscheidungen, die wir bereuen, doch erst zu dem Menschen machen, der wir sind.

»Die Welt wird heller, wenn man Matt Haig liest.«
Johanna Adorján

DROEMER